Dennis Hamley

Die Abenteuer des Joslin de Lay

Das fünfte Gesicht

Dennis Hamley
war zunächst bei der Royal Air Force, studierte dann Englisch in Cambridge und war viele Jahre lang Lehrer.
Seit über 25 Jahren schreibt er Erzählungen und Romane und veranstaltet regelmäßig Schreibwerkstätten für Kinder und Jugendliche. Er hat zwei erwachsene Kinder und lebt mit seiner Frau in Hertford, England.
Das fünfte Gesicht ist der erste von sechs Bänden über die spannenden Abenteuer von Joslin de Lay.

Außerdem von Dennis Hamley im Arena Verlag:
Tödliche Spielregeln

Dennis Hamley

Die Abenteuer des Joslin de Lay

Das fünfte Gesicht

Aus dem Englischen
von Ulla Neckenauer
und Antonio Castillo

Arena

Die Originalausgabe erschien 1998 unter dem Titel
»The Joslin de Lay Mysteries – Of Dooms and Death«
bei Scholastic Children'S Books, London

In neuer Rechtschreibung

3. Auflage 2002

Aus dem Englischen von Ulla Neckenauer
und Antonio Castillo
Einbandillustration: Thomas Thiemeyer
Gesamtherstellung: Westermann Druck Zwickau GmbH
ISBN 3-401-05206-3

Die Abenteuer des Joslin de Lay wurden geschrieben im Gedenken an Tony Gibbs (1938–1966) aus Falmouth, Jesus College, Cambridge, und Langwith College, York, der das Mittelalter liebte und der, was jene Zeit angeht, ein großer Gelehrter und Schriftsteller geworden wäre.

WALES
ENGLAND
King's Lynn
Norwich
Bury St. Edmunds
Cambridge
Stovenham
Cry Ashbourne
Ipswich
Colchester
Chelmsford
Oxford
Stoke Poges
London
Windsor
Themse
Bristol
Dover
Die Reise der Merchant of Orwell
Die Reise von Joslin de Lay
Cherbourg
Die Burg von Treauville
Le Cotentin
FRANKREICH

Prolog

Joslin de Lay roch den Tod, spürte ihn feucht und klamm auf Armen und Gesicht. Er kam aus dem Boden gekrochen, umwallte Dachgerippe und bröselnde Mauern, stahl sich umher und verbarg sich, bevor er angeschlichen kam, um ihm ins Ohr zu flüstern: »Geh heim, Joslin de Lay; dieses Land ist nichts für dich.«

Aber Joslin de Lay lief nicht weg. Er konnte sonst nirgends hin. Nein, dieser schreckliche Platz war seine Zuflucht für diese Nacht. Er wickelte seinen Umhang fester um sich, sah empor zu den nackten Rippen eines vormals hohen, gewölbten Daches und versuchte die Sterne zu zählen.

Dieselben Sterne, die in seinem geliebten Frankreich herablächelten, starrten hier erbarmungslos auf ihn herunter. Am Kai von Cherbourg hatte ihn der Tod fast eingeholt – wann war das gewesen? In einem anderen Leben, wie ihm schien. Auch auf See hatte er den Tod gesehen, wütend und abscheulich. Und seit seiner Ankunft in diesem fremden Land war er ihm unentwegt auf den Fersen. Jetzt, wo Joslin vergeblich zu schlafen versuchte, lastete sie schwer auf ihm – diese unsichtbare Gegenwart des Todes, die wie eine schwarz ummantelte Gestalt hinter ihm stand und ihm den knochigen Schädel auf die Schulter presste. Doch jedes Mal, wenn er sich umsah, um sich den leeren Augenhöhlen zu stellen, war sie verschwunden.

Aber er selbst war nicht tot. Oder doch? Nein, noch nicht. Joslin de Lay, dessen Kopf auf einem stoppligen, aus trockenem Gras bestehenden Kissen lag, zwang sich aus seiner Verzweiflung aufzutauchen. Die Sterne konnten ungezählt bleiben; morgen würden es noch ebenso viele sein. Eigentlich hätte er ja frohen Mutes sein müssen. Er war erst siebzehn. Er hatte ein Talent, das ihm zum Vorteil gereichte. Er konnte genug damit verdienen für seinen Lebensunterhalt. Und irgendwann einmal vielleicht auch noch mehr.

Vor allem jedoch hatte er eine Pflicht zu erfüllen, eine Mission, die ihm sein toter Vater aufgetragen hatte.

1

Zehn Tage zuvor schien es so, als ginge das Leben bis in alle Ewigkeiten unverändert weiter. Sein Vater, Guillaume de Lay, war ein Minstrel, ein von allen geschätzter Barde am Hof des Grafen de Treauville. Dessen Burg lag im Cotentin – der Landzunge, die von Frankreich weg Richtung Norden und direkt nach Devon und Cornwall zeigt. Im Osten die Normandie, im Westen die wilde, keltische Bretagne. Südlich davon das Anjou und schließlich die Gascogne, immer noch unter englischer Herrschaft, wo der Schwarze Prinz in Bordeaux Hof hielt.

In ganz Frankreich gab es keinen besseren Sänger als Guillaume. Joslin lebte mit ihm, wurde dank seines Unterrichts zum Meister auf der Harfe, der Königin aller Instrumente, und lernte Lieder und Balladen auf Französisch, Bretonisch – und sogar Englisch, dieser rauen Sprache von jenseits des Meeres. Adlige, aus England kommende Besucher des Grafen, sprachen so, ebenso wie deren Leibwache, deren Gefolgsleute – und die in jenem fremden Land lebenden Leibeigenen, die wohl niemals irgendwen besuchten. Joslin sprach ganz gut Englisch – und wie gut er es erst *singen* konnte! Seine Geschicklichkeit beim Saitenspiel hatte er vom Vater geerbt, dazu eine schöne Stimme und ein absolutes Gehör. Und was für einen Sänger noch wichtiger war in einer Zeit, wo geschriebene Texte und Noten kaum zu finden waren – sein Gedächtnis war so gut, dass er etwas, einmal gehört, nie mehr vergaß. Das war das Vermächtnis seines Vaters.

Aber wie sah das seiner Mutter aus? Würde er es jemals erfahren? Eines Tages, sobald er alt genug war und ihm sein Vater alles gelehrt hatte, was er ihn lehren konnte, würde er die Burg vielleicht verlassen, um bei einer anderen adligen Familie oder sogar jenseits des Meeres Stellung zu suchen. Und seine geliebte Fleur würde er mitnehmen. Diese Burg war kein Platz für sie. Man brauchte sich nur all die jungen Ritter anzusehen, die hier lebten. Sie hatten ihre Damen, denen sie den Hof machten, denen sie Ehre erwiesen und sie als Gipfel der Vollkommenheit priesen. Doch niemals würden sie sich mit diesen Damen vergnügen, wie sie es mit den schmuddeligen Küchenmädchen taten, wenn ihnen danach war. Was jedoch Joslin betraf – ja, auch er wollte seine Fleur auf den höchsten Gipfel der reinen Schönheit erheben. Aber gleichzeitig – und das wurde ihm in jeder seiner gepeinigten Nächte klar –, gleichzeitig wollte er sich auf die gleiche Art mit ihr vergnügen, wie es die Ritter mit den Dienstmägden taten. Wie sollte er diesen Konflikt, der ihn entzweiriss, nur lösen? Den hochmütigen Rittern schien es zu gelingen. Warum nicht ihm?

Ja, eines Tages würde er fortgehen, gemeinsam mit Fleur, irgendwohin, wo sie alle beide sie selbst sein konnten und keine höfischen Rollen spielen mussten. Hatten sie erst einmal das Meer überquert, würden sie sich vielleicht nach Schottland wenden. In Edinburgh, so hieß es, war man als Franzose willkommen. Oder vielleicht versuchte er es auch am Hof des englischen Königs, Edward III, obschon die Auseinandersetzungen zwischen England und Frankreich immer wieder aufflackerten und möglicherweise noch schrecklicher werden würden. Denn man leb-

te im vierzehnten Jahrhundert – in England das zweiundvierzigste Jahr der Herrschaft von Edward III, in Frankreich das fünfte von Charles V. Der schwarze Tod war viele Jahre lang durchs Land gezogen. Ganz Europa hatte gelitten. Eines Tages würde Gott – so hofften die Leute – vielleicht wieder auf seine Welt herablächeln. Aber die Leibeigenen arbeiteten schwerer als jemals zuvor, während die Adligen an deren Arbeit immer noch reicher wurden und Kriege für ihre Könige und untereinander ausfochten. Nichts würde sich jemals ändern.
Die Hälfte der Bevölkerung Europas war ausgelöscht worden von dieser schrecklichen Seuche, dem schwarzen Tod, gesandt von einem Gott, der erzürnt war über die Sünden seiner Kinder. Immer noch moderten in jedem Dorf und in jeder Stadt unzählige Körper in Massengräbern und Pestgruben. Wie ein verborgenes Krebsgeschwür schlummerte die Erinnerung in den Köpfen der Menschen, und unter den Ärmsten der Armen träumte so mancher von Revolte.

Es gab eine Frage, die Joslin seinem Vater oftmals stellte: »Wo ist meine Mutter?«
Guillaumes Stimme klang müde, wenn er Antwort gab. »Deine Mutter ist weit in der Ferne, falls sie überhaupt noch lebt«, war die karge Erwiderung, die Joslin jedes Mal erhielt. Doch damit wollte er sich nicht zufrieden geben. Als er zwölf war, gab sein Vater schließlich nach. »In dir trifft sich verschiedenes Blut. Kelten, Normannen und Sachsen wetteifern in deinen Adern. Deine Wurzeln liegen in Frankreich, England, Wales und Cornwall. Du kannst alles sein, für jeden. Vergiss das nie.« Dann wurde

Guillaume traurig. »Du wirst niemals wissen, wem deine wirkliche Loyalität gilt. Das ist der Fluch, den dir deine Mutter hinterlassen hat.«
Weder durch Bitten noch durch Zorn ließ sich Guillaume überreden mehr über Joslins Mutter zu sagen. Und Joslin grämte sich, weil er nicht wusste, wer er war.

Was für eine schreckliche Geschichte hatte ihn nun zu diesem Golgatha geführt? Obwohl ihm im Augenblick keine Gefahr zu drohen schien, so wusste er doch, dass er sich an der Schädelstätte befand – wo es vermutlich nicht nur einen, sondern viele Schädel gab, auch wenn er versuchte nicht an sie zu denken. Zehn Tage zuvor wäre er ohnmächtig geworden, hätte er sich plötzlich an einem Ort befunden wie diesem hier, doch in den letzten zehn Tagen war er um viele Jahre gealtert, war zu einem erprobten, abgehärteten Mann geworden. Nichts konnte ihn jetzt mehr schrecken.
Wann hatte es alles begonnen? Nach der Ankunft des englischen Lords und seine Ritter vielleicht, die als Gesandte des Königs kamen, möglicherweise mit Lösegeldern für adlige Kriegsgefangene, damit diese wieder nach Hause durften? War die Burg des Grafen erfüllt gewesen von verräterischem Geflüster? Warum war Guillaume plötzlich nervös, blieb auf seinem Zimmer, übte abseits von den anderen Sängern? Warum sah er sich wachsam um, während er durch die Burg schlich, statt selbstbewusst zu schreiten?
Joslin überkam instinktiv die Angst. Es lag etwas Feindseliges in den starrenden Augen der Engländer. Manchmal deutete eine Hand, Köpfe wurden gedreht, Blicke folgten

Vater und Sohn. Vor allem ein Augenpaar, das zu einem teigigen, pockennarbigen Gesicht mit verzerrtem Mund gehörte, schien immer da zu sein, wohin er auch blicken mochte. Hörte Joslin leises Gelächter und unterdrückte, wütende Flüche? Er konnte es nicht sagen. Und die Lippen seines Vaters waren versiegelt, er ließ kein einziges Wort verlauten.

Und dann, von einem Moment auf den anderen, stand Joslins Welt auf dem Kopf.

Als die Besucher aus England ihre wichtigen Angelegenheiten mit dem Grafen erledigt hatten, war es Zeit für das große Abschiedsbankett. Zum Abschluss sollte Guillaume singen: Franzosen und Engländer gleichermaßen würden entzückt sein und nach Zugaben rufen. Die Damen würden ihm Blumen an die Tunika heften, die adligen Herren würden klatschen und stampfen. Ein großer Triumph für Guillaume.

Aber . . . »Ich werde nicht hingehen«, sagte dieser. »Ich kann und darf es nicht wagen!«

Joslin war entsetzt. »Vater, du musst! Und ich werde mit dir kommen! Wir singen gemeinsam!«

»Du wirst mir keine . . .«, brauste Guillaume auf, dann brach er ab. Er warf seinem Sohn einen gestrengen Blick zu und fuhr dann müde fort. »Du hast Recht. Ich muss gehen. Aber ohne dich. Dieser Prüfung wirst du dich nicht stellen, das lasse ich nicht zu.«

»Aber Vater . . .«

»Bleib in deiner Kammer! Verschließ die Tür! Öffne sie für keinen!« Er machte eine Pause und überlegte. »Morgen sind die Engländer wieder weg«, sagte er und seine bekümmerte Miene hellte sich auf. »Dann können wir aufatmen. Dann werde ich dir alles erzählen.«

An diesem Abend sang und spielte Guillaume bei dem zu Ehren der Besucher abgehaltenen Bankett und die adligen Herren und Damen gaben laut ihre Begeisterung kund. Joslin schloss die Tür seiner Kammer hinter seinem Vater ab und träumte von Fleur – und von kommenden Nächten –, während Applaus in seinen Ohren klang. Die Wache auf dem Burghof hatte Mitternacht ausgerufen. Jetzt war alles still. Und dann hörte er plötzlich nicht weit entfernt einen Schrei.

Er setzte sich auf. Alle seine Nerven waren angespannt. Etwas an diesem Schrei . . .

Es klopfte an seiner Tür. »Öffne sie für keinen!«, hatte Guillaume gesagt, aber Joslin erkannte die heisere Stimme, die von draußen kam.

»Junger Herr!«

Er entriegelte die Tür. Jean, Guillaumes Diener, stand davor.

»Zieht Euch rasch an! Euer Vater braucht Euch! Seid stark!«

Verwundert zog Joslin ein grobes Lederwams über und folgte dem alten Mann die steinernen Treppen hinunter in den Burghof. Die frische Luft der Septembernacht traf ihn kühl im Gesicht. Im Schatten eines steinernen Stützpfeilers kauerte eine Gestalt mit einer dünnen Kerze in der Hand über etwas, das am Boden lag.

Die Gestalt entpuppte sich als Marie, Jeans Frau. Im Licht der Kerze sah er auch, wer da am Boden lag. Sein Vater. Daneben seine Harfe. Blut befleckte den Boden.

»Es ist nicht so schlimm«, flüsterte Marie. »Ich habe das Blut gestillt und lindernden Balsam aufgetragen.«

Joslin brachte kein Wort hervor.

»Man hat ihn mit einem Dolch verwundet und für tot gehalten«, sagte Jean. »Er hat jetzt Feinde hier, die nie zuvor seine Feinde waren. Wenn sie merken, dass er noch lebt, dann nehmen sie ihn sich noch einmal vor. Ihr müsst ihn fortschaffen von hier!«

Joslin drehte sich alles im Kopf. Er lehnte sich an den kalten Pfeiler, um sich zu stützen. Sein Vater rührte sich und stöhnte.

»Wir tragen ihn zu zweit«, sagte Jean. »Er wurde am Rücken verwundet. Ich bezweifle, dass er seinen Angreifer zu Gesicht bekam. Seid vorsichtig! Keine ruckhaften Bewegungen!«

Joslin beugte sich nieder, nahm die Harfe und hängte sie sich über den Rücken, dann atmete er tief ein und reckte sich.

»Wo gehen wir hin?«, fragte er.

»Weit in die Ferne«, war Jeans Antwort.

Behutsam hoben sie Guillaume auf und trugen ihn ganz, ganz vorsichtig im Schatten der mächtigen Mauer. Guillaumes stoßweises Atmen klang heiser und rau in der Stille. Manchmal, wenn der Wachposten ganz in der Nähe auf der Burgmauer vorüberging, erstarrten sie aus Furcht, dass er sie gehört hatte. Aber sie blieben unbemerkt. Sie kamen unendlich langsam voran, doch schließlich erreichten sie eine in die mächtige Burgmauer eingelassene, kleine Pforte. Joslin war der Durchlass zuvor nie aufgefallen. Jean zog einen Schlüssel hervor.

»Keiner weiß, dass ich den habe«, flüsterte er.

Leise steckte er ihn ins Schloss. Das Törchen schwang lautlos auf – die Angeln waren gut geölt. Nachdem sie

hindurchgeschlichen waren, schloss Jean hinter ihnen wieder ab.
Sie standen an einem steilen Abhang, den kein feindliches Heer hätte erklimmen können, ohne von Pfeilen getroffen oder von kochendem Öl verbrüht zu werden. Jean führte sie einen schmalen Zickzackpfad hinunter. Marie und Joslin hielten zwischen sich die leblose Gestalt aufrecht und folgten nach, so gut sie konnten.
Endlich kamen sie auf ebenen Grund. Joslins Stirn war nass vom Schweiß der Angst und der Anstrengung, doch er ließ seinen Vater nicht los, um sie abzuwischen. Sie waren in der Nähe eines Bauernhofs angelangt, wo man Jean kannte. Trotz bellender Hunde und zeternder Gänse klopfte er laut an die Tür, holte den Landmann aus dem Bett und bezahlte gutes Geld für ein Pferd, eine Karre und einen vertrauenswürdigen Burschen, der sie fuhr.
»Nach Cherbourg, an den Hafen!«, wies Jean den Mann an. Und zu Joslin gewandt fuhr er fort: »Ihr müsst euch mit einem Schiff in Sicherheit bringen!«
Jetzt endlich konnte Joslin wieder klar denken. »Aber warum? Was hat das Ganze zu bedeuten?«
»Euer Vater lebt mehr als nur ein Leben«, erklärte Jean. »Doch ist es an ihm, es Euch zu erzählen – oder an Euch, es herauszufinden. Meine Lippen müssen versiegelt bleiben.«
Der Mann, der den Wagen kutschierte, wartete darauf, dass ihm Jean den Befehl zum Losfahren gab.
»Marie und ich kehren jetzt in die Burg zurück. Wir werden ebenso entsetzt sein wie alle anderen, wenn wir die Blutlache sehen und feststellen, dass ihr beide verschwunden seid«, sagte Jean und wandte sich mit seiner

Frau zusammen ab, um zu gehen. Aber Joslin ließ sie nicht weg. In seinem Kopf jagten sich die Gedanken.
»Die anderen werden möglicherweise denken, ich hätte meinen Vater umgebracht und die Leiche verborgen!«
»Manche vielleicht«, meinte Jean. »Andere werden genau wissen, wer das getan hat. Sie werden sich denken, dass Ihr ihn gefunden und in Sicherheit gebracht habt. Sie werden wissen, dass er nicht tot ist. Und, was am Allerwichtigsten ist, sie werden wissen, *warum* es geschehen ist. Aus Eifersucht, aus Neid – vielleicht steckt auch noch mehr dahinter.«
»Was zum Beispiel?«, wollte Joslin wissen.
»Eine gewichtige und bedeutsame Angelegenheit, die einen Bediensteten wie mich nichts angeht. Eine Staatsangelegenheit.« Er machte eine Pause. »Es hat etwas zu tun mit diesen Besuchern aus England.«
»Was hat ein Minstrel mit Staatsangelegenheiten zu schaffen?«, wollte Joslin wissen. Dann fielen ihm das Gelächter, die Flüche, das pockennarbige Gesicht ein. Vielleicht konnte ein Sänger mehr sein, als Joslin bis dahin angenommen hatte.
»Ein talentierter Mann, beliebt und willkommen an den höchsten Höfen des Landes?«, fragte Jean. »Wer würde sich besser eignen? Obwohl ich wenig weiß, befürchte ich viel. Euer Vater darf nicht in Frankreich bleiben.«
Joslin war still. Etwas Derartiges hätte er sich nie träumen lassen.
»Geht jetzt!«, sagte Jean. »Gott möge euch Flügel verleihen.« Seine Stimme sank zu einem Flüstern. »Da ist Geld. Ihr werdet es brauchen, damit ihr euch in Cherbourg einschiffen könnt.« Er übergab Joslin einen Lederbeutel, in

dem die Münzen klimperten. »Euer Vater trägt einen Dolch. Falls sich der Mann, der euch dorthin bringt, als unzuverlässig erweist, dann benutzt ihn.«
Der Bauernbursche hatte gute Ohren. »Ihr könnt mir vertrauen!«, erklang seine Stimme aus dem Dunkel.
Als er die Zügel hob und damit leicht den Pferderücken berührte, setzte sich der Wagen rumpelnd in Bewegung. Der Weg war so uneben, dass Joslin den Körper seines Vaters abstützen musste, damit ihn die harten Stöße nicht vollends umbrachten.

Der Morgen dämmerte, als der Fuhrmann das Pferd vorsichtig den lang gestreckten Hang von Westen her in die graue Stadt am Meer hinunterführte. Guillaume schien trotz der holprigen Fahrt leichter zu atmen. Hier wurde der Weg glücklicherweise besser. Stunde um Stunde war das Pferd dahingestapft, geführt von dem schweigenden Kutscher. Joslin saß da wie betäubt, von Ohnmacht ergriffen im Angesicht dieses Alptraums. Er hatte Stroh zusammengesucht, um ein grobes Kissen für seinen Vater zu machen, doch darüber hinaus konnte er sich weder bewegen noch denken. Beim ersten Tageslicht öffnete Guillaume die Augen. Er streckte die Hände aus und griff nach denen von Joslin.
»Sohn?«, keuchte er.
»Vater?«
»Hast du meine Harfe?«
Sein erster Gedanke. Joslin war nicht überrascht.
»Sie hängt auf meinem Rücken.«
»Behalte sie dort! Sie gehört jetzt dir!«
»Nein!«

Aber Guillaume hatte wieder Mühe beim Atmen und musste um jedes Wort kämpfen. »Was . . . ist . . . passiert?«
»Man hat versucht dich zu töten! Wir sind auf der Flucht. Jean und Marie haben uns geholfen. Wir kommen gerade in Cherbourg an.«
Guillaume nickte, als überrasche ihn das nicht.
»Wir müssen den Kanal überqueren«, flüsterte er.
»Nach England?« Joslin schluckte.
»Ja. Nur in England können wir unser Heil finden.«
Die Frage, was das zu bedeuten hatte, musste warten.
»Ich habe Geld«, sagte Joslin.
Guillaume nickte wieder. »Wir müssen ein Schiff finden, das uns in den Westen Englands bringt. Dort sind felsige, keltische Küsten wie in der Bretagne. Wir müssen in Cornwall oder Devon an Land gehen und uns gen Norden halten. Unser Ziel ist Wales.«
Seine Augen schlossen sich wieder. Das Klappern der Hufe klang jetzt anders. Sie hatten eine gepflasterte Straße erreicht.
Plötzlich hielt der Wagen an.
»Horcht!«, sagte der Kutscher.
Man hörte das Murmeln des Meers, die Schreie der Möwen – und vom Inland her das Trampeln von Stiefeln und das Trappeln von Hufen.
»Wir werden verfolgt!«, rief der Kutscher. »Ich muss euch hier zurücklassen. Wenn die Männer des Grafen hier ankommen, dann bin ich lediglich ein unschuldiger Fuhrmann, der zur Küste fährt.«
Joslin widersprach nicht. Gemeinsam legten sie Guillaume sanft auf den Boden.

»Lebt wohl«, sagte der Mann noch. Joslin fiel auf, dass er ihnen nicht »Viel Glück!« wünschte. Mit einem Klatschen der Zügel drängte er das Pferd die gepflasterte Straße entlang.

Der Klang von Hufgetrappel und Schritten kam immer näher. Vor Joslin lag der Hafen und er sah Segel im Dämmerlicht. Er hörte die Rufe von Seeleuten, die beim Laden waren. Engländer. Mit dem schwer über seiner Schulter hängenden Vater machte er sich auf den mühseligen Weg hin zu ihnen.

Jetzt, an seinem grausigen Zufluchtsort, durchlief Joslin ein Schaudern. Tränen brannten in seinen Augen. Er litt unter diesem doppelten Abschied – von seinem Heimatland und von dem, der ihm am nächsten stand und dessen Blut in seinen Adern floss.

Guillaume schlug die Augen auf. Seine keuchend hervorgestoßenen Worte waren kaum zu verstehen.

»Ich rieche das Meer.«

Seine Augen fielen wieder zu. Hinter ihnen erklangen inzwischen nur noch Schritte: Die Reiter waren abgestiegen und rannten mit den anderen. Vor sich sah Joslin das Schiff: niedrig und breit gebaut, mit stumpfem Heck und einer Kabine vorn und hinten. Am Fuß des Masts wartete ein Segel darauf, gehisst zu werden. Am Heck standen zwei Matrosen bereit, das Schiff aus dem Hafen zu staken. Andere warteten am Kai, um es abzustoßen und dann an Bord zu springen.

»Wo ist der Kapitän?«, schrie Joslin.

Ein Matrose legte die Hände um den Mund und stieß ei-

nen Schrei aus, der über Ozeane hinweggereicht hätte. Ein hoch gewachsener, grauhaariger Mann in einem Lederwams tauchte aus der hinteren Kabine auf und beugte sich über die Bordwand.
»Was ist?«
Jetzt musste Joslin die Worte dieser rauen, fremden Sprache sprechen, anstatt sie zu singen.
»Segelt ihr gen England?«
»Habt ihr Geld?«
Joslin fühlte es schwer in Jeans Lederbeutel klimpern. »Genug!«
»Dann kommt an Bord.«
So behutsam es ging schleppte Joslin seinen Vater die enge, schwankende Landungsbrücke empor, dann spürte er das Holz des Decks unter seinen Füßen, legte Guillaume sanft nieder und schaute zurück. Was er sah, war eine große Anzahl von Gefolgsleuten des Grafen, die schreiend und mit ihren Waffen fuchtelnd auf dem Kai standen. Schon knieten sich Armbrustschützen nieder und nahmen Ziel.
»Gib mir das Geld!«, befahl der Kapitän. »Wenn ich nicht zufrieden bin damit, übergebe ich euch denen da!«
Joslin reichte ihm den Beutel. Der Kapitän wog ihn sachkundig in der Hand. Dann nickte er, steckte ihn in sein Wams und sah zu den Schützen hinüber.
»Sie werden es nicht wagen, auf die *Merchant of Orwell* zu schießen, es sei denn, ihr seid wichtiger, als ihr ausseht. In dieser Stadt steht der Handel an erster Stelle.«
Bis dahin hatte er mit starkem Akzent ein Französisch gesprochen, das Joslin nur mit Mühe verstand. Jetzt bellte er Befehle auf Englisch. Die Männer am Heck machten sich

gebückt an ihre Arbeit. Das Schiff setzte sich in Bewegung. Joslin spürte einen plötzlichen, scharfen Wind. Die Männer am Mast sangen, während sie an den Leinen zogen. Die in Rot, Blau und Grün gehaltenen Segel stiegen flatternd am Mast empor, wo sie einen Augenblick schlaff herabhingen, um sich dann im Wind zu blähen.

Jetzt nahm das Schiff Geschwindigkeit auf. Vom Ufer her hörte Joslin Befehle. Die Schützen senkten ihre Waffen. Joslin wandte sich seinem Vater zu. Der Kapitän sah mit ihm auf ihn hinunter.

»Seine Augen sind umwölkt«, meinte er. »Das habe ich schon oft gesehen. Er wird bald sterben. Wir dürfen ihn nicht mehr bewegen. Nimm ihm sein Gewand ab; wir werden seine Wunden auswaschen und es ihm bequem machen.«

Behutsam machten sie sich ans Werk. Jetzt sah Joslin zum ersten Mal, dass sein Vater einen dünnen Leibgurt trug. Ein kleines Metallkästchen mit Deckel und Schlüsselloch war daran befestigt.

Guillaume wurde versorgt und verbunden. Nun lag er auf einer Strohmatratze, ein Kissen unter seinem Kopf. Er öffnete wieder die Augen.

»Wo geht die Reise hin?«

»Nach England.«

»Ah, die Häfen im Westen: Fowey, Plymouth, Brixham. Wo immer wir landen mögen, denk daran: Dein Ziel liegt im Norden, in Wales. Ein raues Land mit kriegerischen Leuten. Aber sie singen und lieben die Poesie wie du und sie werden sehen, dass du ein Kelte bist wie sie. Und wenn du in Wales bist, dann halt Ausschau nach der gesegneten St. Ursu. . .« Seine Stimme verklang, seine Augen fielen zu.

»Vater!«, rief Joslin in panischer Angst.
Zwei Minuten vergingen, bevor Guillaume die Augen wieder aufschlug. Joslin beugte sich tief hinunter, um zu hören, was er sagte.
»Es gibt Dinge, die du haben musst. Meine Harfe ist die deine. Du wirst sie brauchen. Mein Dolch ist ebenfalls dein. Möge der Herr verhüten, dass du je seiner bedarfst. Und« – er deutete auf den Gürtel mit dem Kästchen – »auch das ist für dich. Lege es nie ab! Es gibt nur einen Schlüssel . . .«
Wieder schlossen sich seine Augen. Wieder überkam Joslin die Angst, dies könne das Ende sein. Doch dann öffnete sein Vater die Augen und dieses Mal hatte Guillaume den Faden dessen, was er sagen wollte, nicht verloren.
». . . und den hat deine Mutter . . . Finde sie . . .«
Joslin wartete.
». . . dann wirst du erfahren, weshalb all dies geschah . . .«
»Das werde ich, Vater, das werde ich.«
Als sich Guillaumes Augen wieder schlossen, wusste Joslin mit schrecklicher Gewissheit, dass sie sich nicht mehr öffnen würden.

Der Kapitän gestattete es nicht, dass Guillaumes Leiche an Bord blieb. Nackt, der Schicklichkeit halber in ein Stück Segeltuch gewickelt, glitt der Leichnam mit einem Gebet des Kapitäns von einer Planke ins Meer und war verschwunden. Stundenlang war Joslin untröstlich. Sein Vater war ohne Priester gestorben, ohne Beichte, ohne Vergebung seiner Sünden, ohne die Sterbesakramente.
»Männer sind schon schlimmere Tode gestorben, während der Pest oder in der Schlacht«, sagte der Kapitän.

»Gott wird verstehen. Du bist jetzt auf dich allein gestellt. Wenn die Zeit kommt, kannst du Abbitte für deinen Vater leisten.«

Joslin richtete sich auf. »Wo werden wir landen? In Cornwall? Devon?«

Der Kapitän brüllte vor Lachen. Joslin sank das Herz.

»Cornwall? Nein, Junge. Ich bin John Hammond, Kapitän der *Merchant of Orwell* aus Ipswich. Suffolk ist meine Heimat, ebenso wie die meiner Männer. Wir fahren den Fluss Orwell hinauf nach Ipswich, unserer Heimat.«

Joslin sah ihn verständnislos an.

»Wir segeln nach Osten. Starke Westwinde werden uns über den Kanal fegen. Fässer, voll mit gutem Anjou-Wein für die Heimat, aus Suffolk feine Schaffelle für die Rückfracht nach Frankreich. Ich fahre nicht nur einfach in die Niederlande hinüber und wieder zurück wie andere Kapitäne. Mir steht der Sinn nach reicherem Handel weit in der Ferne und ich habe Schiff und Mannschaft dafür. Lass die Kriege Kriege sein. Die sind für die Prinzen, nicht für gewöhnliche Leute, wie wir es sind.«

»Aber ich, ich muss nach Wales!«, stammelte Joslin.

»Dann hast du einen dreihundert Meilen langen Marsch vor dir«, verkündete John Hammond mit brüllendem Gelächter und versetzte ihm einen Schlag auf den Rücken. »Für einen Sänger mit einer Harfe ist das eine Kleinigkeit. Ans Gehen sind die ja gewöhnt. Unterwegs kannst du mit deiner Musik dein Glück machen. Das ist die richtige Art und Weise, um nach Wales zu wandern.«

Darüber dachte Joslin nach. »Ich habe keine Tracht, die mich als Sänger ausweist«, wandte er ein.

»Trag die deines Vaters!«

Schaudernd dachte Joslin an das vom Blut steife Kleidungsstück mit dem Riss auf dem Rücken.
»Bürste sie mit Salzwasser aus, bis das Blut weg ist. Dann wird mein Segelmacher sie für dich flicken.«
Joslin war entsetzt.
»Was ist Blut schon anderes als Gotteswein? Rotweinflecken entfernt man auch mit Salz.«
Plötzlich überwältigte Joslin die Müdigkeit. Die Sonne sank. Er hatte nicht geschlafen; sein Leben stand Kopf. Allein John Hammond hatte ihn bei der Stange gehalten, seit er an Bord gekommen war. Jetzt fielen ihm die Augen zu, die Beine gaben unter ihm nach. Besinnungslos fiel er auf eben die Matratze, auf der sein Vater gestorben war.

Als er erwachte, war es dunkel. Er brauchte einen Augenblick, um zu begreifen, woher die Auf- und Abbewegung und das Schlingern kamen, das Knarren der Spieren, das Knattern der Segel, das Rauschen des Wassers. Dann fiel es ihm ein und wieder übermannte ihn der Kummer.
Eine Stimme tönte in seinen Ohren. »Wein du nur, Bursche. Es wird noch vieler Stunden bedürfen, bis dein Kummer weggespült ist.«
Joslin bemerkte, dass er auf einer bequemeren Matratze lag und ein Dach über dem Kopf hatte.
»Ich habe dich in die hintere Kabine bringen lassen«, erklärte John Hammond. »Du stehst unter meinem Schutz. Meine Männer mögen ja gute Seeleute sein, aber ich traue ihnen nicht von hier nach dort.«
Joslin musste an die Aufgabe denken, die vor ihm lag. »Wann kommen wir in England an?«
John Hammond lachte. »Du hast sehr viel Zeit, deinen

Kummer zu bewältigen. Wir brauchen vier Tage, um den Kanal zu überqueren und den Piraten auszuweichen. Du wirst dir noch die Seele aus dem Leib spucken, mein Junge. Immerhin hast du fast eine Woche Zeit uns gut zuzuhören, damit du unsere Sprache besser lernst und nicht mehr ganz so fremdländisch klingst.«
Joslin stöhnte und schlief wieder ein.

Schon bald dachte Joslin nicht mehr an das am Horizont verschwindende Frankreich. Die Stelle, wo sein Vater für immer in den Wellen versunken war, würde er nie mehr finden können. Das Bild seiner Fleur mit dem schimmernden schwarzen Haar und den blitzenden Augen wich in ein anderes Leben zurück. Die Dünung des offenen Meeres übermannte ihn und sorgte dafür, dass er sich Stunde um Stunde über die Bordwand gebeugt erbrach, bis er nur noch Knochen unter seiner Haut zu haben glaubte.
Der erste schreckliche Tag ging zu Ende. Als der nächste Morgen dämmerte, ging es ihm besser. Die *Merchant of Orwell* stemmte sich gegen die rollenden blauen Wogen an, die ihn mit Gischt nässten. Die rot-grünen Segel blähten sich und drängten vorwärts. Er fühlte sich gereinigt, wie neugeboren, bereit zu allem.
Zuerst schrubbte er das farbenfrohe Gewand seines Vaters. Anfangs war es steif vor dunklem Blut. Er verbiss seine Tränen, während er die in einen Eimer Salzwasser getauchte Bürste im Rhythmus der Wellen bewegte, hin und her, hin und her, stundenlang. Langsam verblasste das Blut; die Rot-, Grün-, Gelb- und Blautöne tauchten wieder auf, nicht mehr so leuchtend wie sie vormals gewesen waren, sondern fahl und gespenstisch, als hätte

der Tod sein Mal hinterlassen. Den Schlitz im Rücken behandelte Joslin mit besonderer Sorgfalt, damit er nicht noch größer wurde von seiner Schrubberei. Er fragte sich sogar, ob er ihn nicht offen lassen sollte. Aber als die Tunika sauber und der Stoff wieder weich war, vom Wind durchgeblasen und ordentlich gelüftet, nahm es der Segelmacher mit, machte sich eine Weile mit seiner Nadel daran zu schaffen und gab es dann zurück. Die Naht war alles andere als unsichtbar, mit großen Stichen aus grobem Zwirn. In den kommenden Tagen würde sie ihn möglicherweise am Rücken scheuern – aber zumindest ließ sie die Kälte nicht ein.

Die übrige Zeit arbeitete er mit der Mannschaft, zähen, sonnenverbrannten Männern, die den breiten Dialekt von Suffolk sprachen. Er hörte zu, meldete sich bescheiden zu Wort und erduldete ihr Gelächter über seine komische französische Aussprache. Doch wie es sich für einen fahrenden Sänger gebührt, vergaß Joslin das einmal Gehörte nie mehr.

Bis zum fünften Tag war er nicht mehr um Worte verlegen. Jeden Abend, während das Schiff mit gesetzten Segeln auf sicherem Kurs nach Osten durch die Wellen pflügte, setzten sich die Seeleute um ihn herum nieder und er spielte und sang für sie. Lieder von Roland und Renaud, von Huin von Bordeaux, von Melusine, halb Frau, halb Schlange, die an Raymond, dem Sohn des Grafen von Poitiers, Verrat beging. Alle lauschten begeistert und riefen dann: »Sing uns ein englisches Lied!« Also sang er von König Artus und Ginevra, von Lancelot und Gawain. Zum Ausgleich sangen sie ihm ihre eigenen Lieder von Meer und Land, einfachen Helden, geduldigen Frauen. Joslin

bewahrte sie in seinem Gedächtnis auf für sein neues Leben.
Am Morgen des sechsten Tages glitten sie in die weite Bucht, wo die Flüsse Stour und Orwell ins Meer mündeten. Joslin sah zu beiden Seiten die grünen Bäume bis zum Ufer herabreichen. Und er wusste tief drinnen, dass er dieses fremde Land zuversichtlich betreten und sich allem gewachsen fühlen würde.

Die *Merchant* war am Kai von Orwell festgemacht, dem kleinen Hafen außerhalb von Ipswich.
»Ein angemessener Ort für deine Ankunft«, sagte John Hammond. »Hier landeten vor vielen Jahren, bevor der alte König Edward seinen Thron verlor, Königin Isabella und Roger Mortimer mit ihrer Armee aus Frankreich.«
Die Matrosen, zusammen mit Männern aus Ipswich, schufteten stundenlang, um die Weinfässer an Land zu schaffen. Ringsum herrschte geschäftiges Treiben: Andere Schiffe wurden entladen, Leute kamen und gingen. Als die Ladung der *Merchant of Orwell* gelöscht war, bezahlte John Hammond seiner Mannschaft die Heuer aus. Das Geld dazu kam aus einer Metalltruhe, die er feierlich aufschloss. Dann befahl er ihnen, drei Tage später zur Mittagsstunde zurück zu sein, andernfalls heuere er neue Männer an und sie würden verhungern. Nun wandte er sich Joslin zu.
»Du hast mich gut bezahlt für diese Passage«, sagte er, »und du warst ein guter Schiffskamerad. Aber ich habe nicht vor, dir das Gold zurückzugeben, denn so ein Narr bin ich nicht. Ich habe dir einen großen Gefallen getan, ohne den du jetzt tot wärst. Aber ich werde dir etwas

Geld geben für den Anfang.« Er wühlte in seiner stählernen Truhe und zählte einige Kupfermünzen ab. »Da sind zwei Schilling. Genug für jeden Mann. Damit bist du versorgt, bis du dich etwas auskennst, da du deinen Unterhalt ja gewiss wirst verdienen können.« Für einen Augenblick zögerte er, dann bellte er: »Warte hier!« und ging wieder an Bord. Kurz darauf tauchte er mit einem schweren Laib Brot und einem großen Stück Käse wieder auf. »Heute Abend wirst du nicht verhungern«, meinte er und drückte Joslin beides in die Hände.

Dann betrachtete er ihn nachdenklich.

»Bleib hier!«, sagte er. »Vergiss Wales! Es ist ein weiter Weg und gefährlich dazu. Man wird dich als Franzose erkennen und du wirst viele Feinde haben. Wenn man dich nicht wegen deiner Harfe umbringt, wird man dich als Spion an den nächsten Galgen hängen. Bleib in Ipswich bei meiner Frau und mir! Werde Matrose, heirate ein Suffolk-Mädchen und lern die Lieder der See!«

Einen Augenblick lang kam Joslin ins Wanken. Das könnte ein gutes Leben sein. Diese sechs Tage auf der *Merchant of Orwell* hatten ihm einen klaren Kopf verschafft, hatten einen Teil seines Kummers fortgewaschen, hatten ihm Freude bereitet. Und zwischen England und Frankreich hin- und herzureisen, bis die Zeit kam, da er heimkehren und dort bleiben konnte ...

Nein. Er hatte es seinem Vater versprochen. Er musste weiter. Das erklärte er dem Kapitän.

»Na gut«, erwiderte John Hammond. »Sag niemals, ich hätte dich nicht gewarnt. Gott möge dir ein rasches Vorwärtskommen bescheren. Folge der Sonne und singe dir deinen Weg nach Wales!«

Sie schüttelten sich die Hände, dann ließ Joslin den Kai, John Hammond und die *Merchant of Orwell* hinter sich. Ohne zurückzublicken, ging er durch die geschäftigen Märkte und engen Gassen von Ipswich und machte sich auf den Weg, hinein in dieses gefährliche und unbekannte Land.

2

Zwei Stunden lang schritt er stetig aus. Ipswich lag hinter ihm. Im Westen versank langsam die Spätnachmittagssonne. »Folge der Sonne und sing dir deinen Weg nach Wales«, hatte John Hammond gesagt. Und genau das hatte Joslin vor, solange ihn keine unbegehbaren Wege und bedrohlichen Hindernisse davon abhielten.
Hindernisse gab es bis jetzt keine. Aber das Gefühl der Bedrohung hatte ihn seit Ipswich auf Schritt und Tritt begleitet. Dabei war es doch einfach nicht möglich, dass man ihm von Frankreich aus bis hierher gefolgt war. Immer wieder glaubte er das teigige, pockennarbige Gesicht mit dem verzerrten Mund vor sich zu haben. Doch schließlich sagte er sich: Vergiss, was in der Burg geschehen ist! Du bist jetzt in einem neuen Land, wo ganz andere Kämpfe auf dich warten.
Die fremdartigen Stimmen, die neugierigen, manchmal auch feindseligen Blicke der Leute von Suffolk machten ihm Angst. Also band er das Ledersäckchen mit John Hammonds Geld neben Guillaumes Kästchen an seinem auf der nackten Haut liegenden Gürtel fest. Irgendwelche Räuber würden ihn erst überwältigen müssen, um es zu finden. Seines Vaters Umhang und die Tunika trug er mit dem Brot und dem Käse zusammen in einer Rolle auf dem Rücken, ebenso wie die Harfe. Sie war das Kostbarste unter seinen Besitztümern. Jedenfalls soweit er das wusste. Dabei erhob sich die Frage: Was war in dem kleinen Kästchen seines Vaters?

Was ihm jedoch Sorge bereitete, war sein Gesicht. Schmal, mit hohen Wangenknochen, dunklen Augen, langem, schwarzem Haar (es war nie kurz geschoren worden, wie es sich für einen richtigen Sänger schickte, und Joslin hatte es schon vor dem Tag gegraut, an dem es geschehen würde), eine lange, wohlgeformte Nase, weiße Zähne. Alles an ihm sah fremdländisch aus. Sein Gesicht war in Frankreich daheim – oder vielleicht sogar in Wales, wer vermochte das zu sagen. Aber hier, wo die Haare hell und die Augen blau, die Gesichter rund und rot, die Nasen bloße Wülste über Mündern mit faulenden Zahnstümpfen waren, kam er sich so auffällig vor wie ein Ochse im Schafstall.

Also setzte er seinen Weg fort, ohne nach rechts oder links zu blicken, den Fluss Orwell entlang, dort, wo er schmaler wurde, wo sich die Abwässer der Stadt klärten und wo er den Gestank verlor, der ihn begleitete. Dann wandte er sich auch vom Fluss ab, ließ Wege und Häuser hinter sich und folgte der Sonne – geradewegs nach Westen und nach Wales, wo es eine Heilige gab, wo vielleicht seine Mutter war – und möglicherweise sogar der Schlüssel, nicht nur zu dem Kästchen, sondern zu seinem ganzen Leben.

An diesem Nachmittag und Abend legte er zwölf Meilen zurück. Er bahnte sich seinen Weg durch pfadlose Wälder, schlug einen Bogen um Höfe und Dörfer. Zuerst fürchtete er hinter jedem Baum einen Räuber oder Soldaten, die ihn verfolgten, um ihn unter Mordverdacht zurück nach Frankreich und in die Burg des Grafen zu schaffen. Andererseits – warum sollten ihn ausgerechnet englische Soldaten nach Frankreich bringen? Denn Frankreich lechzte nach Rache, nachdem die Gefolgsleute des Schwarzen Prinzen in französischen Städten und Dörfern gewütet hatten. Außerdem hatten die Bauern in den armseligen Hütten vermutlich noch nie von diesen Kriegen gehört – ja, vielleicht wussten sie nicht einmal, dass es ein Land namens Frankreich gab.

Manchmal sah er in der Ferne ein Landgut, wo möglicherweise ein Adliger lebte, der Bescheid wusste, wie die Dinge zwischen England und Frankreich standen. Dann durchzuckte Joslin die Angst. Er durchquerte schließlich Feindesland! Doch da fielen ihm Guillaumes Worte ein: Du wirst niemals wissen, wem deine wahre Loyalität gilt. Das ist der Fluch, den dir deine Mutter hinterlassen hat.

Es dämmerte. Joslin war hungrig. Vor ihm plätscherte ein kleiner Bach. Er blieb stehen, legte die Hände zu einer Schale und trank von dem klaren, kalten Wasser. Dann setzte er sich nieder, nahm John Hammonds Brotlaib heraus und brach ein Stück davon ab. Nachdem er von dem kräftig schmeckenden Käse abgebissen hatte, saß er nachdenklich kauend da. Er befand sich in einem flachen Tal, doch vor ihm stieg das Gelände an. Etwas sagte ihm, er solle hinaufklettern, denn was dahinter läge, könne möglicherweise von Bedeutung sein für ihn.

Ausgeruht erhob er sich wieder. Er stieg hinauf und sah sich um. Ein weites Tal tat sich vor ihm auf. Zwischen den Bäumen lagen bebaute Felder und die armseligen Hütten von Leibeigenen. Gebeugte Gestalten verrichteten ihre Arbeit. Er sah Schafe und Rinder, allerdings keine Herden, immer nur ein oder zwei Tiere.

Dahinter, eine Meile entfernt, lag ein kleiner Marktflecken. Er war nicht groß – eine zusammengedrängte Gruppe von Dächern, ein gedrungener Kirchturm. Doch jenseits davon erhob sich grau und Furcht einflößend eine Burg. Er sah eine hohe, ringsum verlaufende Burgmauer mit Gusserkern, Türmen, die über die Mauer hinausragten – und das mit einem Turm bewehrte Torhaus. Die letzte Zuflucht der Burgbewohner in unruhigen Zeiten, der Wehrturm – auch Bergfried genannt –, erhob sich drohend über dem Burghof. Alles hatte große Ähnlichkeit mit der Burg von Treauville im Cotentin – nur strahlte diese hier etwas Feindseliges aus. »Bleib draußen!«, schienen die Mauern zu sagen. »Du hast hier nichts zu suchen!«

Früher oder später würde er eine Stadt betreten müssen. Er musste essen, eine ordentliche Unterkunft finden, Geld verdienen, um für beides aufzukommen. John Hammond hatte Recht. Er musste sich seinen Weg nach Wales singen.

Nun, hier war eine kleine Stadt. Doch dann verließ ihn der Mut. *Morgen. Morgen gehst du hin.*

Die Sonne war fast untergegangen und der Himmel war fahl. Im Westen ballten sich Wolken zusammen. Er musste einen Unterschlupf finden für die Nacht. Eine große, regendichte Scheune voll mit gut duftendem, sauberem Stroh? Das wäre gerade recht.

Eine Viertelmeile zu seiner Rechten sah er eine. In den nahebei stehenden Hütten waren keine Lebenszeichen zu bemerken. Das Land ringsum sah vernachlässigt aus, verwildert. Er sehnte sich plötzlich nach dem Anblick eines arbeitenden Bauern und Rauch, der über einem Hüttendach aufstieg. Aber hier rührte sich gar nichts. Trotzdem hatte er plötzlich das Gefühl beobachtet zu werden. Die-

ses Gefühl war nie gänzlich von ihm gewichen, seit er Ipswich verlassen hatte. Jetzt kam es mächtig und beunruhigend wieder.
Er ging auf die Ansiedlung zu. Als er näher kam, erkannte er, dass er nur Gerippe vor sich hatte. Die Deckenbalken ragten nackt in den Himmel. Die Hütten zerfielen: Wände waren eingestürzt, Dächer eingebrochen. Da war auch eine halb zerfallene Kirche, der genug von ihrem Dach geblieben zu sein schien, um wenigstens einen Teil des Regens abzuhalten, falls es welchen gab. Beim Eintreten sah er, dass die steinernen Bodenplatten aufgeworfen und gesprungen waren. Aber es war besser als gar nichts; hier würde er für die Nacht sein Lager aufschlagen. Und an einer heiligen Stätte würde ja vielleicht Gott ein Auge auf ihn haben, so wie Er es immer tat. Jetzt ging es Joslin besser und er machte sich an die Arbeit.
Zuerst sammelte er Arme voll des draußen wuchernden langen Grases, um eine Art Bett zu bauen. Dann saß er in der sinkenden Dunkelheit, aß noch einmal von seinem Brot und Käse und starrte unglücklich das Tal hinunter zur Stadt. Bald nahm er sich die Harfe zum Kameraden. Er stimmte sie, spielte ein paar Akkorde und sang eines der Lieder, die ihm die Seeleute beigebracht hatten. »Ich bin aus Irland, dem heiligen Irland«. Wo die Männer dieses Lied wohl gehört haben mochten? Er wusste jetzt, wie sich dieser wandernde Ire gefühlt haben musste, allein und weit von zu Hause entfernt.
Doch weder das Harfenspiel noch das Lied konnten ihn so recht entzücken, es fehlte das Publikum. Er sehnte sich Fleur herbei, damit sie, mit Bewunderung in den Augen, sein Lied hörte, während er nur für sie alleine sang.

Schon wenig später legte er die Harfe weg, griff unter seine Tunika und legte seinen Gürtel mit dem Metallkästchen und dem Lederbeutel ab. Zuerst zählte er das Geld. Zwei Schilling. Das konnte lange reichen, wenn man gut darauf Acht gab. Aber ach, verzweifelte Männer hatten schon für weniger gemordet! Anschließend nahm er das Kästchen genau in Augenschein. Graues, trüb angelaufenes Metall. Sah aus wie Zinn. Er schüttelte es. Etwas klapperte darin.

Er dachte daran, sich einen Stein zu suchen und es aufzubrechen.

Nein. Das wäre eine Missachtung des letzten Wunsches seines Vaters.

Aber was, in aller Welt, mochte da drinnen sein? Musste er wirklich dreihundert Meilen gehen, um es zu erfahren?

Da fiel ihm schlagartig etwas ein. Er durfte es keinesfalls wagen, mit seinem Kästchen und dem Geld in die Stadt zu gehen. Man würde ihn bestehlen. Sorgsam zählte er vier Pence ab. Das müsste reichen. Den Rest ließ er, wo er war.

Er wandte sich zum Städtchen hin, orientierte sich, um das zu tun, was in jenen Zeiten die meisten Reisenden taten. Eine halbe Meile zur Rechten eine Baumgruppe, der Bergfried in der Mitte, die halb zerfallene Scheune ganz in der Nähe zu seiner Linken. Er ging umher, bis die drei Landmarken eine gerade Linie bildeten, mit dem Wehrturm genau in der Mitte. Dann markierte er die Stelle, an der er stand, mit einem Stein. Er ging auf die schief in den Angeln hängende Kirchentür zu, machte jedoch nach fünfzehn Schritten Halt. Dort bückte er sich, nahm den Dolch aus seinem Gürtel und begann ein Loch zu graben.

Hier würde er seinen kleinen Schatz verbergen, um ihn sich später zu holen.
Die Erde schien recht locker zu sein. Nichts kam seinem Dolch in die Quere, während er ein Loch grub, das eine Hand oder mehr tief war.
Es reichte fast. Er schaufelte eine letzte Ladung Erde heraus. Das Gefühl, beobachtet zu werden, war jetzt stärker als jemals zuvor.
Seine Klinge traf auf etwas Hartes. Keinen Stein. Einen vor Jahren von einem Hund verbuddelten Knochen? Er grub weiter. Ja, ein Knochen, vermutlich von einem Hund hinterlassen, als die Menschen den Weiler verließen. Aus Neugier schaufelte Joslin noch mehr Erde heraus.
Und dann hob sich ihm der Magen und kalte Angst griff nach ihm.
Er hielt einen menschlichen Schädel in der Hand!
Joslin ließ seinen Dolch fallen. Runde Augenhöhlen, ein grinsender, höhnischer Mund.
Nein, er würde sein Geld nicht vergraben. Er floh, rannte in die Kirche und versteckte den Leibgurt unter seinem Bett aus Gras.
Jetzt wo sich die Nacht herabsenkte, war es dunkel in der Kirche und gespenstisch still. Um ein Haar hätte er sich seine Habseligkeiten geschnappt und wäre davongelaufen.
Dann beruhigte er sich wieder. Ein Totenschädel konnte ihm nichts anhaben. In diesen verwüsteten Gegenden der Christenheit lagen genug menschliche Schädel herum, die niemals mehr irgendwem Schaden zufügen würden. Außerdem wusste er nicht, wo er sonst hingehen sollte.

Er legte sich auf sein Grasbett und lauschte in die schauerliche Stille. Warum waren keine Eulen, Füchse, Kreaturen der Nacht zu hören? Nichts schien sich zu rühren. Es war, als wäre von dem Loch, das er gegraben hatte, ein tödlicher Dunst aufgestiegen. Und er wusste, was es war. Hier regierte der Tod. Golgatha, die Wohnstatt des Totenschädels. Dieser Totenschädel hatte Wache über ihn gehalten. Und möglicherweise war er nicht der Einzige.
An was für einen entsetzlichen Ort war er da gekommen?
Er legte sich zurück und versuchte zu schlafen. Er dachte an das neue Leben, das auf ihn wartete, daran, wie er seine Mission erfüllen würde. Das machte ihm neuerliche Angst.
Also dachte er stattdessen an Fleur. Aber die Bilder von ihr, die er in sich trug, waren seltsam kraftlos, brachten ihn jedoch dazu, wieder einmal über all das nachzudenken, was ihn hierher geführt hatte. Während die Sterne herauskamen und ihn kalt durch die hohe, gewölbte und schadhafte Decke anblitzten, durchlebte er alles noch einmal, angefangen bei dem Augenblick, als Jean an die Tür seiner Kammer in der Burg des Grafen klopfte. Und endlich nahm der Schlaf ihn mit sich. Aber Joslins Träume waren angefüllt mit Meer und Blut, verborgenen, ihn beobachtenden Augen, seines Vaters aschfahles Gesicht, als er starb. Und dann ein anderes Gesicht, pockennarbig und mit verzerrtem Mund.

Sonnenlicht strömte durch die Dachbalken, als Joslin erwachte. Er sprang auf, schüttelte das an ihm haftende Gras ab und mit ihm die Ängste der Nacht. Ganz unvermittelt erfüllte ihn Freude. Heute begann ein neues Leben. Er

war auf sich allein gestellt, und ob er zurechtkam, hing nur von seinem Verstand und seinen Fähigkeiten ab.
Er rannte durch langes Gras bis dahin, wo sich ganz in der Nähe der Fluss dahinschlängelte. Furchtlos sprang er in das kalte, erfrischende Wasser, ließ es zehn Tage des Elends und des Schreckens fortwaschen, dann lief er zurück zu seinem verlassenen Weiler. Die schon jetzt warme Sonne trocknete ihn unterwegs. In ihrem Licht sah er klar die altersschwache Scheune, die verfallene Kirche, die armseligen, zusammensinkenden Hütten. Er sah eine halb im Gras verborgene, rostende Egge, Spaten mit fehlenden Griffen, Hacken, die zerfielen, wo sie vor Jahren hingeworfen worden waren.
Und mit einem Mal wusste er, wo er die Nacht verbracht hatte, denn von solchen Orten hatte er schon gehört.
Vor vielen Jahren war hierher der schwarze Tod gekommen. Die Wenigen, die er verschonte, waren geflohen. Hätte er seine Habseligkeiten in dem Loch vergraben, hätten sie dort mit Skeletten, die schon viele Jahre da lagen, eine Pestgrube geteilt. In Wirklichkeit war dieser Ort nicht das Golgatha eines einzigen, sondern das vieler Schädel. Kein Wunder, dass der Tod auf der Nachtluft umhergestrichen war und versucht hatte ihn anzurühren. Aber er, Joslin, war stark: Er hatte überlebt. An diesem Morgen spürte er keinen Blick, der jeder seiner Bewegungen folgte.
Joslin aß das letzte Stück des altbackenen Brots und des harten Käses. Ich werde so anfangen, wie ich weitermachen will, nahm er sich vor und zog die Tunika seines Vaters über. Sein altes Wams verbarg er bei seinen anderen Besitztümern unter seinem Lager. Aus einem Impuls he-

raus versteckte er auch seinen Dolch. Gut möglich, dass ein von weit her kommender Fremder, noch dazu bewaffnet, mit Misstrauen betrachtet werden würde.
Dann reckte er die Schultern, holte tief Luft und marschierte auf das Städtchen zu.

3

Anstatt das Städtchen vom Fluss her zu betreten, marschierte Joslin von dem verlassenen Weiler aus kühn den Hang hinunter ins Tal. Bald erreichte er das erste bestellte Feld. Ein Leibeigener hackte die dunkle Erde auf. Mit bebender Stimme, denn dies war das erste Mal, dass er die fremde Sprache auf fremdem Boden und mit einem fremden Engländer benutzte, rief er: »Freund! Wie heißt dieser Ort?«

Der Bauer richtete sich auf und sah ihn an. Die Augen in seinem sonnengegerbten Gesicht verengten sich misstrauisch.

»Kommst du von da oben?«, fragte er und zeigte mit dem Daumen in die Richtung des verlassenen Weilers.

»Ja.«

Der Leibeigene wich entsetzt zurück und schlug erregt das Zeichen des Kreuzes. Dann drehte er sich um und rannte Hals über Kopf und unzusammenhängendes Gebrabbel ausstoßend davon.

Joslin zuckte die Achseln und ging weiter. Als er das Städtchen betrat, sah er am Weg eine hoch gewachsene Gestalt in Mönchstracht stehen. Ein Bettelmönch vielleicht, dachte er. Ein weit verbreiteter Anblick auf den Straßen nicht nur hier in England. Sie predigten auf den Marktplätzen und nahmen als Gegengabe, was ihnen an Gastlichkeit geboten wurde. Er spürte, wie ihm der Blick des Mannes unter der Kapuze hervor folgte.

Bald kam er am ersten Gebäude vorbei. Es war ein solides,

mit überhängendem Dach ausgestattetes Haus, dem man ansah, dass kein Geringer darin lebte. Auf einer Leiter war, umringt von Schilfbündeln, ein Dachdecker am Werk.

»Freund!«, rief Joslin in der Hoffnung auf eine bessere Antwort. »In welchem Städtchen bin ich hier?«

Der Dachdecker sah von seiner Leiter herab.

»Nun je, du befindest dich hier im schönen Stovenham«, erwiderte er. Joslins Englisch war noch nicht ganz perfekt, aber er hörte den Spott in der Stimme des Mannes. »Und ich glaube, dass es schon seit langen Jahren keinen wie dich zu Gesicht bekommen hat«, fügte er mit einem Blick auf Joslins farbenfrohe Tunika, die Harfe und das schmale, fremdländische Gesicht hinzu.

»Hast du deshalb Angst vor mir?«, erkundigte sich Joslin.

»Ach«, sagte der Dachdecker. »Also bist *du* der Teufel höchstpersönlich, aus dem Grab entstiegen, um uns alle zu holen.«

Joslin sah verständnislos drein.

»Ich hörte den armen, närrischen Jenkin durch die Straßen rennen und schreien, bis ihm fast die Lunge platzte. Kommst du von Cry Ashbourne herunter?«

»Von wo?«

»Dem Weiler, der im Verlauf der Pest ausgestorben ist.«

»So ist das also«, sagte Joslin. »Ich fand heute Nacht dort Unterschlupf.«

»Dann bist du der Erste, der so etwas wagt. Du bist vom schwarzen Tod und vom Teufel gezeichnet.«

Joslin schnappte entsetzt nach Luft.

»Mach dir keine Sorgen. *Ich* glaube das nicht, aber die einfältigen Leute, die hier wohnen, werden es glauben.«

Der Mann kam die Leiter herunter. »Dieses Städtchen hier ist ein übler Ort. Ohne jegliche Bedeutung und von Narren bewohnt.« Er musterte Joslin von Kopf bis Fuß. »Mir scheint, wir leben alle beide davon, dass wir umherreisen und unsere Künste feilbieten. Du wirst also wissen, was ich meine. Ich habe keine Ahnung, wo du herkommst, obwohl ich vermute, dass es nicht der Höllenschlund ist. Was mich betrifft – nun, ich bringe gutes Handwerk in dieses gottverlassene Nest. Ich bin ein fahrender Dachdecker und ich leiste bessere Arbeit, als die elenden Pfuscher hier zu Wege bringen.«

Joslin hatte das Gefühl, dass ihm der Mann vielleicht Dinge erzählte, die es zu wissen lohnte. Seine offenen grauen Augen hatten ihm von Anfang an gefallen, und Joslin hoffte, dass sein Vertrauen erwidert wurde. Er erlebte keine Enttäuschung. Der Dachdecker stürzte sich in eine lange Rede, von der sich Joslin kein Wort entgehen ließ.

»Ich komme aus der schönen Stadt Bury, wo sich das Grab des heiligen Edmund befindet. Dort haben sich die Handwerker in Gilden zusammengeschlossen. Und ich gehöre dazu. Ich kann durch ganz Ostanglien reisen. Ich gehe nach Norwich, wo es Geld gibt und gesunden Menschenverstand und eine mächtige Kathedrale, an der noch gebaut wird. Ich gehe nach Cambridge mit seiner Universität, wo gebildete Männer aus der ganzen Christenheit zum gelehrten Disput zusammenkommen. Ich gehe nach Lynn, das reich wurde durch das Meer. Ich komme an Feldern mit goldenem Korn vorbei und an Herden von Schafen mit prächtigen Fellen. Ich durchwandere die Lehnsgüter von Edelleuten und die weiten Ländereien von Abteien. Ich arbeite für Edelmann und Abt gleichermaßen,

ebenso wie für jeden Gemeinen, der es sich leisten kann. Ich habe viel gelernt auf meinen Reisen.«
Er brach ab und überlegte. Joslin wartete.
»Ich werde dir was sagen. Dieses Land wandelt sich. Es gibt jetzt viele, die die alten Sitten und Gebräuche in Frage stellen. Die Gesetze, die Männer zu Leibeigenen und Fronpflichtigen machen, sind am Wanken. Denk nur, ich habe von Adligen gehört, die ihre Bauern zu freien Männern machen, die selber Land besitzen. Äbte lockern die Kirchengesetze. Unfreien und Leibeigenen, die sich gelehrig zeigen, ermöglicht man eine Ausbildung zum Priester oder Rechtsgelehrten. Schon jetzt gibt es Bischöfe und Richter, die Söhne von unfreien Bauern sind.«
Wieder machte er eine Pause. Unvermittelt stieß er ein Lachen aus und spuckte auf den staubigen Boden. »Aber hier in Stovenham wissen sie nichts von alldem. Hier ist das Lehen von Roger de Noville, Graf von Stovenham, und man könnte meinen, die Magna Charta, die die Rechte der Barone genau festlegte, sei niemals besiegelt worden. Er lebt, als befänden wir uns noch im Zeitalter von Wilhelm dem Eroberer. Eroberer und Eroberte. Sieger und Besiegte. Herren und Sklaven. Der Graf ist grausam und die Leute hier sind dumm und einfältig.«
Er sah zu dem Bergfried hinüber, der drohend über der kleinen Stadt aufragte. Joslins Blick folgte ihm. Ja, die Wohnstatt des Grafen wirkte schroff und bedrohlich.
»Dort ist er«, sagte der Dachdecker verächtlich. »Eingesperrt in seiner Burg, umringt von einer Gefolgschaft von sechzig Leuten, als schlichen die Geister von König Hereward und seinen Mannen immer noch draußen herum, jederzeit bereit, ihn in seinem Bett zu meucheln. Möge

Gott auf Roger de Noville und all seine Machenschaften spucken!«

Plötzlich lachte er. »Mir ist es ja egal. Ich habe hier Arbeit gefunden, weil der Herr Apotheker ein neues Dach haben will, und zwar eines, das ebenso gut ist wie die, die er in Bury oder Lynn gesehen hat. Aber er wäre zu blöde, um es zu bemerken, würde ich meine Aufgabe nachlässig erledigen. Nicht dass ich so etwas tun würde. Aber du«, er betrachtete Joslin kritisch, »wenn du etwas verdienen willst, dann solltest du von hier verschwinden.« In diesem Augenblick hörten sie alle beide lautes Geschrei und wütende Stimmen. »Tatsächlich«, fuhr der Dachdecker fort, »würde ich sagen, dass du dich auf der Stelle davonmachen solltest, wenn du am Leben bleiben willst.«

Als einige Leute um die nächste Hausecke gestürmt kamen, kletterte er rasch wieder auf seine Leiter und war sogleich tief in seine Arbeit versunken, als wäre Joslin gar nicht da. Joslin sah sich aufgebrachten Männern mit Mistgabeln, Frauen in Schürzen, die drohend Schöpfkellen und Pfannen schwangen, und kreischenden Kindern gegenüber. Sie kamen wie eine einzige Masse aus dem Nichts gestürmt, als wollten sie Joslin über den Haufen rennen, ihn mit Mistgabeln aufspießen und mit Schöpfkellen bewusstlos schlagen. Doch dann, als wäre der Mob ein Tier mit einem einzigen Gehirn, blieben sie stehen, als sie ihn sahen, legten ihre Waffen ab und stießen einen nahezu gemeinsamen Seufzer der Verwirrung aus. Ein kleines Stück abseits stand der Mönch und beobachtete die Szene mit ernster Miene.

Der Mann, den Joslin als Erstes gesehen hatte, Jenkin hieß er wohl, schrie der Menge zu: »Seht ihr, was ich meine? Er trägt die leuchtenden Farben der Hölle selbst! Es ist der Teufel, von den Toten geschickt! Er trägt die Pest an sich und wird uns allen den Tod bringen!«

Über seinem Kopf hörte Joslin den Dachdecker sagen: »Hörst du? Sie haben in ihrem elenden Leben noch keinen wie dich gesehen.«

Ein seltsames Murmeln, halb wütend, halb furchtsam, erhob sich. Aufgebrachte, misstrauische Gesichter, in denen die Angst arbeitete, umgaben ihn. So einen Haufen ungewaschener Menschen war Joslin noch nie begegnet und er rümpfte die Nase. Immerhin war er ja an das Leben in einer französischen Burg gewöhnt und auch auf der *Merchant of Orwell* hatte er sich täglich mit Salzwasser übergossen. Er wich zurück bis zur Leiter.

»Pass auf, was du tust!«, erklang über ihm die Stimme des Dachdeckers. »Ich habe mit der ganzen Sache nichts zu schaffen!«

Aber die Menge kam nicht näher. Joslin wusste, warum. Diese abergläubischen Leute waren nicht sicher, ob er nicht wirklich geradewegs aus der Hölle kam.

Er tat das Einzige, was er konnte. Er nahm die Harfe von seinem Rücken, setzte sich auf eine der unteren Leitersprossen und spielte ein paar Noten. Dann sang er. Begleitet von seinem Harfenspiel sang er Lieder von Roland und Roncesvalles – und zwar so, wie er sie gelernt hatte, nämlich auf Französisch. Seine helle, sichere Stimme erhob sich mit den Harfenklängen hinauf in die klare Luft. Angst und Wut erstarben. Mit großen Augen und ohne ein Wort zu verstehen, standen alle atemlos und entzückt da. Selbst der Dachdecker brach seine Arbeit ab. Der Mönch rührte sich nicht.

Ich habe es geschafft!, dachte Joslin. Meine Musik wird mir nicht nur den Lebensunterhalt sichern, sie wird mir das Leben retten!

Und so sah es auch aus, bis andere Geräusche die Musik übertönten: das Trampeln marschierender Füße, die sich rasch näherten. Sechs Soldaten und ein riesiger Mann in einem glänzenden Lederwams, knallrotem Rock und grünen Strümpfen kamen angestürmt.

Doch das Ungewöhnlichste an dem Mann war sein Gesicht: rotes Haar, roter Bart, Nase schief, als hätte er sie vor langer Zeit in einem Kampf gebrochen. Seine Augen waren braun, was seltsam war bei einem Rothaarigen.

Jetzt sah Joslin wieder Furcht auf den Gesichtern der Menge. Ein Gemurmel ertönte, Stimmen wie die von Krähen, die über einem Kadaver zanken, gefolgt von angespannter Stille. Der Mönch war verschwunden, hatte sich aufgelöst, als hätte er nie existiert.

Wieder sprach der Dachdecker leise von oben herunter. »Jetzt sitzt du wirklich in der Patsche. Das ist William Wilkin, Gutsverwalter von Roger de Noville. So wie ein Priester der Vertreter Gottes auf Erden ist, so ist unser William in Stovenham der Vertreter des Grafen. Darin ist er allen Gutsverwaltern gleich, die mir begegnet sind. Er mag ja vielleicht aus dem Volk stammen, aber sobald ihm sein Gebieter die Gunst schenkt, ist er nur noch darauf aus, seine Schäfchen ins Trockene zu bringen. Der da wird es noch zu eigenen Ländereien und Leibeigenen bringen und auf dem Weg dahin saugt er diese armen Elenden hier bis aufs Letzte aus. Ich weiß, wen das Volk hier am meisten fürchtet und wem es sich am meisten verpflichtet fühlt. Wenn ich du wäre, dann würde ich jetzt die Beine in die Hand nehmen. Dein kleines Konzert ist vorüber.«

»Wo soll ich denn hin . . .«, fing Joslin an, brach jedoch gleich wieder ab, denn William Wilkin schrie auf die Menge ein.

»Was ist denn hier los? Ihr lauscht den lüsternen Gesängen eines Mannes, der aus *Frankreich* kommt? Dass er von dort ist, erkenne ich an seiner Sprache und an seinem Gesicht. Er ist der Feind unseres Königs, der Feind meines und eures Herrn, dem Grafen selbst. Und wenn das so ist, dann ist er auch euer Feind. Zerreißt ihn in Stücke!«

In dem kurzen Augenblick zwischen Joslins Begreifen und dem wütenden Aufschrei der Menge hörte er die Stimme des Dachdeckers.

»Es wird Zeit, dass du verschwindest!«

Aber Joslin konnte sich vor Angst nicht rühren. Derbe, sonnenverbrannte Gesichter waren wutverzerrt, Pickel und Hacken wurden drohend erhoben. Die Menge war kurz davor, sich auf ihn zu stürzen. Er schlug das Kreuz und begann zu murmeln: »Heilige Maria, Mutter Gottes . . .«

Ohne Vorwarnung kam hinter ihm die Leiter ins Wanken und fiel klappernd zu Boden. Auch der Dachdecker lag am Boden, dann stand er auf, ergriff seine Leiter und hielt sie vor sich wie einen Zaun, um die herandrängenden Leute aufzuhalten. Diesmal war seine Stimme laut, als er sprach. »Mach die Tür hinter dir auf!«

Joslin stellte keine Fragen. Er öffnete die Vordertür des Apothekerhauses und glitt hinein. Einen Augenblick später stand der Dachdecker neben ihm und stieß die Riegel zu.

Sie rannten über den steinernen Fußboden, der übersät war mit Schilfhalmen, durch eine Küche, wo Frauen bei ihrem Auftauchen Schreie ausstießen, hinaus in einen Garten, wo die Heilkräuter des Apothekers wuchsen, wo gluckende Hennen umherstolzierten und Schweine auf Futtersuche waren. Dann, ganz hinten, über eine Mauer und durch eine enge Gasse, wo sich über ihren Köpfen die überhängenden Hausdächer fast trafen. Die ganze Zeit über hörten sie das Geschrei der Leute hinter sich, als sie versuchten sich durch die enge Gasse zu drängen.

»Für den Augenblick sind wir in Sicherheit!«, schnaufte der Dachdecker. »Die da werden ein Weilchen brauchen, bis sie merken, dass nur jeweils zwei nebeneinander durch diese Gasse passen.«

»Warum hilfst du mir?«, keuchte Joslin mitten im Lauf.

»Reisende sollten zusammenhalten«, gab der Dachdecker zur Antwort.

Die Gasse, die sich Ox Alley nannte, führte auf den Friedhof. Ringsum erhoben sich Grabsteine, über denen der Kirchturm aufragte. Nach der schummrigen Gasse, wo die überhängenden Hausdächer das ganze Licht abgeschirmt hatten, war das Sonnenlicht nun blendend.

Der Dachdecker blieb stehen, hob einen Stein auf und drückte ihn Joslin in die Hand.

»Schlag mich damit! Dann versteckst du dich hinter einem Grab!«

Joslin rührte sich nicht von der Stelle.

»Schlag mich, wenn du willst, dass dir die Flucht gelingt!«, drängte der Dachdecker. »Auf den Kopf!«

Joslin traf ihn leicht an der Stirn.

»So wird das nichts. Gib her!« Der Dachdecker packte den

Stein und schlug sich seitlich gegen den Kopf, bis Blut sein sandfarbenes Haar befleckte. Dann ließ er sich zu Boden fallen. Er sah hoch und zischte: »Und jetzt versteck dich!«

Joslin rannte hinter ein großes, reich geschmücktes Grab. Sobald er außer Sicht war, lauschte er. Gerade kam die Menge lärmend auf den Friedhof gerannt. Bestürzte Rufe erklangen, als sie den am Boden liegenden Dachdecker sahen. Dann kam dessen Stimme: »Ein wahrer Teufel, vom Satan selbst geschickt! Er hat die Kraft von sechsen! Ich kam nicht gegen ihn an. Habt ihr gesehen, wie er mich als Geisel genommen hat? Ein Furcht einflößender Bursche, das kann ich euch sagen. Er hat mir mit diesem Stein eins übergezogen, ein Schlag, der mich genauso gut ins Jenseits hätte befördern können. Dann ist er geflohen. Er kann rennen wie der Wind. Inzwischen ist er bestimmt Meilen von hier entfernt. Es lohnt nicht, nach ihm zu suchen. Den sehen wir nie wieder.«

Stimmen wurden laut. Schreie wie »Ein Glück, dass wir den los sind!« mischten sich mit Mitleidsbezeigungen für den Dachdecker. Joslin hörte ihn sagen: »Es ist nichts Ernstes. Der Apotheker wird mich versorgen. Ich muss wieder an mein Tagwerk.«

Die Vorstellung war vorüber. Nach und nach zerstreute sich die Menge. Der Dachdecker ging mit ihnen. Schon bald war Joslin allein – und von Dankbarkeit erfüllt für diesen völlig Fremden, der ihn gerettet hatte.

Vorsichtig verließ er sein Versteck und sah sich um.

Was für ein Land dieses England war! Kaum vierundzwanzig Stunden auf englischem Boden, hatte er schon eine Nacht bei den Toten verbracht, man hatte ihn für einen

Teufel und Spion gehalten, eine aufgebrachte Menge hatte ihn verfolgt und er war im allerletzten Augenblick vor einem weiß der Himmel wie gearteten Los bewahrt worden. Er brauchte etwas Ruhe, um nachzudenken. Und zu beten. Dann würde er dem Rat des Dachdeckers folgen und dafür Sorge tragen, dass man ihn hier nie wieder zu sehen bekam.

Dankbar betrat er die Kirche. Dunkle, kühle Stille, ein Platz, wo Gott ihn hören würde, das war es, was er brauchte.

Aber er hatte noch keine zwei Schritte ins Innere getan, als er vor Angst zu schlottern begann und sich fieberhaft bekreuzigte.

Denn da, in der Luft schwebend, starrte ihn das Grauen an: ein Totenkopf, grimmig grinsend, die leeren Augenhöhlen Dunkelheit verströmend, wie eine Lampe Licht verströmt. Das Ganze erinnerte ihn auf schreckliche Weise an den grausigen Gegenstand, den er gestern Abend berührt hatte. Und neben dem Totenkopf war das abscheuliche, verzerrte Ziegenbockgesicht des Teufels selbst, eine Fratze mit grotesken Hörnern.

Mit einem Wimmern sank Joslin überwältigt zu Boden. An was für einen entsetzlichen Ort war er da gekommen, wo Tod und Satan gemeinsam in den Kirchen lebten? Zitternd vor Angst, wünschte er sich aus ganzem Herzen in die vertraute, ferne Burg und an die Seite seines Vaters zurück.

4

Jemand klopfte ihm auf die Schulter. Joslin kniff fest die Augen zu, rollte sich wie ein verschreckter Igel zu einem Ball zusammen und murmelte: »Weiche von mir, Luzifer!«

»Wir sind keine Teufel!«, erklang eine junge, weibliche Stimme.

»Wenn mein Gemälde so eine Wirkung hat, bin ich wohl besser, als ich dachte.« Das war eine Männerstimme.

Gelächter. Ja, der Teufel lachte immer über das Unheil, das er brachte – aber gewiss war das Gelächter des Teufels niemals unbeschwert und jung wie . . . wie sein eigenes? Oder das von Fleur?

Joslin öffnete die Augen. Ein junger Mann und eine junge Frau standen über ihm, nicht älter als er selbst. Der Totenkopf und der Teufel konnten sich unmöglich in diese lachenden Geschöpfe verwandelt haben.

Aber war es nicht das, was sie taten? Die lächelnde Frau, deren List und Heimtücke dem braven Mann den Tod brachten, der heitere junge Mann, dessen Äußeres den glühenden Dorn immer währender Pein verbarg?

Er würde sich nicht irreführen lassen. »Hebt euch hinweg!«, schrie er.

Der junge Mann griff fest nach Joslins Schulter. »Ein solches Lob wurde mir mein ganzes Leben lang noch nicht zuteil«, sagte er.

Joslin setzte sich zur Wehr, aber der Griff war erstaunlich fest. War das die Kraft des Teufels?

»Sieh doch hin!«, befahl das Mädchen. »Sieh dir das Gesicht des Satans noch einmal an!«

Joslin zwang sich zum Altar und dem östlichen Fenster emporzusehen. Ein Altargitter trennte den Priester von der Gemeinde, den Himmel von der Erde. Hoch oben war eine große Holztafel angebracht.

Und auf dieser Holztafel war ein farbenprächtiges, unvollendetes Gemälde mit vielen Figuren zu sehen: Männer, Frauen, Dämonen, der Tod. Überragt wurde das Ganze von Christus selbst in seiner Heiligen Stadt, wo Engel mit Fanfaren zum Jüngsten Gericht riefen. Er lächelte, während er seinen Auserwählten dabei zusah, wie sie gen Himmel stiegen. Doch Engel trauerten um die Sünder, die hinunter in die Hölle getrieben wurden. Sonnenlicht strömte durch die mächtigen Seitenfenster herein und erhellte den knochigen Schädel des Sensenmanns zu grausiger Klarheit, daneben war der gehörnte Kopf des Teufels selbst. Jetzt, wo Joslin alles betrachtete, begriff er, was ihm da solche Angst eingejagt hatte – und er wusste auch, was die einfachen Leute fühlen würden, wenn sie mit der Last ihrer Sünden hier hereinkamen.

Eine Leiter stand unter dem Gemälde; auf einem Tisch daneben gab es Pinselhalter und große Muschelschalen als Gefäße zum Farbenmischen.

»Mein Jüngstes Gericht«, erklärte der junge Mann. »Es ist gut, nicht wahr?«

Das waren keine Leute aus Suffolk, befand Joslin. Ihre Stimmen hatten etwas Näselndes, das er von den englischen Reisenden in Frankreich kannte. Und das sagte er auch.

»Und du sprichst auf eine Art«, sagte das Mädchen, »die uns berechtigt dich Teufel zu heißen. Wie kommt ein Franzose in die St.-Josephs-Kirche in Stovenham?«

Jetzt, wo Joslin die beiden betrachtete, gewann er Vertrauen in das offene Gesicht des jungen Mannes und die blonde, blauäugige Schönheit des Mädchens. Ganz plötzlich hatte er ein klares Bild von Fleur vor sich; und so sehnlich, dass er dagegen ankämpfen musste, überkam ihn der Wunsch, die Hand auszustrecken und dieses so ganz anders aussehende Mädchen zu berühren. Aber er war heute schon einmal fast umgebracht worden und würde es nicht noch einmal riskieren. Also holte er tief Luft, nahm sich zusammen und erzählte ihnen seine Geschichte. Es machte ihn beinahe glücklich, sie endlich mit jemandem zu teilen.

Die beiden wechselten einen Blick.

»Also bist du in die Kirche gestürzt, um hier Zuflucht zu finden – und stattdessen sahst du die Fratze des Teufels, der dich deiner Meinung nach schon die ganze letzte Woche beharrlich verfolgt?«

»Ja«, sagte Joslin.

»Du brauchst dich nicht zu schämen«, gab der junge Mann zurück. »Du hast bewiesen, dass unser Gemälde die Wirkung hat, die es haben soll.«

Joslin ging es schon besser. »Und die wäre?«, fragte er.

»Erst einmal müssen wir dir von uns erzählen, nachdem du uns alles über dich erzählt hast«, sagte der junge Mann. »Mein Name ist Robin.«

»Und meiner ist Alys«, ergänzte das Mädchen.

»Und wir sind verlobt«, fügte Robin hinzu.

»Mehr oder weniger«, schränkte Alys ein.

»Ich bin Lehrling bei Randolf Waygoode aus Cripplegate in London, Meister der Kunstmalerei«, sagte Robin.

»Und ich bin niemandes Lehrling, weil ich ein Mädchen bin«, sagte Alys. »Aber ehrlich gesagt bin ich ein besserer Maler als Robin, auch wenn es mir keiner beigebracht hat und ich nur meinen gesunden Menschenverstand benutze.«

»*Ich* habe es dir beigebracht«, widersprach Robin ein wenig gekränkt.

»Ja, mein Schatz«, gab Alys gespielt unterwürfig zurück.

»Vor drei Wochen erhielt Meister Randolf einen Auftrag. Keinen wichtigen, wie zum Beispiel Altarbilder für die Westminsterabtei oder Bildnisse für den König. Ein Gemälde des Jüngsten Gerichts für die St.-Josephs-Kirche im fernen Stovenham lohnt Meister Randolfs Aufmerksamkeit nicht.«

»Aber es lohnt wohl die Zeit eines Lehrlings, damit er an Erfahrung gewinnt«, ergänzte Alys.

»Also stattete mich Meister Randolf mit Farben, Pinseln, acht Schilling und einem Pferd aus und befahl mir, mich nach Suffolk aufzumachen. Als ich fragte, ob ich Alys mitnehmen könne, schenkte er mir einen vorwurfsvollen Blick und sagte, meine Aufgabe sei es, den Sündern Gottesfurcht einzujagen. Obwohl die Pest vorüber sei, gehe der Tod noch immer umher, um uns am Jüngsten Tag zum Großen Gericht zu bringen. Und ich sagte, das möge wohl so sein, aber ich würde Alys mitnehmen, um zu zeigen, dass in Gott auch Pracht und Herrlichkeit läge. Und außerdem könne sie mir die Farben mischen. Da lachte er und sagte Ja und gab mir noch fünf Schilling und ein weiteres Pferd.«

»Und da sind wir nun«, sagte Alys.

»Und hier ist mein Gemälde«, sagte Robin.
»Es ist auch meines!«, wandte Alys ein. »Ich habe fast die Hälfte davon gemacht!«
Robin sah besorgt aus. »Sag das niemals Randolf, falls du ihm jemals begegnen solltest. Oder irgendwem außerhalb von dieser Kirche. Sonst verliere ich meine Lehrstelle und muss, weil ich die strengste Regel der Malergilde brach, auf der Straße betteln.«
»Kein Wort zu niemandem«, versprach Joslin.
Noch einmal sah er zu dem Gemälde empor. Christus geleitete seine wenigen Auserwählten hinauf in den Himmel und der Teufel und der grinsende Sensenmann trieben die vielen Verdammten hinab zu den Höllenfoltern, unvorstellbar für jeden, außer für den erfinderischen Robin. Und für Alys. Niemand, der dieses Gemälde sah, konnte das Los missachten, das ihn möglicherweise erwartete. Und ebenso wenig konnte er vergessen, dass der schwarze Tod bewies, dass Gott meinte, was Er sagte.
Das Gemälde war unvollendet. Einige unter den zur Hölle strömenden Verdammten hatten keine Gesichter. Es war irritierend, auf fertig gestellte Körper ohne Köpfe zu blicken. Joslin erkundigte sich, ob das so bleiben sollte.
»O nein«, gab Robin zurück. »Wir malen diese Gesichter, wenn wir dazu aufgefordert werden.«
»Das ist Teil des Auftrags«, erläuterte Alys. »Manche der Gesichter, die wir malen sollen, sind in versiegelten Briefen beschrieben, die wir gemäß Auftragsschreiben an ganz bestimmten Tagen öffnen müssen. Wir halten die genaue Reihenfolge ein.«
»Ich werd's dir zeigen«, sagte Robin. »Da ist das erste Gesicht.« Er nahm sich ein Tablett mit einer Auswahl an Pin-

seln und Muschelschalen mit verschiedenen Farben darin. Dann kletterte er auf die Leiter und deutete auf eine mit zerrissenem rotem Rock und zerfetzten grünen Strümpfen bekleidete Gestalt, die durchbohrt war von der Gabel eines boshaften kleinen Dämonen.

»Und so soll ich ihn malen, steht in dem Brief«, sagte Robin.

Mit einem Stück Kohle machte er sich daran, auf der weißen Grundierung geschickt zu skizzieren, dann begann er zu malen. »Ein roter Haarschopf, roter Bart und eine schiefe Nase, die aussieht, als hätte ein Stein sie getroffen. Und braune Augen, was seltsam ist, weil ich nicht viele Leute mit dieser Haarfarbe kenne, deren Augen nicht blau sind. Aber so steht es im Auftrag, also mache ich es auch so. Und eine Zunge, die zwischen faulenden Zahnstümpfen aus einem Mund hängt, der einen Schrei von so erbärmlicher, feiger Angst ausstößt, wie er nie zuvor gehört wurde.«

Die ganze Zeit über malte er, während er sprach. Das Gesicht entstand vor Joslins fasziniertem Blick; zuerst der Mund mit all den entsetzlichen Details, die Robin hingebungsvoll ausführte. Schon bald war alles fertig, abgesehen von Augen und Nase, die als formlose Kleckse hervorstachen. Robin kletterte die Leiter herunter.

»Jetzt bist du dran«, sagte er zu Alys, die sogleich seinen Platz einnahm. »Mit Augen und Nasen ist sie besser als ich«, erklärte er Joslin.

Aber Joslin hörte nicht zu. Er starrte das Gesicht an. »Aber den habe ich gesehen!«, rief er. »Gerade eben, bevor ich hier Zuflucht suchte!«

»Das kann gut sein«, meinte Robin. »Die meisten der von

Künstlern geschnitzten oder gemalten Gesichter in den Kirchen stellen jemand Bestimmtes dar. Wer ist er?«

»William Wilkin, Gutsverwalter dieses Grafen – wie heißt er doch gleich?«

»Roger de Noville, Graf von Stovenham, dessen Gesetze hier an Stelle derer des Königs gelten. Glaub mir«, sagte Robin inbrünstig, »zu sehen, wie die Armen zur Gänze von den Launen eines einzigen Adligen abhängen, ist für einen Mann, der ein einträgliches Kunsthandwerk betreibt und von der Gilde geschützt wird, eine Beleidigung von Mensch und Gott. Ein einziger Abend, den man in der Schänke verbringt und den Leuten zuhört, und man weiß Bescheid.«

Joslin schwieg. Dasselbe hatte der Dachdecker gesagt. Ebenso war es in der Gegend rund um die Burg des französischen Grafen gewesen und Joslin hatte es nie in Frage gestellt; immerhin hatte Gott so – mit all den Standesunterschieden – die Welt erschaffen.

Aber Robin hatte etwas angesprochen, wovon er selbst überzeugt war, und jetzt fuhr er mit wachsender Entrüstung fort. »Es gibt zwei Gesetze auf der Welt: das Gottes und das des Königs.« Das war neu für Joslin. Man hatte ihm immer gesagt, die Gesetze des Königs und die Gottes wären dieselben. »Und alle Menschen sollten gleich sein vor diesem Gesetz, sei's nun König oder Bauer, denn allen gebührt die gleiche Würde. Aber was haben wir hier? Einen grausamen Tyrannen und einen fetten Priester. Nun, wir haben fünf versiegelte Briefe mitgebracht, mit Gesichtern, die wir malen sollen. Und falls das Gesicht dieses Priesters nicht dabei ist, dann werde ich es trotzdem malen.«

»Kannst du ihn nicht leiden?«, fragte Joslin überflüssigerweise.
»Wir bekommen ihn kaum zu Gesicht. Walter Chevington ist der Hausgeistliche des Grafen und gleichzeitig der Gemeindepriester. Doch verbringt er seine Zeit damit, auf der Burg zu schlemmen, statt etwas für das Seelenheil der Leute hier zu tun.«
»Würdest du auch das Gesicht des Grafen auf dein Bild malen?«
Jetzt musste Robin unvermittelt lächeln. »Denkst du, ich bin verrückt?«
»Aber du wusstest nicht, dass du da ein Porträt von William Wilkin malst.«
»Nein, denn ich habe ihn noch nie gesehen.« Zu Alys rief er hinauf: »Bist du dem Mann, den wir da malen, jemals begegnet?«
»Bis jetzt noch nicht. Und ich bezweifle, dass es noch dazu kommen wird«, antwortete Alys.
Robin überlegte einen Moment, als müsste er dem, was er gesagt hatte, noch eine Erklärung beifügen. »Weißt du, wir sind nur hier, um eine Arbeit zu erledigen. Wir werden keinen Augenblick länger bleiben, als wir unbedingt müssen. Außerdem steht in dem Auftrag, was wir zu tun haben und wann wir abreisen müssen. Wir fangen frühmorgens an und arbeiten den ganzen Tag, bis das Licht schwindet. Dann begeben wir uns in die Schänke, um uns zu überzeugen, dass auch keiner die Pferde gestohlen hat, hören zu, was so geredet wird, und versuchen auf mit Ungeziefer verseuchten Matratzen zu schlafen. Wir bekommen also keinen zu sehen, abgesehen von den Gästen dort.«

»Und vom Gastwirt«, warf Joslin ein.
»Stimmt. Wirtin Tyb, ihren verkrüppelten Gatten und ihren griesgrämigen Sohn. Obwohl der die meiste Zeit damit verbringt, im Brauhaus Hopfen einzumaischen. Nicht einmal der Priester lässt sich hier blicken. Es ist zwar seine Kirche, aber er geruht nicht, sich außer sonntags zu zeigen.«
»Nicht einmal, um ein Auge auf das Gemälde zu haben, für das er bezahlt?«, erkundigte sich Joslin.
»Für das er bezahlt? Wie kommst du denn darauf? Nein, dieser Auftrag ist größer und kostet mehr, als ein gewöhnlicher Priester aufbringen könnte. Die schriftliche Anweisung wurde von einem berittenen Boten, auf bestem Pergament geschrieben, in Meister Randolfs Werkstatt überbracht. Meister Randolf wollte sich schon selber um den Auftrag kümmern, doch dann las er, wo das Ganze zur Ausführung kommen sollte.«
»Wer hat den Auftrag also erteilt?«
»Keine Ahnung. Der Auftraggeber ist anonym. Aber er wird gutes Geld bezahlen und Meister Randolf hält viel von mir und vertraut mir auch . . .«
»Würde er nicht, wenn er sehen könnte, wer die Augen malt«, meinte Joslin.
»Ja, aber er wird es nie erfahren.« Robin sah hoch, um zu betrachten, was Alys da malte. »Seltsam. In den kommenden Jahren werden es die Leute vermutlich ansehen und sagen ›Wer immer das gemalt hat, war ein armer, unfähiger Trottel. Hat er nicht gemerkt, dass rothaarige Menschen gewöhnlich blaue Augen haben?‹«
»Dabei ist es kein Er, sondern eine Sie und es gibt einen, der nicht findet, dass es ein armer, unfähiger Trottel ist,

der die Augen malt«, sagte Joslin. Irgendwie machte ihn der Gedanke sehr glücklich.

»Also bin ich hier, um das vorläufig größte Werk meines Lebens zu schaffen.«

»Randolf wäre ärgerlich, wenn er dich hören würde«, sagte Alys von der Leiter her. »Du malst nicht für dich selbst, sondern um die Herrlichkeit Gottes zu preisen. So hat Randolf es dir erklärt, oder nicht?«

»Ich werde es glauben, sobald ich sicher bin, dass Randolf es glaubt«, sagte Robin. »Randolf ist stolz auf seine Gaben und er ist Gott dankbar, dass er sie ihm gewährt. Und mir geht es ebenso. Und dir auch, Alys, selbst wenn Gott sie einer Frau nicht hätte geben sollen. Und ich wage zu behaupten, dass du, Joslin, auf deine ebenfalls stolz bist.«

»Ja«, stimmte Joslin ernst zu. »Das bin ich.«

»Ich würde dich ja bitten uns vorzusingen, während wir arbeiten«, meinte Robin. »Bloß würden das deine Verfolger hören und wissen, wo du bist.«

Wilkins Gesicht war fertig. Alys kam von der Leiter herunter. Die drei sahen es sich von unten her an – Robin und Alys prüfend, Joslin in Bewunderung versunken. Wie es leuchtete, selbst jetzt, wo es im Schatten lag! Wie buschig und wirr das Haar war, wie wild der Bart hervorstach, wie grotesk die verformte Nase war, wie scheußlich der aufgerissene Mund. Und vor allem – wie stechend die Augen waren, die Alys gerade fertig gestellt hatte: starrend, voll von Todesangst und doch trotzig, als wollten sie sagen: »Tu dein Schlimmstes, Satan! Mich wirst du niemals bezwingen!«

»Wird sich der Priester darüber freuen?«, erkundigte sich Joslin. »Selbst ich kann sehen, wer es ist. Was werden die

Leute denken? Ist es nicht möglich, dass euer großartiges Gemälde sogleich wieder zerstört wird?«

»Möglich ist es«, sagte Robin. »Aber das ist dann nicht unsere Schuld. Wie auch immer, sie werden es nicht sehen, bevor wir nach London aufgebrochen sind.«

»Warum nicht?«

»Wir müssen es jeden Abend und auch sonntags mit Tüchern verhängen. Nicht dass sonntags viele hier wären. Für diesen Chevington kommt kaum einer in die Kirche. Sie lauschen alle dem wahren Priester hier.«

»Was meinst du damit?«

»Robin spricht von Vater Simon, dem Wandermönch«, erklärte Alys.

»Und wenn unser Gemälde zerstört wird – nun, wen kümmert es, solange der Auftrag nur bezahlt wird. Es ist eine gute Übung für später, wenn unsere Kunst in Kathedralen, Abteien und an Höfen von einem scharfsichtigeren Publikum beurteilt wird.«

Plötzlich packte Joslin der Neid. Die Werke dieser beiden würden noch lange nach ihrem Tod bewundert werden, auch wenn niemand wissen würde, wer sie geschaffen hatte. Seine Kunst würde vergessen sein, seine Lieder wurden von der Luft davongetragen, sobald er sie sang.

Alys schien zu wissen, was er dachte. Sie berührte ihn leicht am Handgelenk. »Schon bald werden wir alle vergessen sein«, sagte sie. »Freu dich an dem, was du jetzt, in diesem Augenblick, tust! Vielleicht kommt die Pest wieder. Oder vielleicht kommt William Wilkin in die Kirche gestürzt, noch während wir reden.«

Draußen wurde das Licht schwächer. Joslin hatte den ganzen Tag nichts gegessen.

»Ich muss gehen«, sagte er. »Ich muss nach wilden Beeren Ausschau halten und versuchen mir mit einer Falle ein Kaninchen zu fangen.« Bei dieser Vorstellung sank ihm das Herz.

»Geh noch nicht!«, bat Robin. »Wir hören jetzt auf. Teile unsere Mahlzeit mit uns, wir haben genug. Was immer ich über ihr Gasthaus gesagt haben mag, Wirtin Tyb sorgt gut für uns.«

»Aber ich bringe euch durch meine Gegenwart in Gefahr«, wandte Joslin ein.

»Woher sollen wir wissen, wer du bist? Wir können unsere Nahrung doch mit einem armen, bedürftigen Fremden teilen. Außerdem wird dich niemand sehen. Dafür werden wir sorgen«, sagte Alys.

»Aber der Priester . . .«

»Er ist der Letzte, der hier auftauchen würde.«

Zusammen sammelten Robin und Alys Farben, Öle und Pinsel ein und räumten alles hinter einen Pfeiler. Dann hängte Robin Tücher über das Gemälde. Joslin half ihm die Leiter wegzuschaffen. Leise verließen sie die Kirche und nahmen draußen im dunklen Portal Platz. In Stovenham rührte sich nichts.

Robin und Alys wurden gut verköstigt. Die Schänkenwirtin mit den von Ungeziefer verseuchten Matratzen hatte ihnen Brot, Hammelfleisch und Heringe mitgegeben, dazu gutes Bier. Sie teilten alles mit Joslin und weigerten sich Bezahlung anzunehmen. Schon bald war er satt und fühlte sich wieder wohlauf und kräftig.

»Was wirst du jetzt tun?«, wollte Alys wissen.

»Nach Cry Ashbourne zurückkehren«, gab Joslin zur Antwort. »Meine Habseligkeiten holen. Schlafen so gut ich kann, in der Hoffnung, nicht von den Geistern der vor langer Zeit Verstorbenen gestört zu werden. Und beim ersten Licht mache ich mich auf den Weg nach Westen, Richtung Wales, und lasse diesen verwünschten Ort hinter mir.«

»Dann wollen wir uns verabschieden«, sagte Robin.

Sie erhoben sich gemeinsam. Zuerst schüttelte Joslin Robins Hand, fühlte seinen festen, trockenen Griff, verspürte Trauer, weil er jemanden, der gewiss sein Freund geworden wäre, verlassen musste. »Leb wohl, Robin«, sagte er.

Dann ergriff er die Hand von Alys. Ihre schmalen, warmen Finger fühlten sich zerbrechlich an. Er wusste, es war gut, dass er aufbrach, denn es würde nicht lange dauern, bis er sich in dieses Mädchen verliebte. Dann wäre er Robins Rivale und verlöre diesen neuen Freund sofort wieder. »Leb wohl, Alys«, sagte er und spürte ihren leichten Kuss auf der Wange.

»Leb wohl, Joslin«, erwiderten beide gemeinsam.

Er wandte sich ab und stahl sich unbemerkt von der Kirche weg und zum Städtchen hinaus. Schon bald ging er auf demselben Weg zurück, auf dem er am Morgen gekommen war.

Eine halbe Stunde später erblickte er am Horizont die Ruinen von Cry Ashbourne. In der Kirche angelangt, tastete er im Dunkeln nach seiner Lagerstatt und seinen Schätzen. Sie schienen unberührt zu sein – nur dass er seinen Dolch nicht finden konnte. Egal. Er konnte am Morgen, wenn es hell war, noch einmal nach ihm suchen. Erschöpft ließ er sich auf das trockene Gras fallen und schlief augenblicklich ein.

Alpträume überfielen ihn. In ein gespenstisches Licht getaucht, glotzten ihn dieser Totenkopf und der gehörnte Teufel gehässig an. Das Bild vom Jüngsten Gericht mit seiner entsetzlichen Botschaft vom Los der Sünder verfolgte ihn. Die Prozession zur Hölle zog an ihm vorbei. William Wilkin schrie: »Ich werde dich mit mir nehmen, Joslin!« Das unvollendete Gesicht dessen, der dem Höllenschlund am nächsten stand, verwandelte sich in das eines Pockennarbigen mit verzerrtem Mund. Wilkin verließ seinen Platz, um sich zu ihm zu gesellen. Gemeinsam packten sie Joslin und zerrten ihn mit sich. Er sah die Gabeln von wartenden Dämonen, spürte die sengende Hitze des Feuers . . .

Er erwachte unvermittelt, kämpfte sich aus seiner Todesangst empor. Die Sonne ging auf. Er schwitzte trotz der Frische des Frühherbstes. Rasch setzte er sich auf und versuchte zu sich zu kommen. Ihm blieb keine Zeit, um sich am Fluss mit Wasser zu übergießen oder sich ein Frühstück zu suchen. Er musste aufbrechen, einen Bogen um Stovenham schlagen und sich westwärts in eine Gegend wenden, wo die Menschen möglicherweise gastfreundlicher waren als hier, bevor er ans Essen dachte.

Er erhob sich, klopfte sich das trockene Gras ab und sah sich um.

Fast blieb ihm das Herz stehen. Er hatte die Kirche mit einem anderen geteilt!

Es gab keinen Zweifel. Dort, in der Nähe des Altars, sah er grün bestrumpfte Beine und eine mächtige, mit rotem Rock und schimmerndem Lederwams bekleidete Brust.

Voller Angst kroch Joslin näher.

Dann blieb ihm die Luft weg. Er wusste, wer da lag! Und er schlief nicht!

Buschiges rotes Haar, vorspringender Bart, verformte, geschwollene Nase. Starrende Augen, in denen Hass und Niederlage lagen. Ein Mund, immer noch geöffnet zu einem Schrei der Wut, der Angst, des Trotzes – ebenso wie in Joslins Alptraum. Aber die Zunge hing heraus und der ganze Kopf war nach der Seite verdreht. Eine dünne Schnur spannte sich um den Hals, darüber sah man ein purpurn angelaufenes Gesicht.

Kein Wunder, dass Joslin es kannte, hatte er es doch eben noch im Traum erblickt. Der, dem es gehörte, war ihm gestern überaus lebendig gegenübergetreten und hatte ihn aus der Stadt verjagt. Und ein zweites Mal war er ihm auf dem Bild vom Jüngsten Gericht begegnet, all die Pein eines gewaltsamen Todes erleidend, der ihn nun tatsächlich ereilt hatte.

Das Verderben hatte William Wilkin zweifach ereilt und Joslin wurde klar, dass er schleunigst wegmusste von hier.

5

Joslin zwang sich genauer hinzusehen. Wie war Wilkin gestorben? Hatte man ihn aufgehängt? Erdrosselt? Wurde er von einer wütenden Menge zu einer am Ast befestigten Schlinge getrieben und später wieder abgeschnitten? Oder war ihm von einem Mörder, der sich unbemerkt anschlich, in aller Stille der Garaus gemacht worden? Bestimmt hatte sich Stovenham an einer verhassten Kreatur gerächt.

Er musste verschwinden von hier. Sein Ziel lag dreihundert Meilen entfernt und seine Reise konnte nicht warten. Es war ein warmer Tag. Er legte den Leibgurt mit dem Kästchen und der Börse an, darüber die Tunika seines Vaters. Umhang und Wams rollte er zusammen, ließ das Bündel aber vorerst noch unter seiner Lagerstatt liegen, weil er noch ein letztes Mal nach seinem Dolch suchen wollte. Er war nirgends zu entdecken. Aber er war sich ganz sicher, dass er ihn hier verborgen hatte. War jemand da gewesen, während er sich nach Stovenham begab, und hatte seine Habseligkeiten durchwühlt? Warum hatte man nicht sein Geld genommen, sein Kästchen?

Eigenartig. Ein Dolch verschwindet, eine Leiche taucht auf.

Aber er hatte jetzt keine Zeit sich darüber Sorgen zu machen. Er hängte sich die Harfe auf den Rücken und marschierte los.

William Wilkin ließ er zurück, damit andere Gebete für

ihn sprachen und ihn begruben. Vor der Kirche blieb er stehen und ließ den Blick durch das Tal schweifen.
Da sah er, dass es auf dem flachen Hang zwischen ihm und dem Städtchen nur so vor Menschen wimmelte. Dieselben Soldaten, die er gestern gesehen hatte, und mehr. Leibeigene von den Feldern, Händler aus der Stadt, jedermann von ringsum: Alle gingen in einer breiten Reihe, die sich wie ein vorrückendes Heer näherte.
Natürlich. William Wilkin wurde vermisst; sie suchten nach ihm. Er fragte sich, wie viele insgeheim froh sein würden, wenn sie sahen, welches Schicksal den Gutsverwalter ereilt hatte, selbst wenn die Leiche an einem Ort lag, dem sie sich normalerweise nicht nähern würden.
Wie konnte er ungesehen entkommen? Er würde sich nach rechts wenden, im Norden einen Bogen um das Städtchen schlagen und dann mit der Sonne nach Westen gehen. Als ihm plötzlich einfiel, dass er sein Kleiderbündel unter seinem Heulager liegen gelassen hatte, zögerte er einen Augenblick.
Da erklang ein Schrei. Er war gesehen worden! Und kaum gesehen, wurde er auch schon gejagt. Sie werden denken, dass ich hinter William Wilkins Verschwinden stecke, dachte er sich. Sie wissen, dass ich gestern auf der Flucht vor ihm war. Diesmal werden sie mich nicht entkommen lassen.
Er verfluchte sich, dass er nicht sofort nach dem Erwachen aufgebrochen war. Die Reihe der Suchenden hatte sich fast zu einem Kreis geschlossen. Wohin er sich auch immer wendete, sie konnten ihm den Weg abschneiden.
Sollte er versuchen mit Frechheit durchzukommen? Sollte er schreien: »Etwas Schreckliches ist geschehen! Ein

Mann wurde ermordet! Ich habe seine Leiche gefunden!«, und hoffen, dass sie ihm glaubten? Doch er wusste genau, dass sie sagen würden: »*Du* hast ihn umgebracht, du vom Teufel gesandte Kreatur!« Sie würden ihn mitnehmen und ebenfalls umbringen und seine Mission wäre beendet, bevor er sie auch nur begonnen hatte. Nein, er würde die Beine in die Hand nehmen und hoffen, dass Gott ihm heute wohlgesonnen war.

Noch während er unentschlossen dastand, erklangen weitere Schreie. Jetzt sah er zwei geharnischte Reiter hinter den Suchenden. Einer, vermutlich der Befehlshaber, war mit einem Wappenrock bekleidet und trug eine Lanze. Seinen Befehl schrie er so laut hinaus, dass er in der stillen, klaren Luft bis zu Joslin getragen wurde: »Ergreift ihn!« Der andere galoppierte in weitem Kreis und formierte dabei Bauern und Soldaten dergestalt, dass kein Fluchtweg offen blieb.

Joslin rannte in die Richtung zurück, aus der er von Ipswich hergekommen war, an der Kirchenruine und den Hütten vorbei, den Hang auf der anderen Seite hinunter. Er stöhnte, denn mit jedem Schritt wurde die Entfernung zwischen ihm und Wales immer noch größer. Es war zwecklos. Die Männer kamen immer näher, und gerade als er versuchte hakenschlagend durchzubrechen wie ein Kaninchen, das vor des Bauers Sense flieht, schloss sich der Kreis. Harte Hände ergriffen ihn, zerrten ihn grob zurück.

Mit triumphierendem Geschrei schlugen die Bauern mit Fäusten auf ihn ein, traten nach ihm, knufften ihn gegen den Kopf, bis ihm schwindlig war. Dann stießen sie ihn zu den Soldaten, die der zweite Reiter anführte.

»Gut gemacht!«, knurrte dieser. Jetzt wurde Joslin mit unerbittlichem Griff festgehalten. Man riss ihm die Harfe vom Rücken, fesselte ihm die Hände vor dem Körper. Wieder wurde er vorwärts gestoßen, diesmal zu dem ersten Reiter.

Der beugte sich vom Pferd. Sein Brustpanzer schimmerte matt in der Sonne, sein blauer Rock trug ein viergeteiltes Wappen: Fuchs, Hase, Otter, Aal. Die dunklen Augen blickten durchdringend, der Mund bog sich streng nach unten.

»Wo ist William Wilkin?«, fragte er ruhig.

Sollte Joslin es sagen? Nein. Es ging ihn nichts an.

»Weiß ich nicht.«

»Ich behaupte, dass du es sehr wohl weißt!«

Aus der Kirche schallte ein Schrei. Man hatte den Gutsverwalter gefunden. Zwei Soldaten kamen heraus und riefen einige Bauern zu sich. Trotz ihrer Angst vor diesem Ort taten sie, wie ihnen befohlen wurde. Eine Minute später wurde der schlaffe Körper des Gutsverwalters herausgetragen und zu Füßen der Reiter auf den Boden gelegt.

Der erste Reiter rief bellend einen Namen. »Strang!«

»Mylord?«, erwiderte der zweite Reiter.

»Sucht Holz und baut eine Bahre, auf der man ihn tragen kann. Ich werde nicht zulassen, dass ein so treuer Bediensteter wie ein geschlachtetes Tier heimgezerrt wird.« Er sah Joslin kalt an. »Wir fanden also unseren Mörder, bevor wir das Opfer fanden.«

Zorniges Knurren erklang. Einer schrie: »Tötet ihn doch gleich, dann ist die Sache erledigt!«

»Nein«, gab der erste Reiter zurück. »Wir schaffen ihn in die Burg. Dort werden wir über ihn und seinen Kamera-

den Gericht halten, jetzt, wo wir etwas haben, um die beiden anzuklagen. Roger de Noville ist mein Onkel und ein gerechter Mann. Wir in Stovenham sind keine Barbaren.«
Joslins gefesselte Hände wurden hochgerissen, dann wurde ein Seil darum geschlungen und verknotet. Das andere Ende zurrte man am Pferdesattel fest. Inzwischen hatten die Männer genug Holz gefunden, um eine grobe Bahre für William Wilkin zusammenzubinden. Nachdem man ihn darauf gelegt hatte, stemmten sich vier Bauern die Last auf ihre Schultern. Ein Arm des Toten hing baumelnd herunter. Blut war keines zu sehen, außer an den mit Erde beschmierten Fersen, wo die ledernen Schuhe und die grünen Strümpfe fortgescheuert waren.
Auf einen Befehl des ersten Reiters hin machten sich alle auf den Weg ins Tal hinab. Joslin stolperte dahin wie ein Gefangener, der nach der Schlacht würdelos zu seiner Exekution weggezerrt wird. Seine Arme wurden schmerzhaft gestreckt, während das Pferd seinen Weg über zertrampeltes Gras nahm.
Sie schlugen einen Bogen um die bearbeiteten Felder – obwohl ein anderer vor nicht allzu langer Zeit keine solche Sorgfalt hatte walten lassen. Trotz wachsender Furcht bemerkte Joslin einen quer hindurchlaufenden Pfad, wo etwas die Pflanzen beiseite gedrückt und zwei parallele Linien in die Erde gepflügt hatte. Als wäre da ein Schubkarren mit zwei breiten, drei Fuß auseinander stehenden Rädern geschoben worden.
Je näher sie zum Städtchen kamen, desto größer wurde die Menge. Leute johlten und warfen Erdklumpen auf Joslin. Er starrte verzweifelt zum Haus des Apothekers, an dem sie vorbeikamen, und hoffte auf das freundliche Ge-

sicht des Dachdeckers. Aber da war niemand zu sehen. Jetzt wurden, begleitet von Drohungen und Hohngelächter, schlimmere Dinge aus überhängenden Fenstern geworfen – ganze Kübel mit Abwasser und Kot. »Teufelsbrut!« – »Französischer Hurenmeister!« – »Aufgeknüpft gehört er!«

Der Weg durch die kleine Stadt war weit. Zuletzt war der stinkende, mit Kot und Unrat besudelte Joslin so verzweifelt, wie er es noch nie in seinem Leben gewesen war. Der steile Hang zur Burg hinauf war menschenleer, aber als er das mächtige Burgtor erblickte und sich fragte, was ihn dahinter wohl erwarten mochte, wünschte er sich aus ganzem Herzen, der Tod möge ihn gleich jetzt ereilen.

Das Fallgatter hob sich. Der Befehlshaber machte Halt. Er wandte sich der aus Bauern bestehenden Eskorte zu. »Zurück!«, brüllte er. »Diese Beute ist für meinen Herrn, den Grafen, bestimmt, nicht für euch! Ihr werdet früh genug erfahren, was mit ihm geschehen wird!«

Ein verdrießliches Murmeln der Enttäuschung erklang. Dann rief der Anführer der Wache im Torhaus zu: »Es geht nicht an, dass mein Gefangener die Burghöfe besudelt. Bring Wasser! Schütte es ihm über!«

Eine weitere Schmach. Eimer mit klarem Wasser spülten den Unrat fort, doch nun fror Joslin erbärmlich.

Dann wurde er weitergezerrt. Das Fallgatter schloss sich hinter ihm. Der Strick, mit dem er am Pferdesattel festgebunden war, wurde gelöst. Seine Hände waren inzwischen völlig gefühllos.

Der erste Reiter stieg vom Pferd und brüllte: »Kerkermeister!«

An einer Tür am Fuß des Bergfrieds erschien ein kräftiger Mann, an dessen Gürtel Schlüssel baumelten.
»Ich übergebe diesen Gefangenen deiner Verantwortung«, sagte der Befehlshaber. »Schließ ihn sicher weg, bis unser Herr ihn zu sehen wünscht.«
»Ich werde ihn zu dem anderen stecken«, erwiderte der Kerkermeister mit schroffer Stimme und griff nach der Harfe, die man Joslin nach seinem »Bad« beim Torhaus um den Hals gehängt hatte. »Ein kleiner Nebenverdienst für den Kerkermeister!«, lachte er. Joslin wurde die Kehle eng. Seine Harfe! Die durften sie ihm nicht wegnehmen!
Seit Joslin über den Burghof gestoßen worden war, folgten ihm die Blicke von Neugierigen. Als sich die Soldaten im Marschschritt entfernt hatten, kam ein Mädchen zum Kerkermeister gerannt.
Joslin sah sie ganz aus der Nähe. Ein junges Mädchen, ungefähr sechzehn, mit grauen Augen und dunklen Haaren. Sie hatte etwas Entrücktes, Elfenhaftes an sich.
»Vater, ist das der Mann, der vom Teufel kommt?«
»Wer immer er sein mag, es geht dich nichts an, Gyll! Verschwinde, während ich hier an der Arbeit bin!« Dann besann er sich und rief sie zurück. »Da ist ein Geschenk, Gyll. Eine schöne Harfe. Er wird sie nicht mehr brauchen.«
Gyll nahm sie, dann kam sie zu Joslin herüber und sah ihm geradewegs ins Gesicht. Joslin erwiderte ihren Blick. Etwas in diesen tiefen Augen sagte ihm, dass seine Harfe in guten Händen war.
Sie wandte sich ab. »Vater, die Leute irren sich. Er kommt nicht vom Teufel. Er ist ein guter Mann. Eines Tages werde ich ihm seine Harfe zurückgeben.«

»Was habe ich dir befohlen, Gyll?« Die Stimme des Kerkermeisters hob sich drohend.
Sie huschte fort. Joslin wurde durch eine schmale Tür in die Dunkelheit geschoben, gewundene Stufen hinab und einen Gang entlang. Dann entzündete der Kerkermeister eine an der Wand befestigte Fackel, wählte einen Schlüssel und öffnete eine Tür.
»Los, rein mit dir! Jetzt kannst du mit deinem Freund dein Elend teilen«, sagte er. Er stieß Joslin hinein und legte die Fußeisen an, die mit einer Kette an der Wand befestigt waren. Dann ging er hinaus und die Tür fiel knallend hinter ihm zu.
»Wer bist du?«, erklang eine Stimme aus dem Dunkel.
»Joslin de Lay, Sänger von Beruf.«
»Ach! Ich habe mich schon gefragt, wann wir uns wieder begegnen würden.«
Es war der Dachdecker.

In der St.-Josephs-Kirche ging die Arbeit an dem Gemälde weiter. Die Morgensonne beleuchtete einen anderen Ausschnitt: Wäre Joslin jetzt hereingestürzt gekommen, wäre er vor Freude auf die Knie gefallen, denn Christus selbst hätte ihm direkt ins Gesicht geblickt.
Aber Robin und Alys arbeiteten an Details im unteren Teil des Bildes. Wilkins Gesicht war getrocknet, seine Todesangst für hunderte von Jahren eingefroren. Dass er den Augenblick seiner letzten Qual schon hinter sich hatte, wussten die beiden jungen Leute natürlich nicht.
»Und wer soll da hin?«, fragte Robin und wies auf eine Gestalt ohne Kopf. »Öffne den versiegelten Brief!«
Alys gehorchte. »Spitzes Rattengesicht. Scharfe Nase,

scharfes Kinn. Zwei hervorstehende Zähne. Langes und dünnes schwarzes Haar. Kleine schwarze Augen. Fahle Gesichtsfarbe, als litte der Mann an Gelbsucht.«
»Hässlich«, sagte Robin. »Wer es wohl sein mag?«

»Was tust *du* denn hier?«, rief Joslin.
»Sie hatten mein kleines Täuschungsmanöver rasch durchschaut«, erklärte der Dachdecker. »Der Apotheker wusch meine Wunden aus, gab Salbe darauf und sagte, es sei ein Wunder, dass mich dieser angeblich so kräftige Kerl nicht schlimmer verwundet hätte. Das gab den Leuten zu denken. Ich war noch keine Stunde auf meinem Dach, bevor Wilkin klar wurde, was er in Wirklichkeit gesehen hatte, und dass ich ebenso wenig deine Geisel war wie er eine Nonne. Also kamen sie wieder, zerrten mich von meiner Leiter und brachten mich hierher, wo mich der Graf und seine Leute verhörten. Dann wurde ich in den Kerker geworfen – entweder als einer, der mit dem Teufel im Bunde steht, oder als Helfershelfer von französischen Spionen. Oder beides. Jetzt, wo sie dich haben, können sie es ja herausfinden.«
Also konnte der Dachdecker nicht wissen, was sich inzwischen ereignet hatte.
»William Wilkin ist tot!«, erzählte Joslin. »Eine dünne Schlinge war um seinen Hals geknüpft. Seine Leiche wurde in dem Dorf hinterlassen, wo ich schlief. In der alten Kirche von Cry Ashbourne. Beim Altar.«
Der Dachdecker blieb stumm. Schließlich sagte er: »Dann bist du also wegen Mordes hier?«
»Ja.«
»Aber du hast ihn nicht begangen?«

»Nein. Ich sagte ja, die Leiche lag in der Kirche und ich fand sie, als ich erwachte.«
»Was meinst du damit, die Leiche lag in der Kirche? Hast du so einen tiefen Schlaf, dass man neben dir Männer ermorden kann, ohne dass du dich rührst?«
»Nein, ich . . .« Joslin war verwirrt. Darüber hatte er noch nicht nachgedacht.
»Was dann? Oder soll ich glauben, dass ich nicht nur einem Spion, sondern auch einem Mörder geholfen habe? Dann ist mein Leben wahrhaftig nichts mehr wert.«
»Nein . . . warte . . .« Joslin dachte fieberhaft nach. Was Worte betraf, so war sein Gedächtnis fabelhaft – konnte er auch Dinge wieder herholen, die er gesehen hatte?
Ja, natürlich. Wilkins Fersen. Die durchgescheuerten Schuhe und Strümpfe. Erde und Blut vom Durchpflügen des Bodens. Konnte es sein, dass man die Leiche an den Schultern gepackt und mit auf dem Boden schleifenden Fersen fortgezerrt hatte? Wenn ja, dann bestimmt ein gutes Stück. Und noch etwas fiel ihm ein: der durch das Feld führende Trampelpfad, als hätte da jemand einen zweirädrigen Schubkarren mitten durch bestelltes Ackerland geschoben.
Oder als hätte dieser Jemand einen schweren Körper an den Schultern gepackt und mitgeschleift, sodass die Fersen abwechselnd über rauen, holprigen Boden und durch feine Ackerkrume scharrten, bis Schuhe und Strümpfe durchscheuerten und die Haut darunter schmutzig und blutig wurde.
Was würde das bedeuten? Vielleicht war William Wilkin nicht in Cry Ashbourne getötet worden, während Joslin schlief, sondern hier unten, im Städtchen. Dann hatte

man ihn hinaufgeschafft in den verlassenen Weiler und dort in die Kirche gelegt. Warum dort? Damit er nicht entdeckt wurde? Oder damit er schneller entdeckt wurde und man Joslin de Lay – Fremder, Teufelsgenosse, Franzose – des Mordes bezichtigen konnte?
Aber hier in der Gegend wusste keiner etwas über ihn. Er hatte insgesamt nur mit fünf Leuten gesprochen: mit Jenkin, dem Bauern, der gesehen hatte, wo er herkam, der aber davongerannt war, ohne etwas über ihn zu erfahren. Wilkin – tja, Wilkin hatte ihn beschuldigt, hatte aber ebenso wenig erfahren, was es mit Joslin auf sich hatte. Außerdem war er tot. Der Dachdecker, der hier im Kerker lag, weil er ihm geholfen hatte, kannte nicht einmal seinen Namen. Robin und Alys hatten unbekümmert weitergemalt und sich um ihre eigenen Angelegenheiten gekümmert.
»Wilkin ist hier in der Stadt ermordet worden«, sagte Joslin. »Seine Leiche wurde zur Kirche von Cry Ashbourne hinaufgezerrt und dort hingelegt. Entweder, während ich schlief, oder aber, bevor ich gestern Abend dorthin zurückkehrte. Jemand wusste, dass ich wiederkommen würde.«
»Oder jemand hat es vermutet«, sagte der Dachdecker. »Hast du deine Habseligkeiten vergraben, um sie später zu holen?«
»So ähnlich.«
»Na also. Alle Reisenden, die etwas besitzen, das sie vor Diebstahl schützen wollen, tun das, bevor sie eine fremde Stadt betreten. Aber warum der ganze Aufwand? Warum bist du nicht einfach an Stovenham vorbeigewandert?«
»Ich kam natürlich, um zu singen. Um Geld zu verdienen.«
»Nächstes Mal suchst du dir einen besseren Ort aus.« Dem

Dachdecker gelang ein schiefes Lächeln. »Und wann wurde er getötet?«
»Es muss nach deiner Festnahme gewesen sein. Seine Leiche wurde in die Kirche geschafft – aber wenn es geschehen wäre, während ich schlief, wäre ich bestimmt aufgewacht. Bedeutet das, dass sie schon da war, als ich im Dunkeln aus der St.-Josephs-Kirche zurückkam?«
Der Dachdecker stieß unvermittelt einen Seufzer der Verzweiflung aus. »Warum machst du dir überhaupt die Mühe, darüber nachzugrübeln? Wir haben den Mord begangen. Gemeinsam. Das ist es, was sie denken, und dafür werden sie uns hängen.«
»Aber erst gibt es doch eine Gerichtsverhandlung«, wandte Joslin ein.
»Ich habe es dir doch gesagt. Es hat schon eine stattgefunden. Jedenfalls, was mich betrifft. Genug für das, was sie hier Gerechtigkeit nennen. König Edward weiß nicht die Hälfte von dem, was in seinem Reich vor sich geht. Hier gilt das Recht des Grafen. Ich habe dir zur Flucht verholfen – und nachdem sie nun den toten Wilkin gefunden haben, ist klar, dass ich an seinem Mord beteiligt war. Roger de Noville braucht keine weiteren Beweise. Wie gesagt, mein Leben ist keinen Pfifferling mehr wert. Ebenso wenig wie deines.«
»Also werden wir zusammen sterben«, sagte Joslin. »Dabei weiß ich nicht einmal deinen Namen.«
»Und du wirst ihn auch nicht erfahren. Das ist unsere einzige Hoffnung«, gab der Dachdecker zurück.
Ein schwerer Schlüssel drehte sich im Schloss und der Kerkermeister tauchte auf. Er öffnete Joslins Fußeisen, dann stieß er ihn durch die Tür.

»Du hast vor Roger de Noville zu erscheinen«, sagte er. Gänzlich unerwartet wurde seine Stimme weicher. Fast sanft legte er die Hand auf Joslins Schulter. »Armer Bursche. So jung und bringt sich schon in solch einen Schlamassel. Möge dir Gott helfen, dort, wo du jetzt hingehst!«

6

Joslin wurde die Stufen hinauf und ins Freie gestoßen, wo ihn der Kerkermeister den zwei wartenden Soldaten übergab. Die schoben ihn die Stufen zum Bergfried empor und hinein in die große Halle.

Joslin blinzelte und sah sich um. Der Anblick war vertraut: eine erhöhte Tafel am einen Ende, längs verlaufende, lange Tische, Wappenbanner an den Wänden, an erster Stelle das viergeteilte mit Fuchs, Hase, Otter und Aal darauf, das auch den Rock des Reiters geschmückt hatte. Vom erhöhten Tisch her wandten sich ihm strenge Gesichter zu. In dreien davon – mit langen Nasen, hohen Wangenknochen, kalten Augen – stand der Hochmut geschrieben. Er kannte solche Gesichter gut: Sie gehörten zu derselben alten normannischen Linie wie die des Grafen zu Hause.

In der Mitte saß auf einem ausladenden, mit reichen Schnitzereien geschmückten Stuhl ein Mann mit einer alten Schwertwunde im Gesicht. Joslin wusste augenblicklich, dass das Roger de Noville, Graf von Stovenham, sein musste. Zu seiner Rechten saß eine jüngere Version von ihm. Der Mann hatte keine Narbe im Gesicht, sah aber so aus, als wäre die Zeit nicht mehr weit, bis er eine aufzuweisen hätte. Es war der Reiter, der den Suchtrupp angeführt hatte. Daneben saß jemand, den Joslin auf den ersten Blick für seinen Zwillingsbruder hielt, so ähnlich waren sich die beiden. Ein zweiter Blick zeigte, dass er viel jünger war. Auch fehlte ihm die Furcht einflößende Kraft der beiden anderen. Zur Linken des Grafen saß ein Mann, der ein blaues, mit Pelz besetztes Gewand trug. Vor ihm lag ein großes, aufgeschlagenes Buch. Joslin konnte den Blick nicht von diesem Gesicht abwenden. So spitz wie es war und mit der langen Nase, sah es wie das einer Ratte aus. Zwei Zähne ragten hervor. Die Haut war fahl, als wäre der Mann krank gewesen oder hätte Jahre in einem Klima zugebracht, das ihm nicht bekam. Seine Augen waren klein und dunkel; sein schwarzes Haar hing lang und strähnig herab. Er hielt eine Feder gezückt.

Ganz rechts saß ein fetter Priester mit bleichem, aufgedunsenem, verquollenem Gesicht. Er isst zu viel, dachte Joslin und ihm fiel ein, was Robin gesagt hatte: »Doch verbringt er seine Zeit damit, auf der Burg zu schlemmen, statt etwas für das Seelenheil der Leute hier zu tun.«

Joslin wurde zum Tisch gestoßen, wo er Roger de Noville gegenüberstand. Als ihn der Graf scharf ansah, nahm Joslin allen Mut zusammen und begegnete dem Blick, ohne zurückzuzucken.

Jetzt ergriff Roger de Noville das Wort. Joslin war verblüfft, dass man ihn auf Französisch ansprach.

»Du bist Franzose! Du bist ein Feind meines Königs! Also bist du auch mein Feind!« Das waren die Worte des Grafen.

Joslin dachte rasch nach. Franzose bin ich, daran führt kein Weg vorbei. Aber ich kann sagen, ich käme aus der Gascogne. Das sieht besser aus.

Klar und mit fester Stimme antwortete er: »Nein. Ich heiße Joslin de Lay. Ich komme aus der Gascogne und erweise dem König von England meine Ehrerbietung.«

Ein Anflug des Zweifels zeigte sich auf Roger de Novilles Zügen. Jetzt sprach er auf Englisch weiter. »Möglich, dass die Gascogner Edward III in seiner Eigenschaft als Herzog von Aquitanien Ehrerbietung erweisen. Aber auch sie sind Franzosen. Wer weiß, welcher unzufriedene Ränkeschmied gegen Edwards gütige Regierung eine Rebellion anschürt und Spione ausschickt, um dessen Herrschaft zu schwächen? Wer weiß, ob König Charles von Frankreich keine Heere gegen England aussenden wird, um für die harten Schläge, die sein Volk bei den Schlachten von Crécy und Poitiers empfing, Rache zu nehmen? Crécy, wo ich meine Schwertwunde erhielt. Poitiers, wo ich meinen Sohn verlor. Oh, ich habe wenig Grund die Franzosen zu lieben! Möglicherweise spionierst du hier das Land aus, damit König Charles' Armeen eines Tages zu uns kommen, um zu vergewaltigen und zu plündern.«

Jetzt wurde Joslin wütend. Im Cotentin hatte er miterlebt, wie Spione auf die Burg gebracht wurden. Er hatte sie verachtet und sich gefreut über ihre Bestrafung. Mit derartigen Männern ließ er sich nicht in einen Topf werfen. Er sprach Englisch, als er klar und deutlich sagte:

»Ich bin ein fahrender Sänger! Es ist eine harmlose Mission, die mich von Frankreich hierher führte, auf dem Weg nach Wales. Ich mache den Menschen Freude mit meinen Liedern, und zwar allen, seien es nun Franzosen oder Engländer. So versuche ich meinen Lebensunterhalt zu verdienen.«

»Wer könnte einen besseren Spion abgeben als der, der eine harmlose Mission hat und überall willkommen geheißen wird?«

Darüber musste der Mann mit dem Rattengesicht kichern. Der Graf wechselte plötzlich das Thema.

»Warum hast du meinen treuen und geschätzten Landverwalter William Wilkin umgebracht?«
»Ich habe ihn nicht umgebracht!«
»So? Du leugnest es also? Dann werde ich dir sagen, warum du es getan hast. Du hast ihn ermordet, weil er dich als das erkannte, was du bist.«
»Ich habe William Wilkin gar nicht gekannt.«
»Und John Gibbon war dein Freund und Helfer.«
»Ich kenne keinen John Gibbon.«
»John Gibbon ist ein Verräter. Verkleidet als Dachdecker, hat er dir den Weg bereitet und dich vor dem rechtmäßigen Zorn meiner Leute gerettet.«
»Ich kannte den Namen des Dachdeckers nicht, bis Ihr ihn eben erwähntet. Ich bin ihm niemals begegnet, bevor ich nach Stovenham kam.«
»Und er hat dir die Flucht ermöglicht, zurück in das Dorf des Todes, aus dem du kamst. Aber William Wilkin war zu schlau für euch. Er hat John Gibbons Finte durchschaut. Der Dachdecker wurde hier in den Kerker geworfen, anschließend hat William Wilkin dort, wo du, wie er wusste, hingehen würdest, nach dir gesucht. Und dort hast du ihn umgebracht.«
»Das stimmt nicht. Ich bin erst bei Dunkelheit nach Cry Ashbourne zurückgekehrt.«
»Soso. Wo warst du dann in der Zwischenzeit?«
Joslin hätte fast »In der St.-Josephs-Kirche« gesagt. Aber gerade noch rechtzeitig verkniff er es sich. Robin und Alys wollte er nicht mit hineinziehen.
Der Graf wertete sein Schweigen als Eingeständnis der Schuld.
»Dein Schweigen verurteilt dich, Joslin de Lay!«, verkün-

dete er. »Du bist als Spion in unser Land gekommen, um unseren ehrenwerten König Edward und sein Volk zu beunruhigen und ihm zu schaden. Weiterhin hast du gemeinsam mit dem Verräter John Gibbon den Mord an William Wilkin, meinem Gutsverwalter, geplant. Die Tat selbst hast du, und nur du alleine, begangen. Als Graf von Stovenham, Vertreter von König Edward in diesen meinen Ländereien und in Abwesenheit der Gerichtsbarkeit des Königs, habe ich die Macht, zu entscheiden, was mit dir geschehen soll. Jetzt werde ich mich mit meinen Neffen und meinem Burgverwalter beraten.«

Joslin war inzwischen zu zornig, um Angst zu verspüren. Genau in diesem Moment sah er, wie Walter Chevington, der Priester, dem rattengesichtigen Burgverwalter einen Blick des reinsten Hasses zuwarf. Aber mit deinem Priester berätst du dich anscheinend nicht!, dachte Joslin.

»Schafft ihn fort«, befahl der Graf den Soldaten.

Während man ihn hinauszerrte, schrie Joslin aus Leibeskräften: »Das soll ein Gerichtsverfahren gewesen sein? In Frankreich gewährte man selbst gemeinen Dieben eine bessere Anhörung!«

Aber Roger de Noville hörte nicht zu. Er und seine Neffen hatten die Köpfe abgewandt, während das Rattengesicht eindringlich zu ihnen redete.

Joslin wurde wieder dem Kerkermeister übergeben, in sein Verlies gestoßen und mit Fußeisen gefesselt.

»Nun?«, sagte der Dachdecker in der Dunkelheit.

»Es steht schlecht um uns, John Gibbon.«

»Pssst! Du darfst meinen Namen nicht kennen! Ebenso wenig wie ich deinen. Vergiss, was sie dir sagten! Unsere einzige Hoffnung liegt darin, dass wir überhaupt nichts voneinander wissen. Wer weiß, wer draußen lauschen mag?«

»Es ist zwecklos. Ich bin ein Spion, du ein Verräter, zusammen haben wir einen Mord geplant, den ich allein begangen habe. Dabei wird der Graf bleiben.«

Joslins Augen gewöhnten sich langsam wieder an die Dunkelheit. In dem spärlichen, durch das Fenstergitter hereinfallenden Licht sah er, wie der Dachdecker die Schultern hängen und den Kopf auf die Brust sinken ließ.

»Dann sind wir erledigt, du und ich. Verflucht sei der Augenblick, wo du unter meiner Leiter standest! Warum ließ ich nicht zu, dass sie dich schnappten und an den nächsten Baum knüpften?«

Joslin fiel nur eine einzige Antwort darauf ein.

»Weil du ein guter Mann bist, John Gibbon.«

Der Tag zog sich dahin. Joslin machte den Versuch seinen Zellengenossen auszufragen.

»Dachdecker, wer war der Mann mit dem Rattengesicht?«

John Gibbon schnaubte angewidert. »Der? Ralph Stratford war das, der Burgverwalter des Grafen. Er hat nichts übrig für das gemeine Volk, das kann ich dir sagen.«

»Und die jüngeren Männer neben dem Grafen? Seine Neffen?«

»Stephen, der Sohn vom Bruder des Grafen, der bei Crécy fiel. Francis, sein jüngerer Bruder. Ein Schwächling, sagt man. Stephen wird der Erbe sein.«

»Natürlich«, sagte Joslin. »Seinen eigenen Sohn hat der Graf ja bei Poitiers verloren.«

»Genau. Er ist gefallen. Obwohl ich auf dem Weg hierher

in einer Schenke, einige Meilen von hier, von einem alten Soldaten, der einen über den Durst getrunken hatte, eine seltsame Geschichte hörte. Er erzählte, er habe mit dem Grafen bei Poitiers gekämpft und hätte gehört, Geoffrey sei gar nicht tot. Nein, die Franzosen hätten ihn gefangen gesetzt und ein Lösegeld verlangt, das keiner zahlen wollte. Der Graf konnte es nicht, der König wollte es nicht, andere Edelleute hatten eigene Lösegelder aufzubringen. So schmachtet er weit in der Ferne und verzehrt sich nach Rache. So hat es mir der alte Soldat erzählt. Aber ich gebe nichts darauf. Zwei Minuten später lag er flach auf dem Rücken.«

»Was meinst du damit, der Graf konnte es nicht und der König wollte es nicht?«

»Dieser Teil könnte stimmen. Die de Novilles haben im Lauf der Jahre eine Menge für ihre Burg ausgegeben. Und noch mehr dafür, sich hier in der Gegend eine Macht zu schaffen, die ihnen gar nicht zusteht. Inzwischen scheinen sie verarmt zu sein. Reiche Ländereien sind das hier jedenfalls nicht. Außerdem gab es wohl so manche Zweifel an ihrer Loyalität dem König gegenüber. Bei den letzten Unruhen, als Königin Isabella und Mortimer den alten König Edward ermorden ließen, war es ungewiss, auf welcher Seite die de Novilles standen. Der gegenwärtige König vergisst nicht so leicht.« John Gibbon lachte freudlos. »Ich habe keine Sympathie für den Grafen, aber ich weiß, warum er verbittert ist. Seine Frau ist bei Geoffreys Geburt gestorben, inzwischen hat er auch den Sohn verloren, seine Brüder sind tot, nur zwei Neffen sind übrig geblieben. Er ist ein einsamer Mann, und darunter müssen alle leiden.«

»Das verstehe ich nicht, Dachdecker. Wieso ist dir so viel über den Ort und die Leute bekannt, wo du doch nur ein umherziehender Handwerker bist?«

»Ein Wanderer muss über alles Bescheid wissen, wenn er überleben will. Das wirst du selbst noch lernen. Ich halte Augen und Ohren weiter auf als die meisten. Wenn ich an einen neuen Ort komme, dann erkundige ich mich in den umliegenden Dörfern und Schenken, bis ich alles weiß, was für meine Sicherheit notwendig ist. Auf diese Weise habe ich auch den alten Soldaten getroffen.« Er machte eine Pause. »Gott helfe mir, ich wollte, ich hätte weniger gewusst.«

Er versank wieder in Schweigen. Joslin sagte nichts mehr. All diese Informationen waren jetzt wertlos. Der Dachdecker saß auf dem schmutzigen Stroh, Knie zum Kinn hochgezogen, schweigsam brütend. Joslin, dessen Augen sich an die fast völlige Dunkelheit gewöhnt hatten und der ihn beobachtete, wusste genau, was er dachte. Er selbst dachte dasselbe, doch hatten sie keine Möglichkeit ihre Gedanken zu teilen. Sie waren an einen Ort gekommen, wo Grausamkeit und Rachsucht herrschten. Hier wurden des Königs Gesetze so ausgelegt, wie Roger de Noville, Graf von Stovenham, es wollte. Wenn das nächste Mal die Tür aufging, brachte man sie vielleicht nach draußen, um der Sache ein Ende zu machen. Gemeinsam? Jeweils nur einen?

Joslin versuchte sich sein Zeitgefühl zu bewahren. Er sah zu, wie die Schatten der Gitterstäbe über die Mauer wanderten, während die Sonne sank. Fast waren sie verschwunden, als ein Schlüssel im Schloss zu hören war. Der Kerkermeister. Brotreste, eine Kanne schales Wasser.

Der Dachdecker hob nicht einmal den Kopf. Joslin aß, was er von den Brotrinden hinunterbekam, obwohl sie ihm fast im Hals stecken blieben. Dazu trank er in großen Schlucken.

»Was wird mit uns geschehen?«, fragte er.

»Kann ich dir nicht sagen«, antwortete der Kerkermeister, ohne unfreundlich zu klingen. Joslin fragte nicht, ob er es selber nicht wisse oder ob er es ihnen nur nicht sagen wolle. »Aber wenn ich an eurer Stelle wäre, würde ich meinen Frieden schließen mit Gott. Denn sonst wird es keiner für euch tun.«

Jetzt meldete sich der Dachdecker zu Wort. »Verweigert man uns sogar einen Priester?«

»Kann ich dir nicht sagen«, sagte der Kerkermeister wieder und ging mit der leeren Kanne hinaus. Die Tür knallte hinter ihm zu.

»Was hatte das zu bedeuten?«, fragte Joslin.

Wieder kam keine Antwort. Doch jetzt bekreuzigte sich der Dachdecker und murmelte rasch vor sich hin. Er machte tatsächlich seinen Frieden mit Gott, denn so ging es stundenlang weiter, während ihn Joslin von Trauer erfüllt beobachtete.

Die Stunden verstrichen. Inzwischen war es stockdunkel im Kerker. Gelegentlich, wenn Männer mit Fackeln draußen vorübergingen, fiel ein Lichtschimmer durch das Gitter. Schritte, Hufgeklapper und Schreie drangen herein, als stammten sie aus einer anderen Welt. Vom Dachdecker war nur ein unablässiges Murmeln zu hören, unterbrochen von Schluchzern. Joslin sagte nichts mehr. Nicht einmal singen mochte er noch in dieser schweren Stunde.

Als das Gemurmle endlich abbrach, hätte Joslin ebenso gut allein sein können. Jetzt bestand seine ganze Welt aus dem Scheuern der Fußeisen, dem Kratzen des Strohs und dem üblen Geruch von Menschen, die auf engstem Raum zu lange und zu nahe beieinander aushalten müssen. Jegliches Zeitgefühl war ihm abhanden gekommen.

Ein Schlüssel knirschte. Joslin fuhr zusammen und begann zu zittern. Die Tür öffnete sich. Da, im Licht einer brennenden Fackel, stand der Kerkermeister.

»Ist es so weit?«, gelang es Joslin zu fragen. Wollte man sie im Dunkel der Nacht töten, damit keiner es sah?

»Nein«, gab der Kerkermeister zurück. »Es gibt was zu futtern.«

Diesmal gab es altbackenes Brot, einen Hering und eine Kanne mit dünnem Bier. Joslin aß und trank, denn er war hungrig. Zu seiner Überraschung und Freude hielt es der Dachdecker ebenso.

Als Joslin, dem es nun besser ging, den Kopf hob, sah er, wer da die Fackel hielt. Er schnappte überrascht nach Luft. Vor ihm stand die Tochter des Kerkermeisters.

»Pass gut auf meine Harfe auf!«, bat er. »Sie gehörte meinem Vater.« Während er dies sagte, fiel ihm der Name des Mädchens wieder ein. »Du musst sie gut behandeln, Gyll!«

Das Licht der Flammen warf Schatten auf ihre hohen Wangenknochen und brachte ihre dunklen Augen zum Schimmern. »Sie gehört nicht mir«, entgegnete sie leise. »Es ist immer noch die deine.«

Nein, das Schimmern in ihren Augen war kein fröhliches Funkeln. Ihr liefen Tränen über die Wangen. Da sie beide Hände brauchte, um die Fackel zu halten, flossen sie un-

gehindert herab. Joslin wusste nicht, was antworten, obwohl er so vieles hätte sagen wollen.
Als alles bis zur letzten Krume aufgegessen war, nahm der Kerkermeister den leeren Teller und die Kanne.
»Ich habe jetzt getan, was in meiner Macht stand«, sagte er. Joslin erkannte, dass er trotz seines Berufes kein grausamer Mann war – ebenso wenig wie Jules, dem in der Burg im Cotentin dieselbe Aufgabe oblag. »Gute Nacht euch beiden. Schlaft, so gut ihr könnt.«
Dunkelheit: Joslin war allein mit den fieberhaften Gedanken, die ihn quälten. Guillaume, Fleur, Frankreich, die plötzliche Wendung, die ihn hierher gebracht hatte – dann John Hammond, Robin, Alys, der Dachdecker, der ihm geholfen hatte und nun dafür bezahlte. Das schreckensstarre Gesicht von William Wilkin, sowohl auf dem Gemälde als auch in Wirklichkeit, das hakennasige, vernarbte Gesicht von Roger de Noville, die elfengleiche Gyll: Alle tanzten sie endlos und sinnlos vor seinen Augen.
Als er schließlich die Augen öffnete, sah er, dass die morgendlichen Schatten des Gitters schon über die Wand wanderten.

Wieder knirschte der Schlüssel.
»Sie kommen!«, rief Joslin.
Aber der Dachdecker lag zusammengesunken im Stroh. Einen Moment lang hielt ihn Joslin für tot und dachte schon, er müsse dem Scharfrichter alleine entgegentreten. Doch dann öffnete der Mann die Augen und sagte fast unhörbar: »Meine Zeit ist noch nicht gekommen.«
Für den Augenblick zumindest hatte er Recht. Wieder kam der Kerkermeister mit Brot und Wasser herein. In

seiner Begleitung war Walter Chevington, der Priester. Sein pausbäckiges Gesicht war schon jetzt schweißnass, denn es war ein warmer Tag. In seinen braunen Augen lag Verachtung.

»Gesteht eure Verbrechen und scheidet als Männer dahin, die ihre Beichte abgelegt haben! Andernfalls werdet ihr als Verdammte sterben!«, verkündete er.

»Ich habe nur einer Kreatur Gottes beigestanden, als sie in Not war, sonst gar nichts«, erwiderte der Dachdecker.

»Ich habe kein Verbrechen begangen, abgesehen von der schlimmen Sünde, unwillentlich schuld zu sein am unverdienten Tod dieses Mannes«, gab Joslin zurück.

Walter Chevington spuckte aus. »Dann seid versichert, dass ihr noch vor Ende dieses Tages dem Henker übergeben werdet, um den Tod zu sterben, der den Ärgsten der Argen gebührt! Und dann werdet ihr die ewige Höllenglut schmecken!«

Mit diesen Worten machte er kehrt, gefolgt vom Kerkermeister. Als die Tür wieder zuschlug, war beiden bewusst, zu welchem Zweck sie sich das nächste Mal öffnen würde.

Die Worte des Dachdeckers drangen durch die Stille. »Wenn einer von uns überlebt, muss er den anderen rächen.«

»Ich sehe da keine Chance. Du etwa?«, sagte Joslin. Doch er bekam keine Antwort.

Eine Stunde verstrich, bevor sich die Tür von neuem öffnete. Der Kerkermeister stand da. Jetzt zeigte er kein Mitleid mehr.

»Steht auf!«

Mühsam erhoben sie sich. Der Kerkermeister löste die Fußeisen, erst die des Dachdeckers, dann die von Joslin, und zog die Stricke, mit denen ihre Hände gefesselt waren, fester an, bis das Blut fast nicht mehr fließen konnte. »Bewegt euch!«

Gemeinsam taumelten sie nach draußen in den Gang. Dort standen vier Bewaffnete und Walter Chevington. Er drehte das Gesicht weg, als sie herauskamen. Joslin spürte einen Stoß gegen die Schulter. »Geh schon, du französischer Bastard!«, knurrte eine Stimme. Als er sich umdrehte, sah er sich dem feindseligen Blick eines Wachmanns ausgesetzt.

Sie stolperten die schmale, steinerne Treppe empor und hinaus ins blendende Licht des Burghofs. Joslin sah sich nach dem Galgen um. Hier war er nicht; ihr letzter Gang würde sie also noch weiter führen. Die kleine Prozession, deren Abschluss der Priester bildete, ging rund um den Burghof. In den Türen tauchten Leute auf, um sie zu beschimpfen. Kein einziges der Gesichter war freundlich.

Doch, eines. Als sie sich dem Torhaus näherten, entdeckte Joslin die Tochter des Kerkermeisters. Wie er sie so ernst mit der Harfe in der Hand dastehen sah, überkam ihn plötzlich die Trauer.

Das Fallgatter hob sich, die Prozession trat durchs Burgtor hinaus. Jetzt konnte Joslin die Hinrichtungsstätte sehen. Auf einer Anhöhe war ein Gerüst mit zwei Galgen errichtet worden. Darunter hatten sich frohgemut und erwartungsvoll die Leute aus dem Städtchen versammelt und warteten auf das Spektakel, das der Tod von zwei Bösewichten versprach.

Eifrig darauf bedacht, nichts zu versäumen, stand auch

Ralph Stratford, der rattengesichtige Burgverwalter, unter dem Gerüst. Doch weder Roger de Noville noch seine Neffen waren anwesend. Unser Tod ist ohne Bedeutung, dachte Joslin. Ihm fiel ein Mann auf. Er hatte ihn schon einmal ein wenig abseits von der Menge stehen sehen. Der Bettelmönch stand da, als ruhe durch ihn der Blick Gottes auf dem Geschehen, trauernd ob der Grausamkeit seiner Kinder.

Die Prozession machte Halt. Über ihnen, auf den Holzplanken des Gerüsts, stand der Henker mit seiner schwarzen Kapuze. Die zwei Schlingen hingen in der Morgenluft ganz regungslos da.

Schweigen senkte sich herab. Dann wurde der Dachdecker vorwärts gestoßen, die hölzernen Stufen hinauf bis dorthin, wo der Henker stand. Als die Fesseln an seinen Händen gelöst wurden, bewegte er seine Finger ungelenk hin und her – doch da wurde er wieder gepackt und seine Arme wurden nach hinten gedreht und festgehalten. Zu Joslins Freude und Verblüffung drehte sich der Dachdecker in diesem kurzen Moment zur Menge, um letzte, trotzige Worte hinauszuschreien.

»Ich bin John Gibbon, Dachdecker aus Bury St. Edmunds, freier Mann, Handwerker, Angehöriger der Gilde! Und ich sage euch, es ist ein Mord, den ihr euch da anseht, der Mord an einem Unschuldigen!«

Aber die Soldaten ließen ihn nicht zu Ende reden, sondern drängten ihn vorwärts. Der Henker zog ihn auf den Schemel, der unter dem ersten Galgen stand, schob seinen Kopf durch die Schlinge und stieß den Schemel weg. Ein krampfhaftes Zucken durchlief John Gibbons Körper, dann kam er zur Ruhe, schwang nur noch leicht hin und her.

»Seht ihn euch an, den Mörder und Verräter!«, schrie der Henker. Aber seine Stimme ging im Grölen der Menge unter.

Joslin schloss die Augen. Fast hätte er sich übergeben müssen, doch da er sich vor diesen Leuten nicht erniedrigen wollte, riss er sich zusammen, so gut er konnte, und wartete darauf, dass er an die Reihe kam.

7

Doch er kam nicht an die Reihe.
Ralph Stratford nickte dem Henker zu. Daraufhin stieg dieser vom Gerüst herunter und ließ den Dachdecker oben baumeln. Von den Zuschauern her erklang ein enttäuschtes Murren. Der Henker schrie: »Der französische Mörder, Spion und Freund des Teufels wird morgen sterben, Freunde!«
Joslin wurde den Weg, den er gekommen war, zurückgestoßen, durch das Tor, über den Burghof und die Stufen zum Kerker hinab.
»Du hast Glück«, sagte der Kerkermeister. »Mein Gebieter, der Graf, konnte heute Morgen nicht hier sein. Er legt besonderen Wert darauf, dich sterben zu sehen.«
Glück? Um eine zweite letzte Nacht auf Erden zu ertragen? Joslin wurden die Fußeisen angelegt, dann ließ er sich ins Stroh fallen und versuchte zu schlafen.
Mehrmals kam er zu sich, nur um wieder in Bewusstlosigkeit zu versinken. Laufend vermeinte er das Gemurmle des Dachdeckers zu hören, doch wenn er die Augen öffnete, wurde ihm klar, dass er alleine war. Schwarze Hoffnungslosigkeit drohte ihn unter sich zu begraben. Die im Lauf des Tages gebrachte, aus Brot und Wasser bestehende Mahlzeit rührte er nicht an. Am Abend jedoch knabberte er an dem Hering, den er erhielt, und trank das Dünnbier, wenn auch nur deshalb, weil Gyll ihm zusah.
Aber dann ließen ihn der Kerkermeister und seine Tochter wieder allein und die Tür fiel mit einem dumpfen Schlag zu.

Ralph Stratford, der Burgverwalter, war in seiner Kammer. Es war drei Stunden bis Mitternacht. Gerade hatte er seinen Herrn, den Grafen, verlassen, der übelster Laune war. Roger de Noville war nämlich kurz zuvor müde und staubig von einem anstrengenden, völlig nutzlosen Ritt zur ungefähr zwanzig Meilen entfernten Burg Hedingham zurückgekehrt. Ralph Stratford wusste genau, wann er sich besser vom Grafen fern hielt. Er hatte Jahre darauf verwendet, die wechselnden Stimmungen seines Gebieters zu studieren, und konnte sie stets unfehlbar einschätzen.

Jetzt war er allein. Er hatte den Befehl des Grafen bezüglich des Schicksals des Franzosen entgegengenommen. Am Morgen würde er also eine weitere abstoßende Hinrichtung mit ansehen müssen. Zumindest würde sie seinem Gebieter großes Vergnügen bereiten. Welch ein Glück – und er zitterte fast vor Erleichterung, als er daran dachte –, dass er diesem ungehobelten Strang Glauben geschenkt hatte, als Roger de Noville zur Burg Hedingham aufgebrochen war. »Wartet, bis der Graf heimkommt, bevor Ihr den Franzosen hängen lasst«, hatte Strang gesagt. »Er will zusehen.« Um ein Haar hätte Stratford sich darüber hinweggesetzt – warum sollte er einen Befehl befolgen, der, auch wenn er vom Grafen kam, von einem derartig unwürdigen Burschen überbracht wurde, selbst wenn man diesen zum Ritter geschlagen hatte? Allerdings wusste er, dass Strang das Vertrauen des Grafens besaß.

Seine Gedanken wanderten zu dem Priester. Er wusste genau, dass Walter Chevington danach lechzte, seinen Posten zu übernehmen. Einst waren alle Verweser, die mächti-

gen Edelleuten dienten, zugleich auch Geistliche gewesen. Ein Glück, dass Roger de Noville mit dieser zwielichtigen, habgierigen Bande nichts am Hut hatte. Trotzdem, Walter Chevington würde man im Auge behalten müssen.
Der Burgverwalter war müde. Er befand, dass er es verdiente, sich früh ins Bett zu legen. Gerade wollte er sich entkleiden.
Da klopfte es an der Tür.
»Herein!«, rief er.
Als sich die Tür öffnete und Stratford sah, wer da stand, wurde sein Blick ganz starr.

Wann war es, als der Schlüssel wieder im Türschloss seines Kerkers knirschte?
In den dunkelsten Stunden der Nacht, wenn der Tod näher und der Körper träger und überaus verletzlich ist, wusste Joslin nicht, ob er schlief oder wachte, ob es Wirklichkeit war oder ob er einen unmöglichen Traum von Befreiung, Flucht und Sicherheit träumte.
Ja, er träumte. Er träumte, dass die Tür aufging und das Licht einer Kerze flackernde Schatten auf ein Gesicht warf. Er träumte, es sei das Gesicht von Gyll. Sie bückte sich, öffnete mit einem Schlüssel die Fußeisen und durchschnitt mit einem Messer den Strick, der seine Hände fesselte. Er träumte, dass sie ihn auf die Stirn küsste, eine leichte, kühle Berührung, die Schauder durch seinen Körper jagte. Dann zog sie ihn hoch, dass er ins Taumeln kam, und flüsterte: »Komm schnell mit!«
In seinem Traum lehnte die Harfe draußen an der Mauer. Die reichte sie ihm mit den Worten: »Sie gehört dir, nicht mir.« Und er träumte, dass sie seine Hand nahm

und ihn durch steinerne Gänge führte, wo sie den Weg mit ihrer Kerze beleuchtete und jedes Mal stehen blieb, wenn Stimmen oder Schritte erklangen, bis wieder alles still war. Schließlich kamen sie durch eine Seitentür – und ganz plötzlich spürte Joslin herrlich frische Luft auf dem Gesicht. Sie rannten im Dunkeln über den Burghof bis zu einem Geröllhaufen. »Hier ist die Burgmauer eingebrochen«, hörte er Gyll flüstern. »Da ist eine Lücke.« Sie kletterten über Kies, große Steine und zerfallenen Mörtel, zwängten sich durch Büsche, die draußen gewachsen waren. Und dann . . .

Nein, das war kein Traum! Er stand wirklich draußen vor der Burg auf dem Gras, Hände und Beine waren ungefesselt, die Harfe hing auf seinem Rücken. Ohne zu begreifen, wandte er sich Gyll zu, nahm ihre Hände und sagte: »Warum?«

Sie antwortete: »Du bist aus dem Weiler, in dem der Tod und der Teufel wohnen, zu uns gekommen. Viele werden davon überzeugt sein, dass du Eisenketten zerreißen, Schlösser aufbrechen und dich selbst fortzaubern kannst.«

»Aber du glaubst das nicht?«

»Ich glaube, dass du der liebenswerte Joslin bist, der singt und Harfe spielt, eines Tages vielleicht sogar für mich.«

»Dafür könnten sie dich an meiner Stelle hängen.«

Sie legte ihm leicht die Hand auf die Stirn.

»Ich bin des Kerkermeisters Tochter. Dass ich dir zur Flucht verhelfe, wird mir keiner zutrauen.«

Joslin stand unschlüssig da, immer noch ohne sein Glück zu begreifen.

»Geh jetzt, schnell! Bis zum ersten Licht sind es noch vier

Stunden und fast sechs, bis sie wissen, dass du verschwunden bist. Renn, so weit du nur kannst! Und vergiss mich nie!«
Joslin war so bewegt, dass ihm die Worte fehlten. Er zog Gyll zu sich, küsste sie und wäre um ein Haar geblieben. Als sie ihn schließlich wegstieß, drehte er sich um und rannte davon.

Zehn Minuten später blieb er stehen. Seine Beine waren dort, wo die Fußeisen gescheuert hatten, aufgeschürft und blutig. Seine Handgelenke schmerzten noch immer von der engen Fessel. Außerdem musste er wissen, in welche Richtung er da überhaupt rannte.
Eines war sicher. Die schadhafte Stelle in der Mauer, durch die ihn Gyll gebracht hatte, lag nicht auf der Stovenham zugewandten Seite der Burg. Gut. Der Stadt brauchte er sich also nicht noch einmal zu nähern.
Doch halt! Sein Wams und sein Umhang. Sie lagen immer noch unter dem Grasbett in der Kirche des Weilers. Beides würde er brauchen, wenn das Wetter schlechter wurde. Und vielleicht fand er ja auch den Dolch seines Vaters. Es nicht noch einmal zu versuchen hieße, seiner Sohnespflicht nicht nachzukommen. Außerdem fühlte er sich inzwischen nackt ohne seine Waffe. Nein, er musste zurück.
Also setzte er sich auf die Erde und überlegte, wie er am besten hinkam. Stovenham lag im Tal beim Fluss. Die Burg ragte hoch oben an der Talseite auf. Keine Burg wurde so an den Hang gebaut, dass das Gelände dahinter noch weiter anstieg. Irgendwelchen Feinden käme das sehr gelegen. Also musste er sich am höchsten Punkt der

Talseite befinden. Das bedeutete, dass er nach Cry Ashbourne kam, wenn er sich nach links hielt – Richtung Osten also, falls er sich nicht irrte. Noch bevor er es erreichte, würde er die sich schwarz gegen den Nachthimmel abhebenden Ruinen sehen.
Also machte er sich auf den Weg. Erst unterwegs gelang es ihm nach und nach, die wundersamen Ereignisse in ihrer ganzen Tragweite zu erfassen.

Er stolperte durch verwildertes Gelände, an Bäumen und Büschen vorbei, überraschte weidende Schafe, hörte Eulen rufen und Füchse bellen. Eine volle Stunde verging, bevor er die schauerlichen Silhouetten am Horizont sah. In der alten Kirche angelangt, tastete er sich zu seinem Lager, stocherte unter dem Gras, holte das Wams und den Umhang hervor und suchte vergeblich nach dem Dolch. Doch der war nirgends zu finden. Joslin beschloss es noch einmal zu versuchen, sobald es hell war.
Dann nahm er zum ersten Mal seit drei Tagen die inzwischen vor Schmutz starrende Tunika ab und gelobte sie so bald wie möglich in einem Fluss zu waschen – ebenso wie sich selbst. Aber nicht jetzt, nicht in diesem Fluss. Und dann, obwohl er wusste, dass er es eigentlich nicht zulassen durfte, überkam ihn die Müdigkeit. Nackt ließ er sich auf das piksende Heu fallen und versank in einem tiefen Schlaf.

Drei Stunden später weckte ihn das durch die Dachbalken fallende Licht. Er setzte sich auf. Die erstaunliche Wendung, die sein Geschick genommen hatte, fiel ihm ein. Er griff nach seinem Wams, um es sich überzuziehen und

sah sich um. Dort, in der Nähe des alten Altars, hatte William Wilkins Leiche gelegen.
Man hatte sie weggeschafft. Er hatte sie auf einer Bahre liegen gesehen, mit herabbaumelndem Arm. Warum war sie dann jetzt wieder da?
Er konnte den Blick nicht mehr abwenden. O nein! Nicht noch eine Leiche!
Doch, es stimmte. Ein blaues, mit Pelz besetztes Gewand. Joslin näherte sich voller Angst. Das Gesicht des Mannes war abgewandt. Joslin ging auf Zehenspitzen um ihn herum, als schliefe jener, obwohl er genau wusste, dass dem nicht so war.
Er schnappte nach Luft. Wieder ein Gesicht, das er kannte. Strähniges, dunkles Haar, schmale Augen, vorstehende Zähne – ein Gesicht, das Ähnlichkeit hatte mit dem einer Ratte. Ralph Stratford, Rogers de Noville Burgverwalter, der »nichts übrig hatte für das gemeine Volk«, war denselben Weg gegangen wie der Gutsverwalter. Nur hatte man ihm einen Dolch durch die Kehle gestoßen. Blut befleckte den Boden und sein Gewand war steif davon. Sein Mund war zu einem schrecklichen Schrei aufgerissen, doch man hatte ihn gewaltsam zum Schweigen gebracht. Der Dolch steckte noch. Joslin sah ihn verblüfft an.
Es war *sein* Dolch!
Es gab keinen Zweifel. Die eigenartigen Muster auf dem Griff, der Edelstein am Ende. Der wertvollste Besitz seines Vaters, abgesehen von der Harfe. Seine Gedanken rasten. Ihm schien, als würde da ein Netz gesponnen, um ihn einzufangen. Einmal war er daraus entwischt. So etwas durfte er kein zweites Mal riskieren.
Was sollte er tun? Etwas war unerlässlich, so abscheulich

es auch sein mochte. Er stellte sich über Ralph Stratfords Leiche, kniff die Augen zusammen, um das Starren des Todes und den verzerrten Mund nicht mehr sehen zu müssen, schloss beide Hände um den Dolchgriff und zog. Das Gefühl beim Herausziehen der Klinge drehte ihm fast den Magen um. Aber er schluckte hinunter, was ihm in den Hals gestiegen war, wischte die Klinge am Gras seiner Lagerstatt ab und setzte sich wieder, um nachzudenken.
Warum tat man ihm das an? Er hatte nichts zu schaffen mit dieser Gegend, war ein vollkommen Fremder.
Vielleicht war genau das der Grund, sagte eine leise Stimme ganz hinten in seinem Kopf.
»Unsinn!«, widersprach er laut.
Aber etwas ging da vor sich, was er nicht begriff. William Wilkin ermordet, hinterlassen an der Stelle, wo er, Joslin, seine erste Nacht verbracht hatte und zu der er immer wieder zurückkam. An anderer Stelle ermordet, doch wie ein geschlachteter Ochse den Talhang heraufgeschleift.
Und Ralph Stratford? Vermutlich war es da ähnlich zugegangen. Und man hatte *seinen* Dolch benutzt, um Stratford zu ermorden! Es musste jemand geben, der ihm, Joslin, übel wollte. Wenn er nicht Acht gab, würde er noch eine dritte Nacht als verurteilter Mann, den der Galgen erwartete, im Kerker verbringen.
Doch halt! Wie konnte irgendjemand auf die Idee kommen, er hätte den Mord begangen? Schließlich glaubten sie ihn ja mit Fußeisen an die Wand seiner Zelle gekettet.
Aber was, wenn sie hier heraufkamen? Er warf einen Blick hinunter ins Tal. Noch war kein Suchtrupp zu sehen.
Er musste verschwinden, solange es noch möglich war.

Die Tunika zu einer Rolle gewickelt, die Harfe mit dem Umhang abgedeckt, Leibgurt um die Mitte, sein Wams am Leib, Dolch an der Seite – er war bereit. Geduckt schlich er davon und gelobte sich so viel Abstand zwischen sich und Stovenham zu bringen, wie er nur konnte.

Sich nach der Sonne ausrichtend, ging er zwei Stunden lang, ohne anzuhalten, weiter nach Norden. Er kam an einem kleinen Weiler von vier Häusern vorbei, wo er einen Brotlaib und ein Stück scharfen, harten Käse kaufte. Nach einer weiteren Stunde erreichte er einen Fluss. Dort machte er Halt, warf sein Wams ab, sprang hinein und wusch sich die Schicht aus Schmutz und Tod ab. Dann tauchte er seine Tunika ins Wasser und bearbeitete den Stoff, bis er wieder ganz sauber war. Seine Kleider hoch über dem Kopf haltend, watete er eine Viertelmeile weit durch das flache Wasser. Als er sicher war, dass kein Spürhund seine Fährte würde aufnehmen können, kam er heraus, legte sich am Ufer in die Sonne und verzehrte gierig sein Brot und den Käse.
Er fühlte sich in Sicherheit – was an sich schon eine herrliche Sache war. Sie würden nach ihm suchen. Aber abgesehen von dem Heu, auf dem er gelegen war, hatten sie nichts, womit die Hunde seine Spur aufnehmen konnten. Dem Grafen hatte er gesagt, er sei auf dem Weg nach Wales. Vielleicht würden sie eher im Westen nach ihm suchen und nicht im Norden. Und irgendwelche Verfolger hatte er durch das Waten im Fluss bestimmt abgeschüttelt. Er horchte. Kein Hundegebell, keine Jagdhörner, niemand, der größere Beute jagte als Fuchs oder Eber. Er konnte sich vertrauensvoll nach Westen wenden und die-

ses unheilvolle Städtchen für immer hinter sich lassen. Ja, in Sicherheit zu sein war etwas Wunderbares.
Aber auch John Gibbon hatte sich sicher gefühlt. Und das war er ja auch gewesen – bis Joslin in sein Leben trat. Er sah ihn vor sich, den gesprächigen, einfallsreichen Mann mit dem sandfarbenen Haar und den grauen Augen. Und was war aus ihm geworden? Ein murmelndes Wrack im Kerker, ein trotziger, von gerechtem Zorn erfüllter Mann auf dem Gerüst, ein zerbrochener Körper, der hin und her schwingend vom Galgen baumelte.
Und er, Joslin de Lay, trug die alleinige Schuld an seinem Tod.
Er hatte kein Recht sich sicher zu fühlen. Böse Dinge geschahen in Stovenham und auf der Burg. Er hatte kein Recht – aber er hatte eine Pflicht. »Wenn einer von uns überlebt, dann muss er den anderen rächen.« Das waren John Gibbons Worte gewesen. Sein Tod musste gerächt werden. Nicht dadurch, dass er den Grafen ermordete, den Henker, den Priester, die Soldaten. Das war keine Rache. Das würde ihn – vorausgesetzt, es gelänge ihm – zum Schlimmsten von allen machen. Nein, seine Rache musste darin bestehen, dass er den wirklichen Mörder von Wilkin und Stratford entlarvte und dass diejenigen, die dem Dachdecker so schreckliches Unrecht zugefügt hatten, es bereuten.
Er musste zurück. Sehnsüchtig blickte er auf das unbekannte Gebiet, das im Westen unter dem weiten Himmel lag, dachte an die unzähligen Städte und Dörfer zwischen hier und Wales, den langen, langen Fußmarsch, und wusste, dass es ihm unmöglich sein wür-

de, ihn jetzt gleich in Angriff zu nehmen. Nicht bevor er an John Gibbon, dem Dachdecker, seine Pflicht erfüllt hatte.

Doch wie sollte er das bewerkstelligen? Noch einmal Stovenham zu betreten wäre sein sicherer Tod. Sobald man ihn erblickte, würde man ihn ergreifen und zur Burg schleifen. Diesmal würde Roger de Noville keinen Fehler machen.

Also musste er unsichtbar bleiben, musste umherhuschen wie ein Geist, sich am Tag verstecken und in der Nacht hervorkommen. Er musste *ein anderer* sein.

Bloß wer? Sein Gesicht, seine Stimme und seine Haare machten ihn auffällig. Er würde sich niemals unters Volk mischen können. Und außer Gyll, der Tochter des Kerkermeisters, gab es in ganz Stovenham kein freundliches Gesicht.

Doch. Jedenfalls hoffte er das. Aber vielleicht glaubten Robin und Alys, sie hätten ihre Mahlzeit mit einem Mörder geteilt, vielleicht hatten sie in der grölenden Menge unter den Galgen gestanden und ebenso laut geschrien wie alle anderen?

Er dachte an Robins offenes Gesicht, an Alys' goldenes Haar, er hörte ihre Stimmen, so verschieden von den Stimmen der Einheimischen, wie es die seine war, er erinnerte sich an das Gespräch, während William Wilkins Gesicht unter ihren geschickten Händen entstand.

Nein, wenn sie dem, was man ihm vorwarf, Glauben schenkten, dann hatte er keinerlei Menschenkenntnis. Na gut, die letzten Tage hatten gezeigt, dass er möglicherweise wirklich nicht viel wusste. Oder lag es daran, dass er die Welt aus einem anderen Blickwinkel sah, jetzt, wo

er sich nicht mehr unter dem Schutz seines französischen Grafen befand?
Robin und Alys waren seine einzige Chance. Wenn sie ihn dem Grafen auslieferten, dann sollte es eben so sein. Erst einmal würde er zu ihnen gehen, ihnen alles erzählen, sich anhören, was sie sagten. Aber er durfte sie nicht in Gefahr bringen, so wie den Dachdecker. Wenn sie ihm nicht helfen wollten, würde er es akzeptieren und sich verdrücken.
Er wartete zwei Stunden lang in der Sonne, während seine ausgebreitete Tunika trocknete, sammelte Beeren, um sie später mit den Resten seines Brots und seines Käses zu essen. Dann, nachdem er sich überzeugt hatte, dass keiner in der Nähe war, um ihn zu hören, nahm er seine Harfe, stimmte sie und begann leise zu spielen. Schon bald sang er Balladen, die ihm sein Vater beigebracht hatte, genoss dabei jede Note, jedes Wort, Geschichten von Liebe und Ritterlichkeit, Schönheit und Ehre. Mit seiner Musik kam sein Stolz. War das, wozu er sich entschlossen hatte, nicht ebenso ehrenhaft und ritterlich wie jede Geschichte von Roland und jede Heldentat der Ritter der Tafelrunde?
Die Sonne wärmte ihn und machte ihn schläfrig. Bald lag er schlummernd am Flussufer, träumte von Frankreich, Guillaume und seinem alten Leben, dann von dem Tag, wo er in Wales anlangte und seiner Mutter begegnete. Sie war eine ernste, stille Gegenwart mit einem Gesicht, das er nicht sehen konnte. Aber er verspürte ungeheuren Frieden in ihrer Nähe. In den langen, zarten Fingern hielt sie einen goldenen Schlüssel. Damit schloss sie das kleine Kästchen seines Vaters auf, nahm den Gegenstand he-

raus, der darin klapperte, und zeigte ihn ihrem Sohn. Und dann erwachte er voller Kummer, weil es ein Traum und nicht die Wirklichkeit war. Gleichzeitig wusste er, dass die Zeit gekommen war, an John Gibbon, Dachdecker aus Bury St. Edmunds, seine Pflicht zu tun.

8

Joslin nahm allen Mut zusammen und machte sich auf den Rückweg nach Stovenham – Richtung Süden, über den Fluss, vorsichtig wie ein Irrlicht von Baum zu Baum huschend.

In der späten Nachmittagssonne sah er, wie sich das mächtige Geviert des Wehrturms vor der Stadt erhob. Als die Sonne versank, kletterte er auf einen Baum, um sich zu verstecken und zuzusehen, wie die Leibeigenen ihre Felder verließen. Er hielt nach einer Möglichkeit Ausschau, Stovenham ungesehen zu betreten. Aber dann? Jetzt, wo er die Stadt so nah vor sich sah, war ihm völlig unklar, wie er seiner Verpflichtung gegenüber dem Dachdecker nachkommen sollte.

Es gab nur einen Ort, an den er gehen konnte. Die St.-Josephs-Kirche. Er musste, in Gesellschaft von Engeln und William Wilkins Abbild, im Gotteshaus übernachten und hoffen, dass ihn Robin und Alys am Morgen nicht verraten würden.

Als die Dunkelheit kam, kletterte er vom Baum, überquerte die offene Fläche bis zum Kirchhof und ging dann durchs Westportal in die friedvolle Kühle des Mittelschiffs. Er würde nicht gestört werden, am allerwenigsten vom Gemeindepriester, der ihm Trost verweigert hatte.

Auf dem Fußboden lagen Binsen; zumindest würde er nicht auf kalten Steinplatten schlafen müssen. Trotz des tiefen Schlummers an diesem Tag war er sehr müde. Und wenn er seine Aufgabe ordentlich erledigen wollte, brauchte er so viel Schlaf, wie er kriegen konnte. Also kugelte er sich mit seiner Kleiderrolle als Kissen und mit Harfe und Dolch an seiner Seite zusammen und schlief augenblicklich ein.

Roger de Noville war am Abend in zorniger Stimmung zurückgekehrt. Bei Morgengrauen hatte ein Bote in vollem Galopp die Burg erreicht, mit der dringlichen Aufforderung, er und seine beiden Neffen sollten sich in die einige Meilen entfernte Burg Hedingham begeben. König Edward befände sich dort und wolle sich unverzüglich mit den Baronen von Ostanglien beraten.

So waren sie, begleitet von einem Trupp Soldaten, aufgebrochen, nicht ohne den Befehl zu hinterlassen, John Gibbon in ihrer Abwesenheit hinzurichten, den Franzosen jedoch bis zu ihrer Rückkehr zu verschonen. Aber was mussten sie, auf Hedingham angelangt, feststellen? Man hatte ihnen einen üblen Streich gespielt: Die Botschaft war falsch, der Bote unbekannt und nirgends aufzufinden. Roger de Noville mochte es nicht, wenn man ihn zum Narren hielt. Der leise Spott seiner Rivalen, der de Veres, war ihm unerträglich. Er lehnte die angebotene Verpflegung und Unterkunft für die Nacht ab, brach mit seinen Neffen sogleich wieder auf und ritt die ganze Strecke zurück. Eine kurze Unterredung mit Stratford – »Morgen hängt ihr den Franzosen auf!«, hatte er befohlen –, dann ging er früh zu Bett, denn er war müde und nicht mehr so jung wie einst.

Noch vor dem Morgengrauen wurde er wieder geweckt. Man überbrachte ihm schlimme Neuigkeiten. Der Franzose war verschwunden. Sein Kerker war leer.

»Wo ist mein Burgverwalter?«, brüllte der Graf.

Ralph Stratford war nicht zu finden.

»Das wird er bereuen!«, fauchte Roger de Noville.

»Etwas hat ihn wohl aufgehalten«, sagte Stephen.
»Nichts dürfte ihn aufhalten!«, erwiderte sein Onkel. »Außer dem Tod!«
»Genau«, gab Stephen zurück.
Roger de Noville warf seinem älteren Neffen einen scharfen Blick zu, dann befahl er: »Schick Soldaten aus!«
»Onkel, ich habe ein unangenehmes Gefühl im Magen. Ich glaube, ich weiß, wo wir suchen müssen.« Wieder führte Stephen die Soldaten an, wieder schwärmte man aus.
Zwei Stunden später kam Meldung. Ralph Stratford war tot aufgefunden worden, mit durchschnittener Kehle. Die Waffe fehlte. Er lag, wo Wilkin gelegen hatte – beim Altar in der Kirche des Pestweilers. Plötzlich fühlte Roger de Noville Furcht an Stelle von Zorn.
Der Graf rühmte sich niemals Angst verspürt zu haben. Aber jetzt spürte er sie, sie überschwemmte ihn wie ein Guss kalten Wassers. Das Schicksal kam auf ihn zu: ein apokalyptischer Reiter mit einer Lanze, einem Schwert und einer Streitaxt, die selbst seine Rüstung in Stücke zerschmettern würden.
»Findet den Franzosen!«, brüllte er aufgebracht. »Bringt ihn her! Charles, König von Frankreich, hat ihn geschickt, um die de Novilles und jede edle Familie Englands zu vernichten, bevor er König Edward höchstselbst angreift.«
Dann kam ihm ein weiterer Gedanke.
»Wer hat den Franzosen aus dem Kerker gelassen?«

Die durch das Ostfenster hereinfallenden Sonnenstrahlen fielen auf Joslins Gesicht und weckten ihn. Abrupt setzte er sich auf und ihm fiel wieder ein, wo er war. Leise schlich er sich zum Westportal, öffnete es und sah hinaus.

Keine Menschenseele, abgesehen von denen, die tief unter der Erde im Kirchhof lagen. Also verbrachte Chevington seine Zeit tatsächlich in der Burg des Grafen und hatte deshalb für seine Kirche keine übrig. Kein Wunder, dass sich die Bewohner von Stovenham hier ebenfalls nicht blicken ließen.

Hinter dem großen Grab, wo er sich auch an dem Tag versteckt hatte, als ihn der Dachdecker vor dem Pöbel rettete, aß er den letzten Rest Brot, Käse und Beeren. Allein die Erinnerung an jenen Tag ließ seine Entschlossenheit aufleben. Er legte sich zurück, um nachzudenken und gleichzeitig das Städtchen im Auge zu behalten.

Es dauerte nicht lange, bis sich Schritte näherten. Er erstarrte, doch als er die Stimmen erkannte, entspannte er sich. Robin und Alys. Er wartete, bis sie vorübergegangen waren und das Portal hinter sich geschlossen hatten. Dann huschte er hinter seinem Grabstein hervor, glitt in die Kirche und schloss die Tür, so leise er konnte.

Er sah ihnen zu, wie sie die Tücher von dem Gemälde nahmen. Diesmal war es nicht von der Sonne beschienen, aber im klaren Morgenlicht sah es Joslin in seiner ganzen Größe – die erstaunliche Skala vom Erhabensten zum Niedrigsten, vom Ersten zum Letzten. Die ganze Welt, die ganze Menschheit war in diesem Bild eingefangen – sowohl die große Welt draußen als auch Stovenham selbst. Tod und Teufel grinsten ihn immer noch gehässig an: »Sieh, was dir bisher widerfahren ist, Joslin de Lay, und erzittere vor dem, was noch geschehen mag!«, schienen ihre Mienen zu sagen. Während William Wilkin immer noch seine Todespein von der bemalten Tafel herabschrie und dabei den Blick auf den unverkennbaren, rattengesichti-

gen Ralph Stratford in seinem Todeskampf gerichtet hielt . . . Ralph Stratford? Joslin blinzelte.
Es waren nur einige wenige, die er in Stovenham und auf der Burg kannte. Zwei davon waren auf dem Gemälde vom Jüngsten Gericht abgebildet. Beide waren ermordet worden.
Er taumelte, als er diesen Gedanken in seiner ganzen Tragweite erfasste. Tod und Teufel schienen sogar noch breiter zu grinsen. Robin und Alys waren außer Sicht, mischten Farben für die Arbeit des Vormittags. Aber Robins Stimme erklang: »Ist da jemand?«
Joslin zögerte. Waren es wirklich seine Freunde? Er war ihnen erst einmal begegnet. Konnte er ihnen vertrauen? Warum hatten sie diese Gesichter gemalt? Wussten sie, was den Männern bevorstand?
Nein. Wenn er etwas über die Menschen wusste – das heißt, über das Gute, das sie in sich trugen, denn Böses hatte er in den letzten Tagen genug gesehen –, dann waren Robin und die liebliche Alys wirklich seine Freunde und er konnte ihnen vertrauen.
Er stürzte zu den Kanzelstufen. »Ich bin es!«, rief er. »Joslin de Lay!«
Sie starrten ihn an, dann ließen sie ihre Arbeit stehen und liegen und kamen mit ausgestreckten Armen auf ihn zu. So wurde ihm eine doppelte Umarmung zuteil, während ihm Robin die Hand schüttelte und ihm Alys einen Kuss auf die Wange gab.
»Joslin!«, rief Robin. »Wir haben alle möglichen Geschichten über dich gehört!«
»Zum Tode verurteilt wegen Mordes, geflohen, begeht wieder einen Mord, verschwindet«, zählte Alys auf. »Wie

ein böser Kobold. Manche sagen, du müsstest wirklich ein Spross des Teufels sein.«

»Und dieser zweite Mord, von dem sie sagen, den könntest nur du begangen haben . . .«

»Bloß warst du in deiner Zelle eingesperrt . . .«

»Obwohl das gar nicht sein konnte, da du ja weggezaubert worden warst und einen leeren Kerker hinterlassen hast . . .«

Joslin unterbrach. »Seid eine Minute still. Ihr wisst, wer ermordet wurde, nicht wahr?«

»Ja. Der Gutsverwalter des Grafen, William Wilkin. Du sagtest, wir hätten sein Gesicht gemalt und ich sagte, das würde mich nicht überraschen. Es gibt viele, die seinen Tod nicht bedauern, doch haben sie solche Angst vor Roger de Noville, dass sie nicht wagen es laut auszusprechen«, erklärte Robin.

»Aber wisst ihr auch, wer der Zweite war?«

»Sein Burgverwalter, heißt es in der Schänke.«

»Ja, aber wisst ihr, wie er aussieht?«

»Keine Ahnung«, kam von Alys.

»Dort ist er«, sagte Joslin.

Er deutete auf den rattengesichtigen Mann mit dem strähnigen Haar, in den sich gerade ein glühendes Brandeisen bohrte.

»Willst du damit sagen, dass wir den auch gemalt haben?«, rief Robin ungläubig.

»Und dann wird er ermordet?«, fügte Alys ebenso bestürzt hinzu.

»Bei einem könnte es ja noch Zufall sein«, sagte Joslin. »Aber bei zweien . . .? Wer hat diesen Auftrag erteilt?«

»Sagte ich dir doch«, antwortete Robin. »Wir haben keine Ahnung. Ein Reiter kam zu Randolf Waygoodes Werkstatt galoppiert, brachte den auf bestem Pergament niedergeschriebenen Auftrag, machte eine Anzahlung in Gold, der Rest zahlbar, wenn der Auftrag genau nach Anweisung ausgeführt worden sei. Dann war er wieder fort.«

»Ist das üblich?«

»Hin und wieder erhalten wir anonyme Aufträge«, erwiderte Robin. »Aber für gewöhnlich wollen jene, die Geld ausgeben, es die Welt auch wissen lassen.«

»Wisst ihr, ich denke mir das so«, sagte Joslin. »Ich habe die Morde nicht begangen, das steht fest. Demnach darf mich niemand zu Gesicht bekommen, weil alle denken, ich wäre es gewesen. Außerdem bin ich ja ein entlaufener Gefangener.«

»Deine Geschichte hast du uns immer noch nicht erzählt«, mahnte Alys.

Da erzählte Joslin, was ihm alles zugestoßen war. Als er fertig war, meinte Alys: »Also bist du nur des Dachdeckers wegen zurückgekehrt?«

»Wenn ich das Städtchen nicht betreten hätte, wäre er noch am Leben«, erklärte Joslin. »Ihm und meiner eigenen Ehre bin ich verpflichtet.«

»Du hast mehr Charakter und Willensstärke, als ich jemals besitzen werde«, sagte Robin. »Gottes Liebe brennt hell in dir, Joslin de Lay.«

Alys schwieg, griff aber nach seinen Händen und küsste ihn auf die Stirn. Joslin unterdrückte ein plötzliches sehnsuchtsvolles Gefühl. Stattdessen fuhr er fort über diesen anonymen Auftrag nachzudenken.

»Wenn das Gemälde und die Morde zusammenhängen, dann muss die Person, die das Bild in Auftrag gab, alles darüber wissen.«

»Vielleicht war sie es, die beide Morde begangen hat?«, sagte Alys.

»Wartet mal«, sagte Robin. »Wie Joslin schon sagte, einer könnte Zufall sein, doch zeigen zwei, dass Gottes Wege sehr unergründlich sind. Völlige Gewissheit haben wir jedoch erst, wenn noch ein dritter Mord begangen wird. Das würde aber bedeuten, dass wir jeden, den wir malen, zum Tode verurteilen. Wie können wir damit fortfahren?«

»Wir sind doch auch Randolph verpflichtet«, wandte Alys ein.

»Aber völlige Gewissheit haben wir erst, wenn noch ein dritter Mord begangen wird«, wiederholte Robin.

Joslin überlegte. »Wer auch immer euch beauftragt hat die Gesichter zu malen, will sich doch bestimmt überzeugen, ob seinen Anordnungen Folge geleistet wird.«

»Und?«, kam von Robin.

»Meint ihr nicht, er kommt regelmäßig in die Kirche, um das Gemälde zu betrachten? Wenn ihr also hier die ganze Nacht Wache hieltet, könntet ihr vielleicht sehen, wer es ist.« Diese neue Aussicht versetzte Joslin in Hochstimmung.

»Was soll das heißen, *wir* halten Wache? *Du* wirst sie halten«, widersprach Robin.

»Wie denn?«, fragte Joslin. »Ich darf mich doch nicht blicken lassen!«

»Du kannst nicht die ganze Zeit in der Kirche bleiben«, sagte Alys. »Hier wirst du die Lösung nicht finden – und ganz gewiss wirst du früher oder später entdeckt.«

Joslin war still. Ja, das wusste er. Dieser Gedanke lastete auf ihm, seit er in Stovenham war. Aber ihm war nicht eingefallen, wie er es anstellen sollte, unerkannt zu bleiben.

Höchstens, er wurde zu einem anderen. Als er es aussprach, sahen ihn die beiden kritisch an.

»Wir könnten dich verkleiden«, schlug Alys vor.

»Wir könnten dir eine Haube aufsetzen, um dein Haar zu verbergen«, sagte Robin.

»Ich könnte es zu einem Zopf zurückbinden«, sagte Alys. »Oder abschneiden.«

»Wir könnten Farbe draufgeben«, schlug Robin vor. »Ziemliche Schweinerei, aber es sähe dann nicht mehr aus wie deines.«

»Ich habe ein Kleid, das du anziehen könntest«, fiel Alys ein. »Es ist kurz, wird aber den größten Teil deiner Beine verbergen.«

»Und obenherum könnten wir es ein bisschen ausstopfen«, ergänzte Robin. »Und dir Wangen und Lippen rot anmalen.«

Joslin hörte sich das mit wachsender Besorgnis an. »Als was wollt ihr mich denn verkleiden?«, wollte er wissen.

»Nun, als Mädchen natürlich«, antwortete Alys.

»Was für ein Mädchen?«

Robin dachte nach. »Wir können sagen, du wärst von London gekommen, weil ich weiterer Hilfe bedarf. Randolf konnte keinen Lehrling erübrigen, also hat er dich geschickt.«

»Aber niemand würde ein junges Mädchen auf sich allein gestellt von London herreisen lassen«, wandte Joslin ein.

»Stimmt«, meinte Alys. »Wir werden sagen, Randolf hätte dich gebracht. Er hat letzte Nacht in – mal sehen – in Sudbury Halt gemacht, ist heute Morgen eingetroffen, brachte dich gleich zur Kirche und brach sofort wieder auf.«

»Und deine Unterkunft gestern Nacht war besser als die, die du heute bekommst«, ergänzte Robin.
»Ich werde mit Wirtin Tyb reden«, sagte Alys. »Vermutlich wird sie dir ein übel riechendes Bett neben dem meinen auf dem Dachboden geben. Wirtin Tyb gestattet in ihrem Haus keine Vertraulichkeiten zwischen den Unverheirateten. Ebenso wenig wie es Randolf tut.«
Joslin fuhr der Schreck in die Glieder. Welche Ironie – die ganze Nacht als Frau verkleidet im gleichen Raum zu verbringen wie dieses wunderbare Mädchen, während ihr Verlobter unten schlief.
Alys schien zu ahnen, was er dachte. »Du wirst keine Zeit haben dich zu grämen«, beruhigte sie ihn. »Du wirst die ganze Nacht in der Kirche Wache halten.«
Natürlich. Sie hatten ihm ein Angebot gemacht, hatten sich einen Plan ausgedacht. Was wollte er noch? Was für ein Recht hatte er, noch mehr zu verlangen?
Nein, er musste tun, was sie vorgeschlagen hatten.
»Na gut«, sagte er. »Verkleidet mich.«
»Später«, gab Robin zurück. »Jetzt müssen wir an unsere Arbeit.«

Die Suche draußen währte den ganzen Tag über. Ritter und Soldaten, angeführt von Stephen, Francis und dem mürrischen Strang, waren mit Spürhunden unterwegs, denen es gelang, mithilfe des Heus, auf dem Joslin geschlafen hatte, eine schwache Spur aufzunehmen. Roger de Noville ritt hinterher und überwachte aufmerksam die Suche. Die Spur hatte sie nördlich geführt, vorbei an dem Weiler, wo Joslin Brot und Käse erstanden hatte. Die verängstigten Hüttenbewohner hatten geradeaus gedeutet

und die Hunde fanden die Stelle, wo Joslin durch den Fluss gewatet war. Doch dort verlor sich die Spur.
»Der ist über alle Berge!«, berichtete Stephen seinem Onkel. »Wir haben ihn verloren!«
»Teufelswerk«, murmelten ein oder zwei Soldaten leise, damit der Graf sie nicht hörte.
Des Grafen Zorn, als er wieder aufsaß, war Furcht erregend anzuschauen.

In der Burg war der Kerkermeister inzwischen ein Gefangener im eigenen Kerker. Erst hatte er gewütet, dann – seltsam für so einen kräftigen Mann – hatte er geweint. Inzwischen zitterte er. Langsam fanden seine wirren Gedanken zu der einzigen Erklärung, die ihm möglich schien.

Gyll war ebenfalls eingesperrt, aber von eigener Hand. Sie hatte gespaltene Gefühle: Sie verspürte Triumph, weil sie etwas getan hatte, von dessen Richtigkeit sie überzeugt war, Kummer über die möglichen Folgen für ihren Vater und Verzweiflung, weil sie schon bald würde beichten müssen.
Und schlimmer noch – niemand würde ihrer Erklärung Glauben schenken.

Sie malten mit großer Sorgfalt die schwierigsten Details. Das Höllenfeuer entstand in seiner schrecklichen Grelle und die drei noch leeren weißen Gesichter stachen seltsam drohend hervor.
»Drei Gesichter«, sagte Joslin. »Was, sofern ich Recht habe, bedeutet, dass noch drei Morde geschehen werden. Ihr tragt eine große Verantwortung.«

»Still!«, zischte Alys.
Gerade schloss sich das Westportal. Jemand war hereingekommen.

9

Joslin huschte hinter eine Säule, aber erst nachdem er die hoch gewachsene, überschattete Gestalt in der offenen Tür erblickt und sogleich erkannt hatte: Es war der Bettelmönch, den er an der Straße gesehen hatte, bevor er den Dachdecker traf. Auch Joslins Flucht vor William Wilkin und der bedrohlichen Meute hatte der Mann in der Kutte beobachtet und bei John Gibbons Hinrichtung hatte er ein wenig abseits von der Menge gestanden.

Einem Mann Gottes konnte man sich doch anvertrauen, oder nicht? Joslin zögerte. Noch war die Zeit nicht gekommen. Im Augenblick blieb er besser hinter seiner Säule verborgen.

Der Mönch ließ sich dem Altar zugewandt auf die Knie sinken. Nach einer Weile erhob er sich und ging zu Robin und Alys.

»Seid gegrüßt, meine Kinder«, sagte er. In seiner Stimme, obwohl leise, lag Kraft, und sie schien geeignet, um auf Marktplätzen und vom Straßenrand aus der Menge zu predigen.

Er sah zu dem Gemälde vom Jüngsten Gericht empor. »Möge Gott euch segnen für dieses große Werk, das dem Volk den wahren Lohn der Sünde und die Belohnung der Tugend zeigt.«

»Danke, Vater«, murmelten Robin und Alys.

»Und wie mir scheint, hat euer Gemälde schon Wirkung gezeigt.« Sein Tonfall ließ nicht erkennen, ob er das für gut hielt oder für schlecht. »Aber vergebt mir, wenn ich

mich irre, da ist doch noch ein Dritter bei euch? Oder haben mich meine Augen getäuscht?«
Sich zu verstecken war zwecklos. Joslin kam hervor. Ja, Mönche waren Männer Gottes, bekannt für ihre Frömmigkeit und Güte. Warum sollte er diesem nicht vertrauen? So stand er da und sah ihn für einen kurzen Augenblick furchtlos an und senkte dann den Kopf, wie es sich ziemte vor einem heiligen Mann. Was er sah, war eine starre, regungslose Gestalt. Das graue Mönchsgewand war in der Mitte gegürtet und fiel in schweren Falten bis zu den Füßen; es sah aus wie in Stein gemeiselt. Die weiten Ärmel verbargen die Hände, die er vor seiner Brust gefaltet hatte. Die Füße waren bloß und schwielig, als hätten sie so manche harte Meile hinter sich gebracht. Unter der schweren Kapuze war vom Gesicht kaum etwas zu sehen, nur dass es von Sonne und Wind gebräunt war. Die Tonsur des Mönchs wurde von der Kapuze verdeckt, doch eine schwarze Haarsträhne fiel weit über seine Stirn herab. Sein dunkler Bart war grau gefleckt. Es kam Joslin so vor, als deute das Grau eher auf ein sorgenvolles Leben als auf Alter hin.
»Ich bin der Dritte, Vater«, sagte Joslin.
Der Mönch sah ihn scharf an.
»Dich kenne ich doch!«, bemerkte er. »Ich sah, wie der Gutsverwalter und eine brüllende Horde Jagd auf dich machten. Ich sah, wie dein Freund gehängt wurde und man dich wieder wegbrachte. Und jetzt ist Stadtgespräch, wie du auf unerklärliche Weise verschwunden bist.«
»Glaubt Ihr auch, dass der Teufel dabei seine Hand mit im Spiel hatte?«, wollte Joslin wissen.
»Mein Sohn, ich glaube an den Teufel und all seine Ma-

chenschaften. Jahre als Schreiber im Ordenshaus der Graumönche haben mich gelehrt keinem zu glauben, weder hier auf dem Land noch im Schmutz und im Gestank Londons, wo das Haus steht, aus dem ich komme. Aber ich erkenne den Teufel, wenn ich ihn sehe. Also glaube ich nicht, dass du durch Magie entkommen bist oder dass du mit dem Teufel zu schaffen hattest. Ich werde dich nicht fragen, wie du geflohen bist, sondern sage nur, dass ich mich darüber freue.«

»Danke, Vater«, murmelte Joslin.

»Ich sah deinen Freund sterben. Es war Mord. Ich habe für seine Seele gebetet und auch für dich in deiner Not.«

Eine Welle der Dankbarkeit überspülte Joslin.

»Ich bin nun seit drei Monaten oder mehr in Stovenham und Umgebung und werde noch ein paar Tage bleiben, bevor ich weiterziehe, so wie es mein Orden gebietet«, fuhr der Mönch fort. »Ich werde hier gebraucht. Der Priester dieser Stadt vernachlässigt die ihm anvertrauten Seelen. Sie schreien nach Hilfe, wo keine zu erwarten ist. Von mir wird niemand erfahren, dass du hier bist. Solange wir beide in Stovenham sind, hast du einen weiteren Freund, Joslin de Lay.«

Joslin war so bewegt, dass ihm die Worte fehlten.

»Du siehst, ich kenne deinen Namen. Und ich weiß, du kommst nicht aus England, sondern aus dem Land des großen, edlen Feindes. Und ich, Joslin, ich bin Vater Simon, den es nicht kümmert, wer in der Welt der Könige und Prinzen Freund oder Feind ist. Erzähl mir nichts von deinen Plänen, Joslin. Es ist besser, ich weiß nichts davon. Aber wenn du Hilfe brauchst, dann komm zu mir. Keine Sorge, ich werde in der Nähe sein.«

Er wandte sich um und ging auf nackten Füßen leise zum Ausgang. Dort angelangt, drehte er sich noch einmal zum Altar um, kniete nieder und richtete sich dann wieder auf. Er schloss die Tür hinter sich und war verschwunden.
Einen Augenblick lang sagte keiner der drei etwas. Dann meldete sich Alys zu Wort: »Kannst du ihm vertrauen?«
Joslin konnte kaum glauben, was er da hörte. »Warum denn nicht?«, rief er.
»Du warst doch der Meinung, der Mörder würde zur Kirche kommen, um zu sehen, wie sich das Gemälde entwickelt. Und kaum hast du es ausgesprochen, als Vater Simon auch schon hier auftaucht.«

Gylls Vater, der Kerkermeister, war in der großen Halle von Stephen verhört worden. Roger de Noville kannte sich selbst gut genug, um zu wissen, dass er die Beherrschung nicht verlieren durfte. Daher wartete er in einer an die Halle angrenzenden Kammer. Die Tür stand offen, damit er jedes Wort hören konnte.
»Du behauptest also, dass du keine Ahnung hast, wie der Gefangene geflohen sein könnte?«, fragte Stephen nicht unfreundlich.
»Gott möge mir helfen, Mylord, aber genauso ist es!«, rief der Kerkermeister mit Angst in den Augen und Schweiß auf der Stirn. »Einen Gefangenen auf diese Art zu verlieren ist das Schlimmste, was einem Kerkermeister passieren kann, vor allem wenn es sich um so einen handelt wie den. Ich habe mir den Kopf zerbrochen, wer meine Schlüssel weggezaubert haben könnte. Doch mir fällt niemand ein.«
»Niemand?«, wiederholte Stephen und zog fragend die

Augenbraue hoch. »Bist du sicher? Wirklich niemand? Denk nach, Mann! Dein Leben könnte von deiner Antwort abhängen!«

Der Kerkermeister senkte den Kopf. Was stand an erster Stelle, Liebe für seine Tochter oder die Treue, die er seinem Herrn schuldete? »Doch, eine wüsste ich, Mylord.«

Von Joslin kam keine Antwort.

»Kannst du Vater Simon vertrauen?«, fragte Alys noch einmal.

»Er ist ein Mann Gottes«, sagte Joslin. »Warum sollte er nicht in die Kirche kommen?«

»Joslin hat Recht. Mönche sind nicht von dieser Welt«, sagte Robin. »Mit Edelleuten haben sie nichts zu schaffen. Sie hassen deren Hochmut, Reichtum und Verderbtheit.«

»Es gibt auch eine Menge Mönche, die sich bereichern, indem sie die Leute ausbeuten, die in der Nähe ihrer Klöster leben«, wandte Alys ein. »Es gibt Ablassprediger und raffgierige Priester, die den Namen Gottes benutzen, um die Leute zu betrügen und an ihnen reich zu werden.«

»Nicht die Graumönche«, widersprach Robin.

»Ich vertraue ihm«, sagte Joslin. »Ja, das tue ich.«

»Wenn du es sagst, Joslin, dann freue ich mich für dich«, meinte Alys. Doch der Ausdruck ihrer Augen führte dazu, dass er sich sonderbar töricht vorkam.

»Es wird spät. Wir müssen an Joslins Verkleidung denken«, mahnte Robin. »Aber einer von uns sollte Wirtin Tyb auf den neuen Gast vorbereiten.«

»Das werde ich übernehmen«, sagte Alys. »Ich muss ohnehin das Kleid holen, das Joslin anziehen soll.«

Sie brach auf. Robin ließ Joslin auf einer der unteren Leitersprossen Platz nehmen und besah sich kritisch sein Gesicht.

»Glücklicherweise gehörst du zu denjenigen, bei denen der Bartwuchs erst spät einsetzt«, sagte er. »In zehn Jahren könnten wir dich nicht mehr als Mädchen verkleiden.«

»In zehn Jahren wird es hoffentlich auch nicht mehr nötig sein«, gab Joslin zurück.

»Stimmt. Aber so wie du jetzt aussiehst, geht deine Haut als die eines Mädchens durch, zumindest in der dunklen alten Schänke.«

Robin machte sich daran, sorgfältig Farben zu mischen.

»Deine Lippen malen wir rot. Ebenso wie deine Wangen. Dazu verpassen wir dir geschwungene Augenbrauen.«

»Die Farben werden auf meinem Gesicht zerlaufen«, gab Joslin zu bedenken.

»Bis der Abend in der Schänke seinem Ende zugeht«, sagte Robin, »sind alle zu besäuselt, um es zu bemerken. Und jetzt, wo sie ein neues Mädchen zum Anstarren haben, ist es nicht so sehr dein Gesicht, um das du dir Sorgen machen musst.«

Joslin sank das Herz. Das Ganze war wohl doch keine so gute Idee.

Robin arbeitete rasch mit Pinsel und Fingern. Bis Alys wiederkam, war das Werk schon weit fortgeschritten. Sie besah es kritisch und sagte dann: »Seine Brauen sind zu dick. Du musst auch Augenschatten auflegen, um die Augenform zu verändern. Und seine Wangen sehen aus, als hätte man ihm Äpfel ins Gesicht geklebt.«

Also übernahm nun Alys und korrigierte Robins Arbeit mit geschickten Fingern, die Joslin erbeben ließen. Er konnte nur beten, dass sie es nicht bemerken würde. Schließlich war sie fertig.

»Gut«, sagte Robin. »Heute Abend wird manches Herz höher schlagen.«

»Sag doch so was nicht!«, schalt Alys. »Ich habe genug Mühe, sie mir vom Leib zu halten!«

»Wie ist es mit Wirtin Tyb gelaufen?«, erkundigte sich Robin.

»Ganz gut. Ich habe ihr erzählt, Randolf sei heute Morgen zur Kirche gekommen und hätte nicht bleiben können. Er hätte unsere gute Freundin Geraldine als zusätzliche Hilfskraft gebracht. Sie sei ein schüchternes Mädchen, von Geburt an mit einem Sprachfehler behaftet und daher sehr schweigsam. Sie bliebe für sich und ich würde sie unter meine Fittiche nehmen. Wirtin Tyb hat mir alles geglaubt, vor allem als ich ihr für die Umstände, die wir ihr machen, zwei Pence auf die Rechnung bot, die sie auf vier Pence erhöhte. Das Kleid konnte ich mitnehmen, ohne dass es jemand aufgefallen wäre. Hier ist es.«

Es war in einem matten Rostrot gehalten und Joslin zog es etwas verlegen über. Alys mochte es ja gut passen, aber ihm schnürte es die Luft ab, weil es viel zu eng war. Die beiden musterten ihn noch einmal.

»Nicht sehr überzeugend«, meinte Robin.

»Ich habe auch eine weiße Schürze mitgebracht. Binde sie ihm um«, bat Alys und zog sie hervor. Robin gehorchte.

»Ein bisschen besser«, meinte er. »Was ist mit seinen Füßen?«

»Er soll barfuß gehen.«

»Aber für eine Frau sind sie zu groß.«

»Geraldine ist einfach nicht sonderlich hübsch«, sagte

Alys. »Zumindest lässt man sie dann in der Schänke eher in Ruhe. Die Männer werden sie nicht ansehen und den Frauen wird sie Leid tun.«

Joslin war nicht sicher, ob ihm das gefiel.

Robin und Alys musterten noch einmal das Ergebnis ihrer Bemühungen. »Die Haare!«, riefen sie gemeinsam aus.

»Flechten hat keinen Zweck«, entschied Alys. »Schneid es ab.«

»Nein!«, rief Joslin.

»Es geht nicht anders. Deine langen Locken erkennt man auf eine Meile.«

Robin zog ein Messer hervor. Alys hielt Joslins lange Haare zurück, während Robin säbelte. Lange Locken fielen zu Boden. Joslin fühlte sich schutzlos, jetzt, wo er wie der Dorftrottel aussah.

»Färben brauchen wir es nicht«, sagte Alys. »Ich habe eine Haube mitgebracht.«

Sie stülpte sie über Joslins Haupt. Was immer die Leute auch von ihm denken mochten, so, wie er jetzt aussah, würden sie ihn niemals für den gefährlichen entflohenen Gefangenen halten, das war Joslin klar. Er würde auch einigermaßen sicher sein vor den Avancen trunkener Schänkengäste.

»Denk dran, du heißt Geraldine!«, mahnte Alys.

»Geraldine«, wiederholte Robin. »Vergiss es nicht!«

Das Licht wurde schwächer. »Zeit, um für heute Schluss zu machen!«, verkündete Robin.

Wieder teilte Joslin das Mahl mit ihnen. Dann hängten sie Tücher über das Gemälde und richteten die Farben und die Pinsel für den nächsten Tag. Joslin verbarg seine Habseligkeiten – die Kleidungsstücke und die auffällige Harfe – un-

ter den Arbeitsmaterialien der beiden. Über den Leibgurt ließ er jedoch nichts verlauten, und als er in Geraldine verwandelt aus der Kirche trat, trug er ihn unter der Kleidung verborgen.
Jetzt sank die Dämmerung herab. Sie ließen Kirche und Kirchhof hinter sich zurück und gingen durch dieselbe enge Gasse, durch die Joslin und der Dachdecker nur vier Tage zuvor gerannt waren. Diesmal zitterte Joslin bei jedem Schritt, aus Furcht, man könnte ihn hinter seiner groben Verkleidung erkennen.

Man hatte Gyll vor Roger de Noville, Stephen und Francis gebracht. Diesmal war der Graf sicher, dass er die Ruhe bewahren würde. Das schlanke, dunkelhaarige Mädchen stand verängstigt vor dem bedrohlichen, jähzornigen Mann. Sie warf Francis nervöse Blicke zu. Stephen konnte sie nicht ins Gesicht sehen.
Der Graf ließ den forschenden Blick aus seinen dunklen Augen zermürbend lange auf ihr ruhen.
»So«, sagte er schließlich. »Hast du deinem Vater die Schlüssel entwendet, bist in den Kerker gegangen und hast einen zu Tode verurteilten Mann befreit?«
Es war sinnlos, es abzuleugnen. »Ja, Mylord«, gab Gyll zur Antwort. Sie senkte den Kopf und wartete auf sein Todesurteil.
Doch es kam nicht. Stattdessen klang seine Stimme fast freundlich.
»Der Franzose hat dir mit seinen Künsten den Kopf verdreht, habe ich Recht? Und deshalb hast du etwas getan, von dem du wusstest, dass es nicht richtig ist.«
»Nein.« Gyll hob den Kopf und blickte ihn an. »Ich mochte

ihn, das stimmt. Wer weiß, eines Tages hätte ich ihn vielleicht geliebt! Aber er war ein unschuldiger Mann, der seine Harfe zu sehr liebte, um ein Mörder zu sein. Das wusste ich in meinem Herzen im selben Augenblick, als ich ihn sah.«

»Also hast du beschlossen ihn zu befreien und damit in Kauf zu nehmen, dass dein eigener Vater seinen Platz im Kerker einnimmt?«

»Nein, Mylord.«

»Wie war es dann?«

Das war es, wovor es ihr gegraut hatte. Zu sagen, was sie nun sagen musste, und zwar in Anwesenheit dessen, um den es in ihrer Geschichte ging.

»Mylord, als es an jenem Abend dunkel wurde, saß ich über den Burghof blickend da und dachte an viele Dinge. Mein Herz war traurig. Doch dann näherte sich jemand. Er sprach mich an. Er sagte, er hätte mich den Gefangenen beobachten sehen und wisse, wie mir zu Mute sei. Teilweise ginge es ihm ebenso. Ein unschuldiger Mann sollte nicht für die Sünden anderer sterben müssen. Er sagte, wenn ich, sobald die Wache die Stunde nach Mitternacht ausrief, für ein paar Minuten den Kerkerschlüssel beschaffen und den Gefangenen dorthin bringen könne, wo unter dem Vorsprung des Gusserkers ein Teil der Außenmauer eingebrochen ist, dann würde er dafür sorgen, dass wir ungesehen hinkämen und der Franzose gefahrlos fliehen könne.«

Roger de Noville zog eine finstere, ungläubige Miene.

»In der Tat?«, sagte er. »Und wer, bitte, war dieser Wohltäter?«

Das hatte ihr zwei schlaflose Nächte bereitet. Doch sie musste es sagen.

»Mylord, es war Euer Neffe, Stephen de Noville.«

In der Ortsmitte, am Marktplatz, stand die Schänke – ein zweistöckiges, altersschwaches Gebäude, mit Schilf gedeckt. Daneben erhob sich das Brauhaus. An einer Seite des zur Schänke gehörenden Hofes standen halb zerfallene Ställe. Der Geruch nach Hopfen und nach Pferdemist lagen im Wettstreit miteinander. Als Erstes ging Robin zu den Ställen, um den Stallknecht zu suchen und sich zu überzeugen, dass ihre Pferde weiterhin gut versorgt wurden.

Joslin wartete mit Alys. Er hatte Herzklopfen. »Wird es die Schänkenwirtin nicht komisch finden, dass ich nicht auf einem eigenen Pferd kam?«, fragte er.

»Das habe ich erklärt. Ich sagte ihr, Randolf würde keinem trauen, am allerwenigsten einem Mädchen und vor allem nicht mit einem seiner eigenen Pferde. Also hätte er dich auf seinem Pferd hierher gebracht. Auf die gleiche Weise, dann allerdings auf Robins Pferd, würdest du auch zurückreiten müssen. Sie kam nicht auf die Idee meine Geschichte anzuzweifeln.«

Gerade kamen zwei Reisende mit ihren Pferden aus den Ställen. Sie musterten die beiden wartenden Mädchen von Kopf bis Fuß. »Sieh dir mal diese beiden an! Ist das ein Unterschied! Dabei sind's doch beides weibliche Wesen!«

Der andere gab zurück: »Die eine würde ich nehmen, aber ich kann mir nicht vorstellen, dass du die andere haben willst.« Lachend ritten sie davon.

Wieder überraschte Joslin sich selbst. Er war eher gekränkt, als dass er sich freute, weil die Verkleidung ihre erste Prüfung bestanden hatte.

Alys sagte: »Achte nicht darauf. Mit solchen Sprüchen musst du bei diesem rohen Volk rechnen. Sei dankbar, dass du in Wirklichkeit anders aussiehst, und denk mal darüber nach, was es bedeutet, an einem solchen Ort ein Mädchen zu sein.«

Darauf wusste Joslin nichts zu sagen. Alys fuhr fort: »Glaubst du etwa, es freut mich, dass sie mir den Vorzug gegeben haben?«

»Es geht nicht nur darum, wie ich aussehe, nicht wahr?«, stellte Joslin fest. »Ich muss auch denken wie das schüchterne, neben der Schönheit stehende Mädchen.«

Alys lachte. »Du schaffst das schon.«

Robin kam wieder. »Die Pferde sind versorgt«, sagte er. »Und jetzt gehen wir hinein.«

Man hätte die Stille mit dem Messer schneiden können. Stephens Gesicht war wie versteinert. Francis blickte weg. Roger de Noville bebte, als stünde er kurz vor einem Ausbruch. Gyll senkte den Blick und duckte sich wie in Erwartung eines Angriffs. Warum hatte sie es gesagt? Andererseits – wie hätte sie es verschweigen können? Es war die Wahrheit.

Stephen legte die Hand auf den Arm seines Onkels und sagte leise: »Haltet Euren Zorn zurück. An der Geschichte ist mehr dran, als man im ersten Augenblick vermeinen mag. Was sie da erzählt, ist Unsinn, aber wir müssen herausfinden, warum sie es erzählt.« Mit einem Zischen stieß der Graf den angestauten Zorn aus, sagte jedoch kein Wort.

Stephen fuhr mit leiser Stimme fort. »So, Mädchen. Du würdest es nicht wagen, mir etwas Derartiges ins Gesicht zu sagen, außer du bist verrückt geworden oder hältst es für die Wahrheit. Wir wollen wissen, welches von beidem es ist.«

Gyll sprach ebenso leise. »Mylord, wie Euch bekannt ist, teilen mein Vater und ich eine Kammer in den Seitengebäuden vom Hof. Es war zur Stunde der Dämmerung, als sich mir jemand näherte.«

»Wann genau war es?«

»Abends, in der achten Stunde. Ihr wart von eurem Ritt zurückgekehrt. Ich sah Euch durchs Torhaus kommen.«

»Und von woher hat sich diese Person, von der du dachtest, ich sei es, dir genähert?«

»Das weiß ich nicht, Mylord. Er kam von der Seite her, nicht über den Hof.«

»Also nicht vom großen Turm her?«

»Es könnte möglich sein, Mylord. Ich weiß es nicht.«

»Und warum dachtest du, ich wäre es?«

»Weil er denselben Wappenrock trug wie Ihr, mit Fuchs, Hase, Otter und Aal darauf. Und ein Gewand wie das Eure. Und Euer Gesicht und Eure Stimme hatte er auch. Und er gab sich als der, der Ihr seid, zu erkennen.«

»Was meinst du damit? Hat er gesagt: ›Ich bin Stephen, den du schon so oft gesehen hast?‹«

»Nein, Mylord. Er sagte es mir, indem er meinen Herrn, den Grafen, seinen Onkel nannte.«

Jetzt meldete sich Francis zu Wort. »Aber dann hätte es ja auch ich sein können, Mädchen.«

Gyll sah ihn an, als wäre das eine Möglichkeit, die sie nicht ins Auge gefasst hatte. »Nein, Mylord«, antwortete sie. »Das Gesicht dieses Mannes war älter und seine Stimme tiefer. Es war die Stimme Eures Bruders.«

»Wo du doch so sicher bist«, meinte Stephen, »dann sag mir eines. Warum hätte ich zu dir von meinem Onkel sprechen sollen?«

»Dieser Mann sagte, nicht nur er fände es falsch, dass der Franzose sterben sollte, auch sein Onkel sei betrübt darüber. Er könne ihn aber nicht freilassen, weil das als ein Zeichen von Schwäche gewertet werden würde. Er wolle nun seinem Onkel helfen, damit dieser das Gesicht nicht verlieren würde. Wie ich zu dem Gefangenen stünde, sei jedermann klar. Wenn ich also die Schlüssel entwenden und den Gefangenen zu dem Loch in der Mauer bringen könne, würde er dafür sorgen, dass uns unterwegs niemand aufhält. Mylord, er hatte Euer Gesicht und er sprach mit Eurer Stimme.«

»Aber jetzt denkst du nicht mehr, dass ich es war?«

Gyll schwieg.

»Los, Mädchen, gib Antwort!«

Gyll sagte leise: »Ich weiß es nicht, Mylord.«

Roger de Noville konnte sich nicht mehr zurückhalten. »Bringt sie weg! Lasst sie aufhängen, diese unverschämte Schlampe!«

Aber Stephen gab scharf zurück. »Onkel, ich will nicht, dass dieses Mädchen zu Schaden kommt! Lasst sie und ihren Vater in Ruhe! Sie hat das, was sie zu sagen hatte, mit Mut gesagt. Versteht Ihr nicht? Möglicherweise kann sie uns noch zur Wahrheit führen. Hier ist Teufelskunst am Werk und sie umgibt uns von allen Seiten. Überlegt, Onkel! Denkt daran, was sie uns erzählt hat und was es bedeuten könnte!«

»Mein Bruder hat Recht, Onkel«, stimmte Francis zu. »Wir haben Feinde, die darauf warten loszuschlagen. Der Tod dieses Mädchens wäre unter Umständen genau der Vorwand, den sie brauchen.«

Also mühte sich Roger de Noville seiner Erregung Herr zu

werden. Doch die quälenden Gedanken, die ihn bestürmten, sandten ihm Angstschauer den Rücken hinunter.

Innen war die Schänke alles andere als hübsch – Steinfußboden, Holzbänke, dunkle Mauern, kleine Fenster. Ein paar Männer waren von den Feldern hereingekommen, um etwas zu trinken. Als Joslin hörte, was sie untereinander sprachen, wurde ihm flau im Magen.

»Weit wird er nicht kommen. Ob Franzose oder Teufel, der Graf wird ihn finden.«

»Ja, morgen früh wird uns wieder ein kostenloses Schauspiel geboten. Ich sehe mir gerne an, wie ein Genick bricht und Füße in der Luft tanzen.«

»Solange du es nicht bist, der da baumelt, was?«

»Jeder, der raubt und mordet und für die Franzosen spioniert, hat es verdient, so zu sterben. Vor allem der.«

»Immerhin hat er uns einen Gefallen getan. Wir sind Wilkin und Stratford los.«

»Und was bringt uns das? Der Graf wird die Unfreien und alle anderen nur umso schlechter behandeln. Das Leben wird nicht mehr lebenswert sein. Und dann? Diese beiden sind weg, aber was Besseres kommt selten nach. Nein, freuen tue ich mich darüber, dass man genau weiß, wer der Mörder ist, und weil es keiner aus der Gegend ist, obgleich es ein paar Schritte von hier welche gibt, von denen ich geschworen hätte, dass sie es gewesen sind. So wie die Dinge liegen, werden wir nicht ganz so viel erleiden müssen, weil der Graf keinen von uns verantwortlich machen kann. Obwohl diejenigen, an die ich denke, ohne mit der Wimper zu zucken, alle beide umgelegt hätten. Wenn du mich also frohlocken hörst, dann deswegen.«

Ein dritter Mann mischte sich ein. »Also meiner Meinung nach wird man diesen Franzosen niemals fassen. Er ist inzwischen meilenweit in der Ferne. Der wird sich in Stovenham nicht mehr blicken lassen.«
»Es sind die, die ihn befreit haben, die mir Leid tun.«
Joslin hielt den Atem an. Seit er Stratfords Leiche entdeckt hatte, war er so mit seinen eigenen Schwierigkeiten beschäftigt gewesen, dass er ganz vergessen hatte, wem er Dankbarkeit schuldete. Gyll. Sie hatte seine Flucht ermöglicht. Wäre sie nicht gewesen, sein Genick wäre inzwischen schon gebrochen und seine Füße würden in der Luft tanzen. Es hatte bestimmt nicht viel dazugehört, dahinter zu kommen, wer ihn befreit hatte. Gyll hatte ihrem Vater die Schlüssel entwendet. Mit etwas Glück war es ihr gelungen, sie wieder zurückzubringen, bevor er es merkte. Wie auch immer – man würde sie alle beide verdächtigen. Gyll würde gestehen, um ihren Vater zu retten, davon war er überzeugt. Er war, auch wenn ihm die Aufgabe des Kerkermeisters oblag, kein grausamer Mann. Er hatte sie in ihrer Kerkerzelle so gut behandelt, wie es seine Pflichten erlaubten. Joslin war ihm nicht feindlich gesinnt.
Während er in einer dunklen Ecke stand und den Bauern zuhörte, wurde Joslin klar, dass er eine weitere Verpflichtung auf sich genommen hatte. Früher oder später musste er in die Burg zurück, um Gyll zu retten, so wie sie ihn gerettet hatte. Und dann – er ließ seiner Phantasie freien Lauf – konnte sie ihn vielleicht auf seiner Reise nach Wales begleiten, während Alys und Robin nach London zurückkehrten und ein Mörder dem Gesetz des Königs überantwortet wurde.

Nein, ganze Berge mussten bewegt werden, bevor es so weit war.

»Komm, Geraldine. Steh nicht den ganzen Abend so abwesend herum! Wir haben Arbeit zu tun!« Alys' Stimme riss ihn aus seinen Träumen. Wenn Berge bewegt werden mussten, dann fing er wohl besser gleich damit an.

10

Das also war die Schänkenwirtin Tyb. Joslin sah sich ihr breites, rotes Gesicht und die in die Hüfte gestemmten Hände an, die die Größe von Lammkeulen hatten. Mit braunem Kleid und weißer Schürze bekleidet, baute sie sich vor ihm auf und musterte ihn von Kopf bis Fuß.

»Bei der Jagd nach einem Ehemann wird es eure Freundin schwer haben«, erklärte sie dann Robin. »Aber da sie zu euch gehört, soll sie mir willkommen sein.«

Ihr Mann hatte es sich auf einem Stuhl bequem gemacht. Er war blass und mager, sein rechtes Bein fehlte vom Knie an abwärts und eine hölzerne Krücke lehnte neben ihm.

»Du brauchst nicht so entsetzt dreinschauen, Mädchen. Es gab Zeiten, da war ich dicker als meine Frau und hatte die Kraft von dreien.« Er deutete auf den Beinstumpf. »Das habe ich in Poitiers gelassen, als ich an der Seite des Schwarzen Prinzen kämpfte. Seitdem sickert das Leben tröpfchenweise aus mir raus.« Als wäre er mit den Gedanken weit in der Ferne, fuhr er fort: »Oh, dieser schreckliche Tag im Spätsommer vor dreizehn Jahren! In drei Tagen wird sich ein Ereignis jähren, das ich niemals vergessen werde!«

Die Schlacht von Poitiers. Für Joslin, den Franzosen, war sie eine Demütigung; für die Engländer ein Triumph. Für diesen Mann jedoch hatte sie fast den Tod bedeutet. Poitiers. Ein glorreicher englischer Sieg mochte es gewesen sein, aber er hatte viel Kummer und Leid hierher in diese kleine Stadt gebracht. Und in andere, sowohl in England als auch in Frankreich.

»Thomas Hinks ist ja vielleicht der Herr im Haus«, sagte Wirtin Tyb, »aber es ist seine Frau, die die Arbeit macht. Wir haben den Franzosen nichts zu danken, ebenso wenig wie unserem König Edward. Er regiert doch schon ein Land! Wozu braucht er dann noch ein anderes und lässt zu, dass gute Männer dabei zu Krüppeln werden oder den Tod finden?«

Aus Angst, man könnte seinen französischen Tonfall erkennen, wagte Joslin es nicht, etwas zu sagen. Somit nickte er nur und überließ es Alys, Wirtin Tyb zu bitten ihnen Geraldines Schlafstatt zu zeigen. Unterwegs hörte er, wie die Frau sagte: »Du hattest Recht. Deine Freundin ist wirklich nicht sehr gesprächig.«

»Geraldine hat einen Sprachfehler«, erklärte Alys noch einmal. »Bei Leuten, die sie nicht kennt, wird sie fast stumm.«

»Armes Mädchen«, meinte Wirtin Tyb. »Das Schicksal hat sie hart getroffen.«

Thomas Hinks' Krücke machte hohle Klopfgeräusche, während sie alle gemeinsam die knarrende Treppe hinaufstiegen. Im oberen Stockwerk standen sich in zwei Reihen jeweils vier, durch dünne Zwischenwände getrennte Betten gegenüber. Eines davon war das von Robin.

»Für eure Freundin habe ich auf dem Dachboden eine Strohmatratze und Decken gerichtet«, sagte Tyb zu Alys.

Während sie eine Leiter emporkletterten, sank Joslin das Herz noch mehr. Doch hatte er heute Nacht zu viel vor, um sich wegen Alys' Nähe zu grämen. Als Tyb und Thomas verschwunden waren, überzeugte er sich, dass sein Dolch noch an Ort und Stelle war. Dann löste er

heimlich den Leibgurt und setzte sich aufs Bett, um nachzudenken.
»Kommst du wieder mit hinunter?«, wollte Alys wissen.
»Noch nicht. Lass mich eine Weile allein. Ich komme später nach.«
Was sollte er nun, wo er sich unerkannt im Städtchen bewegen konnte, unternehmen – außer, darauf Acht zu geben, dass man ihn nicht wieder einfing? Ganz einfach. Den Mörder finden, den Dachdecker rächen. Wie ritterlich war ihm gestern nach einem guten Schlaf im Sonnenschein am Flussufer seine Aufgabe doch vorgekommen! Und wie aussichtslos schien es ihm jetzt, es auch nur zu versuchen! Trotzdem, er musste nachdenken. Was war beiden Morden gemein? Beide Leichen waren morgens entdeckt worden, beide Male hatten Robin und Alys kurz zuvor das entsprechende Gesicht gemalt. Und beide Leichen hatte er, Joslin, entdeckt – an der gleichen Stelle. So viel war klar. Was gab es noch? Hinter dem Ganzen stand ein Plan. Oder hatte er es etwa mit einem Verrückten zu tun? Und wenn, wer war dann der Verrückte? Manchmal dachte er, er selbst müsse es sein. Leichen, die aus dem Nichts auftauchten, gerade da, wo er sich zufällig befand, sein eigener Dolch in der Kehle des einen. Man hätte meinen können, er hätte sie im Schlaf getötet, ohne zu wissen, was er tat. Er hatte schon gehört von solchen Dingen.
Joslin schüttelte entschieden den Kopf. Er wusste, dass er nichts Derartiges getan hatte. Es sah ganz danach aus, als versuche jemand ihm diese Morde anzuhängen – obwohl ja niemand etwas Genaueres über ihn wusste, obwohl keiner ahnen konnte, dass er in jene Kirchenruine kommen würde.

Oder gab es jemand, der *alles* über ihn wusste? Er dachte angestrengt an das zurück, was passiert war, seit ihn Jean in jener Nacht geweckt hatte, um ihn zu seinem verwundeten Vater zu bringen. Wer konnte etwas über ihn wissen? Jean? Marie? Die waren zu Hause auf der Burg. Zum ersten Mal seit Tagen kam ihm das teigige, pockennarbige Gesicht mit dem verzerrten Mund in den Sinn. Nein. Wer auch immer das gewesen sein mochte, er war immer noch bei seinen englischen Lords, die dem Grafen im Cotentin einen Besuch abgestattet hatten. Am Tod seines Vaters mochte der Pockennarbige beteiligt gewesen sein, nicht aber an dem von zwei Männern, die er gar nicht kennen konnte. John Hammond? Es war reiner Zufall gewesen, dass die *Merchant of Orwell* im Hafen von Cherbourg gelegen hatte, als Joslin mit seinem Vater dort ankam. Und was hatte dieser Mann der See mit dem Mord von Landbewohnern zu tun? Sein Schiff würde schon mit neuer Ladung zurück gen Frankreich segeln. Außerdem hatte er, Joslin, seinem Freund John Hammond viel zu verdanken. Und woher sollte dieser wissen, wo er in seiner ersten Nacht schlafen und welches Städtchen er am nächsten Morgen betreten würde? »Sing dir deinen Weg nach Wales.« Joslin würde den Ratschlag dieses ehrlichen Mannes nicht vergessen.
Wen gab es noch? Joslin ging in Gedanken den Weg noch einmal, den er damals gekommen war. Von Orwell aus an Ipswich vorbei durch Suffolk, bis er in Cry Ashbourne eintraf und einsam und allein jene gespenstische Nacht durchleben musste.
Aber war er auch wirklich allein gewesen? Nein, die Toten hatten ihm Gesellschaft geleistet. Golgatha, die Schädelstätte. Das würde er nie vergessen.

Und noch etwas gab es, was er nicht vergessen konnte. Das Gefühl, beobachtet zu werden. Nun ja, die Augenhöhlen der Totenschädel konnten einen durchaus bannen. Aber jetzt, wo er zurückdachte, war er sicher, dass es ein Blick aus lebenden Augen war, den er verspürt hatte. Es musste jemand sein, der ihm schon seit geraumer Zeit folgte. Seine anfängliche Angst, hinter jedem Baum könnten Räuber lauern, war vielleicht doch nicht nur Einbildung gewesen.
Ja, so musste es ein. Jemand war ihm nach Cry Ashbourne und Stovenham gefolgt und hatte ihn als Sündenbock für einen mörderischen Plan ausersehen.
Doch dann war Joslin festgenommen, eingesperrt, zum Galgen gebracht worden, dem er nur durch reines Glück entkommen war, um schließlich gerade rechtzeitig vor dem nächsten Mord aus dem Kerker befreit zu werden. Wie konnte derjenige, der ihn da heimlich beobachtete, wissen, dass es so kommen würde?
Ja, wie? Joslin erstarrte. Wenn der Gedankengang, dem er da folgte, Wahrheit in sich barg, was war er dann anderes als ein Spielzeug, mit dem man spielte? In dem, was geschehen war, lag etwas Seltsames. Seine Festnahme? Na gut. Seine Verurteilung zum Tod? Bei einem Tyrannen wie Roger de Noville nur zu wahrscheinlich. Das Verschieben seiner Hinrichtung? Das überspannte ein wenig den Bogen der Glaubwürdigkeit. Die Frage lautete: Warum waren der Graf und seine beiden Neffen nicht anwesend? Und dann seine Befreiung ... Bis jetzt hatte er sich nur gefreut über sein Glück. Aber war die Flucht nicht zu glatt gelaufen, wo er doch als Sündenbock herhalten sollte? War es nicht möglich, dass das Ganze inszeniert worden war?

Jetzt kam Joslin ein Gedanke, der ihm gar nicht gefiel. Wenn seine Befreiung tatsächlich inszeniert worden war, war dann nicht die liebliche Gyll die Verräterischste von allen?

Das wollte und konnte er nicht glauben. Wenn das zutraf, dann gab es gar nichts mehr im Leben, worauf man sich verlassen konnte. Diese unergründlichen grauen Augen, die warme Berührung, der leichte Kuss und die drängende Stimme, als sie ihm seine Harfe zurückgab. »Eines Tages wirst du vielleicht für mich spielen.« Jemand, der so mit ihm sprach, konnte doch nicht so falsch sein.

Es half alles nicht. Er musste etwas unternehmen. Und er wusste auch schon, was er tun würde. Heute Abend würde er in die Kirche gehen und warten, ob jemand kam, um sich das Gemälde anzusehen.

Alys tauchte auf. »Joslin, du musst mit nach unten kommen und dich sehen lassen. Hab keine Angst. Sie werden keinen Verdacht schöpfen.«

»Bist du sicher?«

»Wenn du hier im Ort zu einem vertrauten Anblick wirst, dann bist du in Sicherheit.«

Joslin erhob sich widerwillig. Alys nahm seine Hand. Dabei spürte sie, wie leblos und bleiern sie in der ihren lag.

»Joslin, was ist los? Was ist geschehen?«

»Ich habe nachgedacht. Und was dabei herauskam, gefällt mir nicht.«

Aber er ließ es zu, dass sie ihn mit nach unten nahm, wo er sich still an die Wand setzte und zusah, wie Tyb mit ihrem verkrüppelten Mann an der Seite ihr kleines Königreich regierte. Er hörte den Einheimischen zu und hielt die Ohren nach irgendwelchen Neuigkeiten gespitzt, die ihm vielleicht weiterhelfen konnten. Während der ganzen Zeit spürte er einen Schmerz. Unter anderen Umständen säße er als Joslin de Lay mit seiner Harfe hier, alle wären verzaubert von seinem Gesang und anschließend ginge er mit einer schweren Börse nach oben.

Nichts Neues wurde berichtet. Doch etwas überraschte ihn. In einer Nische saß Vater Simon, ein einfaches Mahl zu sich nehmend. Joslin wäre fast zu ihm hinübergegangen, um ihm sein Leid zu klagen. Aber er durfte es nicht wagen. Und als er wieder hinsah, war der Mönch gegangen.

Plötzlich erklang ein Rumpeln. Ein großer, kräftiger Mann mit strähnigem braunem Haar und verdrießlicher Miene kam, ein Fass vor sich her rollend, herein. Er trug eine fleckige Schürze und der schwere Brauhausgeruch nach Hopfen und Hefe hing an ihm.

Thomas Hinks' Gesicht hellte sich auf. »Ah, Wilfred! Ein frisches Fass!« Zu Joslin gewandt fuhr er fort: »Geraldine, das ist Wilfred, mein Sohn. Er kommt nicht oft aus dem Brauhaus heraus, aber er macht ein gutes Bier. An den musst du dich halten, das wäre vielleicht ein Mann für dich. Es gibt kaum jemand, der den Geruch aushält.«

Wilfred stellte das Fass aufrecht und stach es an. Er warf Joslin einen sauertöpfischen Blick zu, knurrte verächtlich und zapfte einen Becher Bier. Er trank, sagte »In Ordnung«, dann blieb er unbeholfen stehen und sah sich um.

Thomas Hinks hielt Joslin seinen Maßkrug hin. »Mach dir nichts draus, Geraldine. Da siehst du, warum ihn die Mädchen nicht mögen. Bitte ihn darum, mir den Krug zu füllen.«

Ohne dass Joslin etwas sagen musste, kam Wilfred der

Bitte nach. Thomas nahm einen tiefen Zug. Dann schenkte Wilfred einen Halbliterkrug voll, den er Joslin reichte. »Für dich«, sagte er.

Seine Augen verengten sich. Er hielt Joslins Blick einige Sekunden lang fest, als könnte er bis tief in sein Innerstes sehen. Joslin wurde es ganz schlecht. Er weiß, wer ich bin, schoss es ihm durch den Kopf. Wilfred Hinks ist kein Narr.

Joslin nahm den Bierkrug schweigend entgegen und sah Wilfred flehentlich an. Wilfred schenkte ihm ein leichtes Nicken, als wären sie Komplizen, bevor er sich wieder seinem Fass zuwandte.

Zitternd und mit Herzklopfen trank Joslin sein Bier. Frisch gebraut war es wie Nektar.

Warum hatte Wilfred nicht augenblicklich »Du bist der Spion und der Mörder!« gerufen? Wenn Wilfred sich dafür den geeigneten Zeitpunkt aussuchen wollte, wann würde der sein?

Als Thomas Hinks seinen ersten Krug geleert hatte, war er ein wenig angeheitert und erzählte jedem, der es hören wollte, von vergangenem Schlachtenruhm. Seine Feldzüge mit dem Schwarzen Prinzen hatte er noch am besten im Gedächtnis. Robin zeigte Interesse; Joslin zwang sich mit gemischten Gefühlen zum Zuhören. Nachdem der Mann erzählt hatte, wie er als Krüppel mit dem um seinen Sohn trauernden Grafen heimgekehrt war, sprach er über Stovenham – und schon bald über die Burg.

»Es ist ein Ort vieler Geschichten«, sagte er. »Von Scharmützeln, Kämpfen und Toten, seit Ranulf, der erste Graf, die ersten Befestigungen errichtete, nachdem er mit

Wilhelm dem Eroberer von der Normandie herübergekommen war. Sein Sohn ließ in der nächsten Generation die Gebäude bauen. Die de Novilles waren überall mit dabei. Die Burg hat sogar einer Belagerung widerstanden.«

»Erzähl!«, forderte ihn Robin auf.

»Das war vor langer, langer Zeit – vor einem und einem halben Jahrhundert – nachdem die Barone den König dazu gebracht hatten, die Magna Charta zu unterzeichnen, und er sich anschließend wünschte, er hätte es nicht getan. Er begann einen Krieg gegen die Barone, der erst endete, als er starb und seine französischen Alliierten nach Hause zurückkehrten. Unter anderem wurde auch Stovenham belagert. Er war ein großer Belagerer, unser John, und im Tunnelgraben war er auch groß. Er ließ seine Männer einen unterirdischen Gang graben, unter den Mauern hindurch, bis in die Burg hinein. Einerseits, damit seine Leute in die Burg eindringen und diese einnehmen konnten, andererseits, damit der Gang den Wehrturm zum Einsturz brächte. Aber der alte Graf wusste, was John im Sinn hatte und grub einen eigenen Gang vom Wehrturm aus nach draußen. Als sich die beiden Gänge trafen, gab es einen Kampf unter der Erde, im Dunkeln. König Johns Mannen wurde geschlagen und die Burg fiel nicht. Nun, so wird es erzählt. Wer weiß, ob es wahr ist. Und wenn, dann sind die alten Gänge bestimmt schon vor Jahren eingefallen.«

Von Gängen, die man im Verlauf von Belagerungen in eine Burg hinein- oder aus einer Burg herausgrub, hatte Joslin schon in Frankreich gehört. Der Gedanke daran, wie die Männer weit unter dem Erdboden in völliger Dunkelheit

aufeinander stießen, kämpften und starben, machte ihn schaudern.
»Nun, das war eine gute Geschichte!«, lobte Robin.
»Geschichten sind das Einzige, wofür ich jetzt noch tauge«, war Thomas' Entgegnung.
Schließlich hatte man den letzten betrunkenen Bauern vor die Tür gesetzt. Robin und Alys waren längst nach oben gegangen, als Tyb Joslin bemerkte, der als Einziger im Schankraum zurückgeblieben war. »Was, du bist immer noch da, Geraldine? Sitzt da und starrst stumm vor dich hin? Geh jetzt hinauf in das Bett, das ich für dich gerichtet habe, und schlaf dich gut aus! Du hast einen langen Tag gehabt, mein Mädchen.«
Wenn du wüsstest!, dachte Joslin und sah sie schweigend an. Seine Angst kam zurück, als er an Wilfred dachte. Aber da war noch eine Sache, die er wissen wollte. Also riskierte er eine Frage. »Wohnt der Mönch hier?«
»Vater Simon? O nein. Aus christlicher Nächstenliebe geben wir ihm manchmal eine Mahlzeit und weil er sie sich mit dem Predigen verdient und all dem Guten, was er für die Leute tut. Er ist der wahre Priester hier, nicht diese fette Larve Walter Chevington, der ewig beim Grafen steckt. Es wird ein schlimmer Tag für Stovenham sein, wenn der Mönch weiterzieht, was er gewiss tun wird. Und jetzt gehst du hinauf in dein Bett, Geraldine.«
Joslin gehorchte wie ein kleines Kind der Mutter.
Er war schrecklich müde. Aber er hatte sich vorgenommen in der Kirche Wache zu halten – außerdem ging es in seinem Kopf so wild durcheinander, dass ans Schlafen ohnehin nicht zu denken war. Die Erwähnung von Walter Chevington hatte ihn an etwas erinnert. Am Ende der Verhand-

lung, bei der es um Joslins weiteres Schicksal ging, hatte Chevington dem Burgverwalter einen Blick voller Hass zugeworfen, als der Graf sich mit ihm und seinem Neffen beriet. Warum? Konnte hinter diesem hasserfüllten Blick ein Grund für einen Mord verborgen sein? Bevor er diesen Gedanken zu Ende denken konnte, spürte er, wie ihm die Augen zufielen und wie er eindämmerte . . .

Was war das?

Seine Nerven vibrierten, als er sich aufsetzte. Da war es wieder. Eine Tür knarrte, Schritte waren zu hören. Er spitzte die Ohren. Die Schritte verklangen.

Es hatte nichts mit ihm zu tun. Er würde noch einen Augenblick warten, dann würde er hinausschleichen und sich auf den Weg zur Kirche machen.

Andererseits hatte hier und jetzt alles mit ihm zu tun. Und Wilfred hatte ihn durchschaut, er wusste, wer er war. Konnten das Wilfreds Schritte gewesen sein? War er am Ende auf dem Weg zur Kirche, weil er mit den Morden zu tun hatte – gar der eigentliche Mörder war? Warum sonst hatte ihn Wilfred nicht verraten in einer Schänke voll mit Leuten, die ihn, Joslin, mit Freuden am Kragen gepackt hätten?

Alys schlief tief und fest. Joslin erhob sich im Dunkeln und schlich vorsichtig die Leiter hinunter. Auf dem Treppenabsatz sah er durch ein winziges Fenster auf den Hof hinaus. Eine dunkle Gestalt überquerte ihn gerade. Joslin schürzte seinen Rock und schlich auf Zehenspitzen die Treppe hinunter. Die Hintertür stand offen – hatte Wilfred sie aufgelassen? Er glitt hindurch. Die Nachtluft war frisch; der Stallgeruch überlagerte jetzt den des Brauhauses.

Welchen Weg sollte er einschlagen? Die Gestalt hielt auf

die Ställe zu. Joslin schlich verstohlen an der Wand des Brauhauses entlang.
Plötzlich blieb er stehen. Was war das für ein Geräusch? Ratten huschten, Pferde schnaubten und bewegten sich – doch da war noch etwas anderes.
Leises Stimmengemurmel.
Wo kam es her? Aus den Ställen.
Die Stallwände bestanden aus roh gezimmerten Brettern; die vielen Ritzen bedeuteten unangenehme Zugluft für die Pferde, lieferten aber gute Gucklöcher für Joslin. Als er hindurchlugte, zündete gerade jemand eine Laterne an. In dem schwachen, flackernden Lichtschein zeichneten sich vier Gestalten ab – Männer in grober Bauerntracht. Nur einer war anders gekleidet, einer, der Joslins schlimmste Befürchtungen bestätigte. Der vierte Mann war Wilfred.

In der Burg verbrachte nicht nur Gyll eine einsame, schlaflose Nacht. Ihr Vater schmachtete im Kerker. Stephen lag neben seiner Frau und starrte die ganze Nacht zur Decke. Francis lag alleine im Bett und fühlte sich vollkommen nutzlos in dieser Welt.
Roger de Noville brachte es nicht über sich, in sein hohes, kaltes, einsames Bett zu steigen. Die Schwertnarbe in seinem Gesicht pochte. Die ganze Nacht ging er in seiner Schlafkammer auf und ab und versuchte den Nebel zu durchdringen, der die schrecklichen Ereignisse umgab. Er begriff nur eines: Niederträchtiger Verrat umgab ihn von allen Seiten. »Er trug denselben Wappenrock wie Ihr, mit Fuchs, Hase, Otter und Aal darauf, dazu ein Gewand wie das Eure. Und Euer Gesicht und Eure Stimme hatte er

auch.« So hatte das Mädchen zu Stephen gesagt und es konnte nur eines bedeuten.
Es *war* Stephen. Francis konnte es nicht gewesen sein. Francis war schwach, bedeutungslos – nicht Manns genug für Verrat, auch wenn er auf dem Schlachtfeld furchtlos alles tat, was man ihm auftrug.
Als der Morgen dämmerte, war Roger de Noville sehr erschöpft. Doch dem konnte er jetzt nicht nachgeben; er musste etwas unternehmen. Den entsprungenen Gefangenen hatten sie gejagt und verloren. Heute – heute könnte er eigentlich eine richtige Jagd veranstalten und etwas töten. Einen Eber, einen Hirsch, einen Fuchs. Dann wäre ihm wieder leichter ums Herz. Und Stephen würde er keine Sekunde lang aus den Augen lassen. Jetzt, wo er wusste, wo der Verrat herkam, konnte er damit umgehen.

Joslin horchte. Er konnte kaum etwas verstehen. Schließlich hörte er Wilfreds etwas tiefere Stimme heraus und begriff endlich, worum es da ging.
»Die Zeit ist noch nicht da!«, erklärte Wilfred gerade. »Erst wenn alles bereit ist, wird sich das arme Volk gegen die Barone erheben.«
Eine andere Stimme. »Ich sage, es muss jetzt sein! Sonst vergisst de Noville dieses Irrlicht, den Franzosen, und behauptet, wir hätten seine verdammten Bediensteten ermordet.«
Ein Dritter: »Woher wissen wir, dass es nicht einer von uns war?«
Wilfred: »Er wird den Franzosen finden und bald wird er baumeln.« Joslins Magen machte einen Satz. »Aber wir werden ihm nicht suchen helfen. Soll er seine Arbeit sel-

ber tun.« Joslin verspürte eine solche Erleichterung, dass ihm fast die Tränen kamen. »Solange der Franzose in Freiheit ist, wird keiner ein Augenmerk auf uns haben. Und wer immer es auch getan haben mag, das Ganze macht unserem Grafen ganz schön zu schaffen. Er weiß nicht, was er davon halten soll – vor allem, nachdem ganz Stovenham so eifrig darauf bedacht schien, ihm beim Stellen der Beute zu helfen.«

»Ich wollte, ich wäre so sicher«, sagte der zweite Mann.

»Du hast sie um die Ecke gebracht, Wilfred. Hab ich Recht?«, warf der Dritte ein.

»Du würdest es nicht erfahren, wenn dem so wäre«, entgegnete Wilfred und kehrte zu seinem ersten Thema zurück. »Wir warten, bis das ganze Volk von Norfolk, Suffolk und Essex, das ganze Volk Englands, bereit ist. Eines Tages werden sich alle Bauern im Namen Gottes erheben, um diesen schrecklichen Zeiten ein Ende zu machen.«

»Wie soll sich denn ganz England erheben?«, höhnte der Dritte. »Wer wird den Leuten sagen, dass sie es tun sollen?«

»Es wird noch Jahre dauern«, gab Wilfred zurück. »Aber es gibt Boten, die von einem Ort zum anderen gehen, um die Leute wissen zu lassen, dass sie nicht alleine sind.«

»Was für Boten?«

»Die Einzigen, die sich frei bewegen können und das Vertrauen des Volkes haben. Die Priester und Mönche.«

»Manche von ihnen.«

»Die Männer Gottes werden keine Rebellion predigen«, gab der Zweite zu bedenken.

Joslin hielt den Atem an. An der Stalltür gab es Bewegung.

Stroh raschelte, eine undeutliche, in dem flackernden Licht seltsame Schatten werfende Gestalt tauchte auf. Mit der Kapuze, die sie auf dem Kopf trug, hätte man meinen können, es wäre der Sensenmann höchstpersönlich.
»Möglicherweise schon, wenn die Zeiten zeigen, dass sie es tun sollten. Manche meiner Brüder glauben, dass es mehr als nur Gottes Gnade bedarf, um unsere Leiden zu heilen.« Vater Simon. Noch einer, der wusste, wer er, Joslin, war.
Sein Auftauchen war offensichtlich eine Überraschung für alle. Doch Wilfred fasste sich schnell. »Und warum sollten wir Euch jetzt nicht töten, um Euch davon abzuhalten, dem Grafen zu berichten, dass eine Verschwörung im Gange ist?«
»Warum sollte ich die Leute verraten, für deren Seelenheil ich sorge?«, gab Vater Simon leise zurück. »Ich weiß, was das Volk denkt. Eines Tages wird der Priester kommen, auf den jeder hören wird, glaubt mir. Ich bin es nicht. Aber vielleicht ist er schon unter uns. Und wenn er kommt, wird sich das Volk erheben.«
Alle schwiegen fassungslos.
»Ich weiß, dass es stimmt«, antwortete Wilfred. »Doch hätte ich nie gedacht es von einem wie Euch zu hören.«
»Ich verstehe«, sagte Vater Simon.
So plötzlich, wie er gekommen war, war er verschwunden. Die kleine Gruppe war wieder allein. Joslin wusste, dass er ebenfalls aufbrechen musste, solange es noch möglich war. Jetzt würde er der Kirche doch keinen Besuch mehr abstatten.
In seiner Schlafkammer angelangt, ließ er sich erschöpft auf die Matratze sinken. Es gab so viel zu überlegen!

Aber er war zu müde, um auch nur damit anzufangen. Er schlief ein – und bevor er sich versah, war der Raum voller Morgenlicht und Alys rüttelte ihn wach.

11

Bevor Joslin nach unten ging, stellte Alys sein Gesicht so weit her, dass er wieder als Geraldine durchging. Er konnte kaum die Augen offen halten, während er sich klumpigen Haferbrei in einen Napf schöpfte. Robin und Alys sah er kaum an. Sie schwiegen. Und er wollte es ebenso halten, bis sie in der Kirche angelangt waren.

Schon bald waren sie auf dem Weg. Alys trug das Essen, das ihnen Wirtin Tyb gerichtet hatte. Das schöne Wetter hielt an. Schon jetzt, während sie die Ox Alley verließen und auf den Kirchhof gingen, schien ihnen warm die Sonne auf den Rücken.

»Hört!«, sagte Alys. Der Lärm von Jagdhörnern, das Bellen von Hunden und das Klappern von Pferdehufen war zu hören.

»Eine Jagd«, meinte Robin. »Hinter wem sie wohl her sein mögen? Hinter einem Eber? Einem Hirsch? Oder immer noch hinter dir, Joslin?«

Sie betraten die Kirche. Zu dem fast vollendeten Gemälde aufblickend, wo nur noch die drei rätselhaften, leeren Gesichter fertig gestellt werden mussten, kam es Joslin wieder in den Sinn, wie Ehrfurcht gebietend das Werk war. Und doch wirkte Robin ganz nüchtern, als er die Pergamentrolle mit den schriftlichen Anweisungen öffnete. Er entnahm einen Brief, brach das Siegel und las vor: »Auf die als Ritter gewandete Gestalt malt ein Gesicht von Hochmut und Stand. Die Lippen sind dünn und nach unten gebogen, die Wangenknochen hoch, die Nase lang und gerade, die Augen dunkel, der Blick durchdringend wie der eines wahren Ritters, doch gleichzeitig gewalttätig wie der eines niederträchtigen, gemeinen Verbrechers.«

Joslin und Alys hörten schweigend zu.

»Kennst du diesen Mann?«, wollte Robin wissen.

Mit leiser Stimme gab Joslin zur Antwort: »Es ist nicht so klar, wie bei den anderen, die ihr gemalt habt. Aber es ist ein Gesicht, wie ich es zu Hause auf der Burg oft gesehen habe – an der hohen Tafel und unter den Teilnehmern der Turniere. Hier habe ich es zweimal gesehen. Das eine gehört Roger de Noville und trägt eine unverwechselbare Schwertnarbe. Doch auf dem hier beschriebenen Gesicht wird die Narbe nicht erwähnt, also muss es einer seiner Neffen sein. Und wenn da von ›gewalttätig‹ und ›durchdringendem Blick‹ gesprochen wird, dann muss es um Stephen gehen, nicht um Francis.«

Robin sah ihn an. »Warum so traurig, Joslin? Du solltest dich freuen. Er hat dich ja nicht gerade gut behandelt!«

»Einen Mörder gewöhnlicher Leute zu finden ist schon schwer genug«, erwiderte Joslin. »Aber einen Mann aufzuspüren, der es wagt, Adlige auf ihrem eigenen Gebiet umzubringen, ist etwas ganz anderes.« Er brach ab. »Ich habe euch viel zu erzählen. Gestern Abend ist etwas vorgefallen.«

»Ja?«, gab Robin, der gerade Farben mischte, fragend zurück.

»Wilfred weiß, wer ich bin. Ganz sicher. Aber es gibt noch etwas anderes über ihn zu sagen.« Im gleichen Augenblick kam ihm ein Gedanke. Natürlich! Es hatte alles mit dem Grafen zu tun! »Die Morde folgen der Rangordnung. Gutsverwalter, Burgverwalter, Neffe und Erbe, dann ...« Seine

Erkenntnis war fast so Furcht einflößend wie das Gemälde vom Jüngsten Gericht.

»Ja, und dann?«, drängte Robin. »Fahr fort, Joslin!«

»Ich weiß, was du sagen willst«, sagte Alys. »Dann der Graf selbst. Jemand arbeitet sich von unten nach oben. Wenn Stephen und Francis die Nächsten sind, dann folgt als Letztes . . .«

»Roger de Noville«, ergänzte Joslin.

»Jemand, der sich eine solche Mühe macht«, sagte Alys, »muss doch irgendeinen Zweck verfolgen.«

Ja, dachte Joslin. Eine solche Mühe. Er sah zu dem Gemälde empor, dachte an Lieder, die er gesungen, an Gedichte, die er gehört hatte. Er betrachtete noch einmal die Auserwählten, die in weißen Roben und mit selbstgefälligen Mienen unter Christus' gütigem Blick zur Heiligen Stadt aufstiegen, während Engel Fanfaren erschallen ließen. Er sah den Tod und den Teufel, wie sie die Verdammten zählten, die schreiend von Dämonen zur Hölle gezerrt wurden. Dieses Gemälde spricht zu allen Menschen, dachte er.

»Dieses Gemälde ist ein Gleichnis«, sagte er laut.

»Natürlich ist es das«, erwiderte Robin. »Wir wissen, dass jedes Bild, das wir malen, mehr als nur eine Bedeutung hat. Dieses zeigt, auf welche Weise Gott den Menschen belohnt oder bestraft. Was für einen Grund gäbe es denn sonst, es zu malen?«

»Aber es sagt über das Jüngste Gericht noch mehr aus als nur das«, sagte Joslin. »Wenn ich Recht habe, dann fahren diejenigen, die sterben werden, in dieser Reihenfolge in die Hölle hinab. Der Erste, der auf Erden stirbt, aber als Letzter in die Hölle gelangt, steht auf der untersten Stufe der Schöpfung. Der Gutsverwalter. Als Nächstes kommt der Burgverwalter. Dann die beiden Neffen. Und schließlich der Graf, als Letzter in der Reihe, der Hölle jedoch am nächsten.«

»Was willst du damit sagen?«, wollte Alys wissen.

»Ich sagte euch doch, dass gestern Abend etwas geschehen ist«, antwortete Joslin. Er erzählte ihnen alles, und als er fertig war, schwiegen die beiden.

Schließlich meinte Robin: »Also liegt Rebellion in der Luft!«

»Und Wilfred führt sie an«, ergänzte Alys.

»Aber warum?«, fragte Robin. »Er ist ein freier Mann, kein Leibeigener wie die anderen. Was hat er dabei zu gewinnen?«

»Genauso gut könntest du fragen, warum ein Priester einen Aufstand anführt«, sagte Joslin. »Nicht jeder ist nur auf sein eigenes Wohlergehen bedacht.«

»Könnte es also sein, dass Wilfred der Mörder ist?«, erkundigte sich Alys.

»Jedenfalls hat er nie gesagt, er wäre es nicht«, gab Joslin zur Antwort.

»Warum sollte ein freier Mann den Gutsverwalter und den Burgverwalter töten?«, überlegte Robin laut. »Ein unfreier Bauer hätte schon eher einen Grund dazu.«

»Und warum versteift sich der Graf so auf dich, Joslin?«, kam von Alys. »Ein zorniger Bauer müsste in so einem Fall das Erste sein, woran er denkt.«

»Dass ein Leibeigener ihm gefährlich werden könnte, käme Roger de Noville überhaupt nicht in den Sinn, denke ich. Er ist besessen von den Franzosen. Wenn ein Mord geschieht und ein Franzose taucht auf, dann ist er's gewesen! So denkt er. Ich habe ihn reden hören.«

»Was können wir nun aus alldem schließen?«, fragte Alys.
Joslin mühte sich seine Gedanken zu ordnen. Er fing mit dem an, was am Anfang stand: dem Gemälde.
»Hört her«, sagte er. »Jeder glaubt, Könige seien durch Gottes Gnaden eingesetzt, stünden also von allen Erdenbewohnern Gott am nächsten.«
»So sagt man«, bestätigte Robin.
»Und die Herzöge, Grafen, Ritter, sie alle reichen in einer langen Reihe vom König bis zum niedrigsten Unfreien hinunter, der nur wenig über den Tieren steht.«
»So bringt man es uns bei.«
»Nun, dieses Gemälde sagt, dass dem nicht so ist. Des Menschen Eitelkeit steht im Widerspruch zu Gottes Schöpfung.«
»Um das zu wissen, brauche ich kein Gemälde vom Jüngsten Gericht«, erklärte Robin.
»Ja, doch wer immer es ersonnen hat, ist sehr, sehr zornig«, meinte Joslin.
»Nun ja, in Anbetracht dessen, dass er schon zwei der darauf Abgebildeten ermordet hat, wäre ich darauf auch selber gekommen«, gab Robin zurück.
»Weiß ich. Nur . . .«, überlegte Joslin laut. Was er da sagte, schien ziemlich bedeutungslos, aber er wusste, dass er etwas Wichtigem auf der Spur war. Er dachte an Predigten und Kanzelreden von Priestern und Bischöfen, die er zu Hause in der Kapelle des Grafen gehört hatte. »Da ist noch mehr. Er will im Namen Gottes die Welt auf den Kopf gestellt wissen, und das zeigt er in dem von ihm entworfenen Gemälde.«
Alys ergänzte: »In London hört man seltsame Dinge. Man-

che sagen, dass die Pestepidemien, Hungersnöte und Kriege der letzten Jahre zeigen würden, dass Gott die Welt von oben nach unten kehrt – und zwar ohne die Hilfe der Menschen.«

»Und andere sagen, das Volk müsse sich erheben und seine Unterdrücker im Namen Gottes stürzen. Sie glauben, ein großer Aufstand sei im Kommen. Wilfred hat Recht«, erklärte Robin.

»Und es gibt Priester, die Dinge sagen, die wie eine Gotteslästerung klingen, doch tief in unserem Innersten glauben wir ihnen, dass bald schon der Tag kommen wird, wo nichts mehr so sein wird wie zuvor«, fügte Alys hinzu.

»Und meiner Meinung nach ist es das, was euer Gemälde Stovenham und darüber hinaus der ganzen Welt sagen will«, meinte Joslin.

Robin und Alys sahen, von plötzlicher Ehrfurcht ergriffen, zu ihrer Arbeit empor.

»Wir haben mehr gemalt, als wir wussten«, kam von Alys.

»Ich glaube, du hast Recht, Joslin«, stimmte Robin zu.

»Aber was ist dann mit uns?« Alys sah zu Boden. Diesmal war sie es, die Zweifel an dem, was sie taten, hatte. »Wenn es stimmt, und jeder, den wir malen, einen gewaltsamen Tod erleidet, welches Recht haben wir mit unserer Arbeit fortzufahren? Sind wir dann nicht verantwortlich für alles?«

»Wieso sollen wir verantwortlich sein?«, fragte Robin. »Wir folgen den Anweisungen, die wir erhalten. Wir werden entlohnt für unsere Arbeit. Wenn wir sie nicht beenden, was ist dann mit der Pflicht, die wir Randolf schulden? Was ist mit dem Versprechen, das er dem Mann gab, der den Auftrag erteilte? Wer sind wir, um zu sagen, all dies könne kein Zufall sein? Und wenn es denn kein Zufall ist, dann muss es der Wille Gottes sein. Und wer sind wir, uns dem zu widersetzen?«

»Und was ist mit unserem Gewissen?«, erkundigte sich Alys.

»Wir arbeiten in dieser Kirche, indem wir die Gaben nutzen, die Gott uns gegeben hat, um Seine Herrlichkeit zu preisen. Und wenn unser Gemälde Menschen zeigt, die zur Hölle fahren, wer sagt, dass sie es nicht verdienen? Außerdem – irgendwann sterben wir alle einmal. Wer weiß, ob früher oder später? Wer kann es aufhalten? Wer kann gegen das Schicksal an? Das ist es, wofür wir herkamen, und wir können nicht zu Randolf zurückkehren, ohne die Arbeit vollendet zu haben.«

Alys schien immer noch Bedenken zu haben. »Bist du sicher, Robin?«

»Ganz sicher. Wir machen weiter, als wäre nichts vorgefallen. Ohne Joslin würden wir ja gar nicht wissen, wen wir da malen.«

Alys schwieg einen Augenblick, dann sagte sie: »Ich werde tun, was du sagst, aber gefallen tut es mir nicht.«

»Was genau steht denn in diesen Auftragspapieren?«, erkundigte sich Joslin.

»Ich werde es dir vorlesen.« Robin nahm die dicke Rolle und öffnete sie. »Da heißt es: ›Achtet darauf, dass die fünf Gesichter der Verdammten vorerst leer bleiben.‹ Dann wird erklärt, wie sie gekleidet sein sollen. Und schließlich steht da: ›Es muss beachtet werden, dass jedes Gesicht, wie in dem dazugehörigen versiegelten Brief beschrieben, in der angegebenen Reihenfolge gemalt wird. Arbeitet jeden Tag an dem Gemälde, außer am Tag des Herrn, wo die

Leute zum Gottesdienst kommen. Jeden Abend, bevor Ihr die Kirche verlasst, werdet Ihr das Gemälde mit großen Tüchern abhängen, um es vor den neugierigen Augen der ungebildeten Menge zu schützen. Das fünfte und letzte Gesicht werdet Ihr in der zweiten Woche nach eurer Ankunft gemalt haben, und wenn es vollbracht ist, verlasst Ihr Stovenham und kehrt in die Stadt zurück, aus der Ihr kamt. Ihr werdet Stovenham nie mehr besuchen, noch sollt Ihr zu Fremden davon sprechen, weshalb Ihr hier wart. Und wenn Ihr diese Befehle auf irgendeine Weise in Frage stellt oder mit den Leuten von Stovenham über das redet, was Ihr malt, oder die festgelegte Reihenfolge abändert, so sei die Bezahlung verwirkt – und, durch den Zorn Gottes, vielleicht auch Euer Leben.‹ Das war's.« Robin rollte das Pergament und die restlichen Briefe zusammen und band das Päckchen wieder zu. »Hier wird vom Zorn Gottes gesprochen und darin liegt eine Drohung, die mir nicht gefällt. Ich bin nicht der Mann, mich dem zu widersetzen.«

»Nicht, solange sich Joslin in so einer schlimmen Lage befindet«, sagte Alys.

»Das Ganze ist verrückt!«, stieß Robin hervor. »Wer auch immer diese Morde begeht, wie kannst du demjenigen als Sündenbock dienen, Joslin? Er hatte doch keine Ahnung, dass du ausgerechnet jetzt aus Frankreich auftauchst. Wir haben den Auftrag vor zwei Wochen erhalten, und das Datum, wann wir anfangen und wann wir fertig sein sollten, war schon damals genau festgelegt.«

»Ich weiß, dass es verrückt ist.« Joslin schlug sich in völliger Verwirrung gegen die Stirn. »Es ist nur, dass dieser Jemand so schlau, so grausam, so schnell im Kopf ist. Er muss mich irgendwo gesehen haben.«

»Wilfred hat dich gesehen«, stellte Robin fest.
»Vater Simon hat dich gesehen«, ergänzte Alys.
»Ich weiß«, sagte Joslin. »Und Walter Chevington hat mich gesehen und vermutlich könnte er Stratford genug gehasst haben, um ihn zu töten. Aber niemand hat mich gekannt, bevor ich herkam. Es muss jemand geben, der mich sah, noch bevor ich Stovenham erreichte.«
Er dachte zurück. Ja. Der Fußmarsch von Ipswich nach Cry Ashbourne und das unbehagliche Gefühl, beobachtet zu werden. In dem verlassenen Weiler selbst waren die blicklosen Augenhöhlen des Totenschädels wohl nicht die einzigen Augen, die ihn beobachteten. Nein, er wurde überwacht. Und von jenem Moment an hatte man ihn in einen Plan mit eingeschlossen, dem er nichts ahnend folgen musste, bis zu dem unvermeidlichen Augenblick, wo sich schließlich die Schlinge um seinen Hals legen und seine Beine wie die von John Gibbon in der Luft tanzen würden. In jener Nacht war jemand in Cry Ashbourne gewesen und dessen böses Herz hatte frohlockt, dass Gott – oder der Teufel – ihm einen so perfekten, geheimnisvollen Fremden geschickt hatte, der sich hervorragend dafür eignete, gleichermaßen den Hass und die Vorwürfe von Volk und Adel auf sich zu ziehen. Einen, der die Schuld auf sich nehmen und schließlich mit seinem Leben bezahlen würde.
Und auch Gyll . . . Sie hatte ihm nicht etwa aus einer keimenden Liebe heraus zur Flucht verholfen, sondern um ihn zu verhöhnen und damit man ihn für die Morde verantwortlich machte. Sie war nicht besser als die anderen in diesem schrecklichen, fremden Land. Da war eine Verschwörung im Gange, in die alle verwickelt waren. Sie

würden ihn zur Strecke bringen, ihn vernichten – aber erst nachdem sie ihren Spaß gehabt hatten wie die Katze mit der Maus, denn – was war er schon? Er war Franzose und damit ihr und ihres Königs Feind. Gyll hatte ihn hintergangen. Er wünschte sich, sie wäre niemals in seinen Kerker gekommen und er hätte am nächsten Morgen doch noch ein rasches Ende gefunden. Völlig entmutigt setzte er sich auf den kalten Steinfußboden.
Und was war mit Robin und Alys? Nein, auch die wollten ihm in Wirklichkeit nicht helfen. Sie lachten ihn aus. Es war höchst vergnüglich, einen armen, verlorenen Franzosen in ein linkisches, unförmiges Mädchen zu verwandeln. Was hatte Wilfred gesagt? »Er wird den Franzosen finden und es wird nicht lange dauern, bis er hängt.« Wenn er als Mädchen verkleidet und mit bemaltem Gesicht am Galgen baumelte, würde sich das Volk ausschütten vor Lachen.
Er hielt den Atem an. Wie hatte es passieren können, dass ihm die Gedanken derart davonliefen? Nur deshalb, weil es wahr ist, sagte eine Stimme in ihm. Tränen brannten in seinen Augen. Er sah zu Robin und Alys hoch.
»Na gut«, sagte er. »Ich gebe auf. Bringt mich gleich jetzt zum Grafen, damit dieses Narrenstück ein Ende hat. Das wollt ihr doch alle, oder nicht? Ihr wollt den Franzosen leiden sehen!«
Robin und Alys waren sprachlos. Robin sah aus, als hätte man ihm eine Ohrfeige gegeben. Dann stieß er hervor: »Wenn du so über uns denkst, nach all dem, was wir für dich getan haben . . .!«
Doch Alys kniete sich nieder und legte ihm den Arm um die Schultern. Er fühlte sich getröstet, stand auf und ließ

zu, dass sie ihn ein Stück beiseite nahm. Dort sagte sie leise: »Joslin, ich kann lediglich versuchen mir vorzustellen, was du gerade durchmachst. Du hast in den letzten zwei Wochen mehr erlitten, als irgendwer im Verlauf seines ganzen Lebens erleiden sollte. Aber alles wird sich klären. Du hast doch Freunde hier! Wir Engländer sind nicht alle wie unsere Obrigkeit!«

»Aber mein Fall ist hoffnungslos!«, stöhnte Joslin.

»Nichts ist jemals hoffnungslos!«, widersprach Alys. »Du hast viele Feinde hier. Manche kannst du sehen – den Grafen und all jene, die ihn umgeben, dazu die einfachen Leute, obwohl die deine Freunde wären, würden sie dich kennen. Aber wir wissen, dass nur ein einziger dieser Feinde wirklich zählt. Und der ist es, den wir finden müssen!«

»Bist du sicher?« Die düstere Wolke, die ihn so plötzlich eingehüllt hatte, begann sich zu heben.

»Es gibt keine Verschwörung gegen dich, Joslin – jedenfalls nicht von uns. Wir tun, was wir für das Richtige halten. Es gibt nur diesen einen . . .«

Joslin holte tief Luft. Er war ziemlich mitgenommen, fühlte sich jedoch von neuem Leben erfüllt. Alys fuhr fort.

». . . diesen einen, der auf der Lauer liegt wie der Teufel, die hinterhältige Schlange, die bereit ist dich zu umschlingen. Den müssen wir finden. Alles andere ist unwichtig.«

Joslin sah sie an. »Danke, Alys.« Dann ging er zu Robin zurück, sah ihm in die Augen und legte ihm beide Hände auf die Schultern. »Es tut mir Leid, Robin!«

»Mir ebenfalls«, gab der zurück.

12

Der Tag zog sich hin. Unverwechselbar nahm das Gesicht des älteren Neffen auf dem bereits vollendeten Körper Gestalt an. Ein weiteres Opfer, dessen Stunden gezählt waren? Joslin sah zu und versuchte Ordnung in seine Gedanken zu bringen. Alys und Robin gingen entschlossen und schweigend ihrer Arbeit nach.

Als sie endlich fertig waren, setzten sie sich gemeinsam unter das Abbild des zum Tode verurteilten Erben der Grafschaft Stovenham.

»Bis jetzt kam mir das Ganze ja wie eine Art Spiel vor, Joslin«, bemerkte Robin nun. »Wie wichtig es war, dich zu verkleiden, wusste ich wohl. Aber wir fanden es auch lustig. Das war falsch. Jetzt ist dein Kampf auch der unsere.«

Alys nickte zustimmend.

»Was wissen wir eigentlich über unseren Gegner?«, fragte sie.

»Er ist geübt in der Kunst des Tötens«, antwortete Joslin. »Ich konnte es mir ja zweimal ansehen. Einen kräftigen Mann mit einer dünnen Schnur zu erdrosseln, den anderen mit einem einzigen, treffsicheren Dolchstoß durch die Kehle zu erledigen – das nenne ich saubere Arbeit.«

»Was sagt uns das?«, wollte Alys wissen.

»Vielleicht ist er Soldat«, gab Joslin zurück. »War Wilfred im Krieg?«

»Nein, aber sein Vater«, meinte Alys. »Der wird ihm einiges beigebracht haben.«

»Aber ein Soldat tötet von Angesicht zu Angesicht, mit

Schwert oder Pfeil«, wandte Robin ein. »Diese hier sind schlau ausgeklügelte und hinterrücks verübte Morde.«

»Weiß ich«, sagte Joslin. »Aber als Soldat lernt man das Töten. In verzweifelten Zeiten, zu Hause, nach den Schlachten, mag man sich neuer Wege bedienen.«

»Das stimmt«, bestätigte Robin. »Es gibt viele ehemalige Kriegsmannen, die nun das Land durchstreifen und die einfachen Leute in Furcht und Schrecken versetzen. Weil es nämlich das Einzige ist, was sie können.«

»Aber dieser Mann muss nicht rauben und töten«, gab Alys zu bedenken. »Er hat das Geld, um unseren Auftrag zu bezahlen, und er hat die Bildung, um ihn schriftlich niederzulegen.«

»Er ist bewandert in der Heiligen Schrift und weiß sie zu seinem eigenen Zweck einzusetzen«, fügte Robin hinzu.

»Er arbeitet unsichtbar und im Verborgenen«, ergänzte Joslin. »Heimtückisch und verstohlen wie eine Schlange.«

»Wir haben einen übermächtigen Feind«, hauchte Alys.

»Kein Sterblicher ist unbesiegbar«, entgegnete ihr Robin.

»Kein menschlicher Feind ist so Ehrfurcht gebietend.«

»Also ist unser Widersacher aus Fleisch und Blut, und wenn wir uns wirklich Mühe gäben, könnten wir ihn finden«, sagte Joslin. »Es könnte Wilfred sein. Er plant etwas, das er geheim halten will, so wie andere im Dorf. Das habe ich letzte Nacht begriffen. Man betrachtet ihn als Anführer. Aber ist er des Lesens und Schreibens mächtig?«

»Vater Simon ist es«, sagte Alys. »Viele Mönche waren im Krieg, bevor sie ins Kloster gingen. Und wozu ist er gestern Nacht noch so spät um die Ställe herumgeschlichen?«

»Aber er ist ein armer Wandermönch!«, wandte Robin ein.

»Woher sollte er das Geld nehmen, um für das Gemälde aufzukommen?«
»Es ist hoffnungslos«, seufzte Joslin. »Ich habe nichts und niemanden gesehen. Ich habe nur eine Gegenwart gespürt, jemand, der mich beobachtet.«
»Aber bisher hast du nicht wirklich gesucht«, sagte Robin. »Der Mörder hätte überall sein können: in der Menge, die nach deinem Blut schreit, unter den Gefolgsleuten des Grafen, die dich in die Burg gebracht haben, irgendwo in der Burg selbst, während dich der Kerkermeister in dein Verlies sperrte . . .«
». . . oder auch draußen, für deine Seele betend«, ergänzte Alys.
Joslin kam plötzlich eine Idee, wie alles zusammenhängen könnte. »Sprichst du von diesem Priester? Nun, dass er Stratford aus ganzem Herzen hasste, ist gewiss. Vielleicht hasste er Wilkin ebenso. Für meine Seele gebetet hat er jedenfalls herzlich wenig. Aber würde er Stephen ermorden?« Er lachte. »Hätte dieser Fettkloß überhaupt den Mut irgendjemand zu ermorden?«
»Warum nicht?«, gab Robin zurück. »Dass er fett und schleimig ist, hat ihn nicht daran gehindert, ein Mann Gottes zu werden. Also wird es ihn auch nicht davon abhalten, ein Schurke zu sein. Und er wäre fähig gewesen den Auftrag schriftlich abzufassen.«
»Nein«, sagte Alys. »Den Gemeindepriester habe ich nicht gemeint.«
Joslin starrte sie an. »Du lässt immer noch nicht locker, was Vater Simon angeht, was?«
»Nein«, antwortete Alys. »Warum sollte ich auch?«
Einen Augenblick lang fehlten Joslin die Worte. Dann gab

er heftig zurück: »Weil Vater Simon ein heiliger Mann ist! Wenn er zu mir spricht, dann *weiß* ich, dass er gut ist und keinem etwas zu Leide tun würde! Er verbreitet Licht, wo Walter Chevington Dunkelheit verbreitet!« Joslin war überrascht, wie sehr er sich erregte.
»Und dennoch ist er nachts unterwegs und gesellt sich zu Verschwörern«, sagte Alys.
Eine lange Zeit schwiegen sie. Weit in der Ferne waren Pferde und bellende Jagdhunde zu hören. Die Jagdgesellschaft des Grafen kehrte zurück.
Joslin horchte, dann meinte er plötzlich: »Wenn Stephen de Noville noch nicht tot ist, dann wird er es bald sein!«
»Und wir haben nichts unternommen!«, seufzte Alys. »Nicht einmal gewarnt haben wir ihn!«
»Natürlich nicht«, sagte Robin. »Ich verwirke nicht die Bezahlung, indem ich mich in die hiesigen Angelegenheiten einmische. Außerdem – wer würde uns schon glauben? Einsperren würden sie uns.«
»Ja«, sagte Joslin voller Erregung, weil ihm gerade etwas eingefallen war. »Aber wenn es nach dem alten Muster weitergeht, dann wird man Stephen tot in Cry Ashbourne finden. Vielleicht morgen früh, wie beim Gutsverwalter, vielleicht erst einen Tag später, wie beim Burgverwalter. Wenn wir hingingen, um zu warten und Wache zu halten . . .«
». . . bekämen wir möglicherweise den Mörder zu Gesicht«, beendete Alys seinen Satz. »Du hast Recht, Joslin. Das müssen wir tun.«
»Können wir nicht«, erklärte Robin kategorisch. »Wirtin Tyb wird merken, dass wir nicht da sind, und wird Zeter und Mordio schreien.«

»Also bereiten wir sie darauf vor, dass wir heute Nacht nicht da sein werden«, gab Alys zurück. »Ich gehe hin und erzähle ihr – oh, ich sage, wir seien an einem wichtigen Punkt des Gemäldes angekommen und könnten nicht aufhören. Und da morgen Sonntag sei, wo wir ja überhaupt nicht arbeiten dürften, würden wir die Nacht über in der Kirche bleiben, um so viel wie möglich bei Kerzenschein fertig zu stellen.«

»Sie wird dir nicht glauben«, wandte Robin ein.

»Die Geschichte mit Geraldine hat sie mir ja auch geglaubt. Außerdem hält sie uns Maler sowieso für verrückt.«

»Bevor wir uns da hineinstürzen, sollten wir uns überlegen, ob es auch wirklich eine gute Idee ist«, gab Robin zu bedenken. »Kann Joslin nicht alleine gehen?«

»Nein!«, widersprach Joslin. »Da sind mehr Augen gefragt als nur meine!«

»Ich will unbedingt mit«, sagte Alys.

»Na gut«, lenkte Robin resigniert ein. »Dann geh zu Wirtin Tyb und erklär ihr alles!«

Mit einem Brotlaib und einem großen Stück Käse beladen, kehrte Alys schon bald zurück. »Sie hat mir geglaubt!«, verkündete sie.

»Dann warten wir also, bis es dämmert«, schlug Joslin vor.

Der Graf liebte die Jagd, er liebte die Erregung einer Verfolgung, den Triumph des Erlegens. Doch heute bereitete es ihm kein Vergnügen. Obwohl sie einen riesigen Eber stellten, der für das abendliche Bankett gerade recht kam, hatte er an diesem Tag weder Freude am Blutvergießen noch Lust auf saftiges Wildbret.

Drohte ihm Gefahr? Würden es seine Neffen irgendwie einfädeln, dass er zu Tode kam? War es wirklich Stephen, der das Mädchen dazu aufgefordert hatte, den Franzosen zu befreien? Oder spielte das Mädchen sein eigenes, falsches Spiel, nach den Anweisungen eines Gegners, dessen Identität ihm völlig schleierhaft war. Warum sollte Stephen seinen Tod wollen? Sobald die Zeit gekommen war, erbte er ohnehin die Grafschaft, die eigentlich des Grafen Sohn Geoffrey zugestanden hätte. Seit jenem unseligen Tag in Poitiers verging kein einziger Tag, an dem Roger de Noville nicht um seinen Sohn trauerte.
Er behielt Stephen den ganzen Tag im Auge. Aber Stephen verhielt sich nicht anders als auf allen anderen Jagden zuvor. Die Ereignisse der zurückliegenden Woche hätten ebenso gut nicht stattgefunden haben können. Bis zum Abend, da Reiter und Jagdhelfer mit dem ausladenden Leib des toten Ebers und der Hundemeute das Fallgatter passierten, hatte sich Roger de Noville so in seine Zweifel und seine Sorgen hineingesteigert, dass er es nur mit Mühe vermochte, ein Zittern zu unterdrücken, das alle hätten sehen können. Und das durfte nicht geschehen.

»Jetzt ist es dunkel genug«, stellte Joslin fest.
Vorsichtig, die bebauten Felder umrundend, machten sie sich am Fluss entlang auf den Weg. Joslin hatte das Kleid ausgezogen und gegen sein Wams vertauscht. So fühlte er sich gleich viel wohler. Schließlich schlichen sie zwischen Unterholz und kleinen Bäumen hindurch, bis sich vor dem dunklen Himmel die Umrisse abzeichneten, die Joslin so gut kannte.

Alys zitterte, trotz der warmen Nacht.
»Du fühlst es also auch?«, fragte Joslin. »Hier wohnt wirklich der Tod.«
»Es ist so unnatürlich still«, bemerkte Alys. »So still wie im Grab. Als dürfte kein lebendes Wesen es wagen, in die Nähe zu kommen.«
Sie standen vor der Kirche und sahen aufs Tal hinab. Das Städtchen lag still da. Von der Burg her kam der schwache Lichtschein brennender Fackeln. »Sie halten ein Bankett ab«, sagte Joslin. »Ein Sänger wird auftreten und sie werden ihm rauschenden Beifall spenden.«
Alys musste das Bedauern in seiner Stimme gehört haben und sagte leise: »So wie sie auch dir eines Tages zujubeln werden.«
Hinter ihnen, in der verfallenen Kirche, herrschte gespenstische Stille. »Ob dort vielleicht schon eine Leiche wartet?« Robins Stimme schwankte.
»Wenn man dem bisherigen Muster folgt, müsste sie beim Altar liegen«, erwiderte Joslin. »Ich werde nachsehen gehen.«
Er tastete sich unter dem nackten Dachgerippe an zerbröselnden Mauern entlang. Aber dort, wo William Wilkin und Ralph Stratford gelegen hatten, war nichts zu sehen.
Er kam zurück und schüttelte den Kopf. »Wir werden warten.«
Also warteten sie. Groß und voll ging der Mond auf. In seinem grauen, bleichen Licht konnten sie weit über das Tal hinwegblicken. Sie hielten abwechselnd Wache. Robin war als Erster an der Reihe. Er kauerte sich in die Tür einer Hütte, die gleich neben der Kirche stand, während die anderen beiden drinnen schliefen. Sobald der Mond ein

Viertel des Himmels durchwandert hatte, sollte er Alys wecken.
So begann die lange Nacht. Zuerst blickte Robin, dann Alys in das Tal hinab, nach etwas lauschend, das die Totenstille störte.

Das Bankett war vorüber. Stephen fand, es sei eine erbärmliche Angelegenheit gewesen. Sogar die extra herbeigeschafften Sänger hatte man mitten im Lied zum Schweigen gebracht. Alle zogen sich frühzeitig in die Schlafgemächer zurück.
Stephen verbrachte eine zweite Nacht, in der er neben seiner Gemahlin lag und an die Decke starrte. Sie schlief. Kinder waren ihnen keine geschenkt worden. Falls seine Frau – oder eine, die Francis noch finden mochte – nicht noch einen Sohn zur Welt brachte, würden die de Novilles mit seiner Generation aussterben.
Die Nacht zog sich hin. Die Burg war in Stille gehüllt.
Ein Geräusch. Ein Klopfen an der Tür. Stephen setzte sich auf. Als sich langsam die Tür öffnete, griff Stephen nach einem Dolch.
Eine heisere Stimme flüsterte: »Stephen!«
»Wer ist da?«
»Komm her, dann werde ich es dir erklären!«
»Francis, bist du das?«
»Kleide dich an für einen Kampf! Wir haben Arbeit zu tun!«

Als Alys Joslin an der Schulter berührte, war das erste Tageslicht noch eine Stunde entfernt. Joslin nahm ihren Platz ein und begann seine Wache.
Unten im Tal gingen winzige Veränderungen vor sich. Die

Burg war nun ein wenig mehr als nur der schwarze Klotz des mächtigen Turmes vor dem Himmel; das Städtchen war mehr als nur eine Ahnung von Dächern und Kirche. Aber immer noch tat sich nichts Besonderes. Joslin ballte enttäuscht die Fäuste.

Dann merkte er plötzlich auf. Da war etwas im Gange.

Von weit unten kam ein schwaches Geräusch. Er vermeinte im Gebüsch Bewegung zu sehen.

Der erste Bauer ist aufgestanden, um sein Tagwerk in den Feldern aufzunehmen, dachte er.

Er wartete.

Nein. Das war kein Bauer. Das Geräusch wurde deutlicher. Zweige brachen, etwas Schweres wurde gezerrt.

Er erstarrte. Sollte er die anderen wecken? Mit äußerster Vorsicht kroch er in die Hütte zurück, berührte erst Alys, dann Robin an der Schulter, legte dabei die Hand auf ihren Mund und winkte sie nach draußen. Die beiden folgten ihm, dann sahen sie aus dem Verborgenen zu.

Es war gerade hell genug, um sich später darüber einig zu sein, was sie gesehen hatten. Jemand, der ihnen den Rücken zuwandte – der Gestalt nach ganz sicher ein Mann –, zerrte etwas Schweres mit sich. Er trug einen kurzen Rock. Auf seinem Rücken trug er etwas; sie brauchten einen Moment, um zu begreifen, was es war. Dann hauchte Robin: »Er trägt einen Langbogen! Ein Bogenschütze! Einer von den gemeinen Soldaten, die dem Schwarzen Prinzen die Schlachten gewinnen!«

Und so war es. Langsam kam er näher. Sie konnten den Bogen auf seinem Rücken und einen Köcher voller Pfeile an seiner Seite sehen.

Was war das für eine leblose Last, die er so mühsam mit

sich schleifte? Sie wussten es, ohne hinsehen zu müssen, trotzdem fuhr ihnen der Schreck in die Glieder. Ein Körper. Sie hörten den mühsamen Atem des Mannes, während er seine Last durch den Eingang der Kirche zerrte und drinnen verschwand. Jetzt war wieder alles still.

»Was nun?«, flüsterte Robin. »Sollen wir hineinstürmen und ihn überwältigen?«

Joslin dachte: Natürlich! Weshalb haben wir denn sonst die ganze Nacht hier gewartet?

Doch Alys gab zurück: »Nein! Das ist ein Mörder mit Waffen, die er bedenkenlos benutzt. Wem ist gedient, wenn wir tot sind? Wir wissen, dass er da drinnen ist, wie er ungefähr aussieht und dass Joslins Mutmaßung richtig war. Das reicht für eine Nacht.«

Ja, Alys, du hast Recht, dachte Joslin. So wie immer.

»Ob Joslins Mutmaßung richtig war, wissen wir noch nicht«, wandte Robin ein. »Es hängt ganz davon ab, wen er da drinnen ablegt.«

Als der Bogenschütze wieder aus der Kirche kam, machten sich die drei ganz klein und verhielten sich mucksmäuschenstill. Der Morgen dämmerte. Sie konnten die Gestalt jetzt klarer sehen, doch nicht das Gesicht. Denn der Mann wandte ihnen immer noch den Rücken zu, während er den Hang hinabstürmte und zwischen den Bäumen weiter unten verschwand.

»Wer war nun der Mörder?«, fragte Robin.

Joslin antwortete nicht. Als sie schließlich in die Kirche schlichen, sah er es zum dritten Mal – eine unter dem alten Altar liegende Leiche, die darauf harrte, dass man sie fand. Furchtsam näherten sie sich. Der Tote lag auf der Seite und sah von ihnen weg. Etwas ragte aus seinem Rücken.

»Ein Pfeil!«, rief Robin. »Abgebrochen! Wenn dies im Dunkeln geschehen ist, dann ist unser Mörder ein ebenso guter Schütze, wie man sich's von Robin Hood erzählt.«
Joslin erwiderte: »Er ist ein Mann des Kampfes, wie ich schon sagte. Er hat das Töten gelernt.«
Ohne mit der Wimper zu zucken, betrachtete Alys das tote Gesicht mit dem dunklen Haar, den hohen Wangenknochen, den offenen Augen, die entsetzt wirkten über die Ungehörigkeit, die sich da jemand gestattet hatte. »Ja. Es ist der Mann, den wir gemalt haben«, erklärte sie.
Joslin musterte ihn ebenfalls. Er sah Stephen vor sich, wie er auf seinem Ross die Gruppe angeführt hatte, die ihn, Joslin, dann ergriff, er dachte an den streng wirkenden Mann, der bei dieser lächerlichen Gerichtsverhandlung neben Roger de Noville gesessen hatte. Die Leiche war noch immer mit dem Wappenrock bekleidet. Joslin erinnerte sich daran, dass er Stephen als einen Mann eingeschätzt hatte, der nicht durch und durch grausam war, und verspürte einen Anklang von Bedauern.
»Das ist Stephen de Noville«, sagte er. »Der Neffe des Grafen.«
Gemeinsam sahen sie auf ihn hinunter.
»Ja«, flüsterte Robin. »Du hattest Recht, Joslin. In jeder Hinsicht. In was für eine üble Sache sind wir da nur hineingeraten?«
»Habt ihr den Mörder erkannt?«, erkundigte sich Alys.
»Es könnte einer der Leute des Grafen gewesen sein«, gab Joslin zur Antwort. »Es könnte Strang gewesen sein. Oder sogar Francis. Auch Wilfred kommt noch in Frage. Es könnte jeder gewesen sein.« Dann stieß er einen Seufzer der Enttäuschung aus. »Aber Chevington war es nicht.«

»Der Priester könnte einen Komplizen haben. Es muss doch Leute hier geben, die tun, was er ihnen befiehlt«, sagte Robin. »Alle Männer in England tragen Waffen und der Langbogen ist die beste von allen.«

»Wir sind seiner Enttarnung also keinen Schritt näher gekommen«, fasste Alys zusammen. »Kein Gesicht, keine Stimme, nichts, was ihn von anderen unterscheidet.«

Wieder blickten sie auf den Neffen des Grafen hinab.

»Er wurde in den Rücken getroffen, und zwar aus einiger Entfernung«, mutmaßte Joslin.

»Und es ist noch nicht lange her«, ergänzte Robin. »Ein Schuss im Dunkeln. Der Mörder wird besser und besser in seiner Kunst.«

»Möglich, dass er in der Burg war«, sagte Alys.

»Oder Stephen wurde nach draußen gelockt«, fügte Joslin hinzu.

»Aber in diesem Fall wäre man ihm eher gefolgt, hätte ihn vom Pferd gezerrt und erdolcht«, wandte Robin ein. »So gehen die Wegelagerer meistens vor. Dieser Pfeil wurde aus einiger Entfernung abgeschossen. Stephen muss vorbeigeritten sein.«

»Oder vorbeigegangen«, ergänzte Alys.

»Und der Bogenschütze hat ihm aufgelauert. Vielleicht saß er auf einem Baum.«

»Er wusste also, dass Stephen kommen würde«, folgerte Joslin.

Alys schaute zur Burg. »Dort scheint sich noch nichts zu rühren.«

»Sie werden ausschlafen nach dem gestrigen Bankett«, meinte Robin.

»Entweder wissen sie nicht, dass er weg ist«, sagte Joslin,

»oder sie machen sich nur einfach keine Sorgen. Vielleicht war er im Auftrag des Grafen unterwegs.«
»Vielleicht ist der Mörder in der Burg bekannt und genießt Vertrauen«, überlegte Robin. »Die Jagd gestern wäre ideal gewesen, um Stephen mit einem Pfeil zu töten. Das hier war ein schwieriger Schuss bei Nacht.«
»Sollen wir in die Burg gehen, um es dem Grafen zu melden?«, fragte Alys.
»Ich kann mich in der Burg nicht blicken lassen!«, antwortete Joslin. »Und ihr ebenso wenig. Angeblich verbringt ihr die Nacht in der Kirche. Wieso hättet ihr also hier heraufkommen sollen?«
»Das stimmt«, meinte Robin. »Wir müssen unser Geheimnis für uns behalten. Außerdem wüssten wir beide ohne Joslin ja gar nicht, dass das Stephen ist.«
Alle schwiegen. Plötzlich erstarrte Joslin. »Seht mal!« Gerade als die Sonne aufging, erwachte die Burg zum Leben. Menschen strömten zum Torhaus heraus: Fußvolk, Reiter. »Er wird vermisst! Wir müssen weg!«
»Wir gehen zurück in die Kirche«, schlug Robin vor. »Falls dort jemand vorbeikommt, so sind wir gerade dabei, noch so viel wie möglich zu erledigen, bevor Walter Chevington für die paar Minuten des Trostes hinkommt, die er dem gemeinen Volk zu gewähren geruht.«

Niemand sah sie über den Kirchhof schleichen. Drinnen angelangt, nahm Robin die Tücher von dem Gemälde. Es wirkte kalt und geisterhaft im frühen Morgenlicht.
»Wenn wir die ganze Nacht über gearbeitet haben«, sagte er, »dann sollten wir besser sehr geschäftig wirken.«

Er nahm sich die Pergamentrolle, griff nach dem vierten Brief.
»Sollen wir ihn wirklich schon öffnen?«, wandte Alys ein. »Sonntags dürfen wir doch gar nicht arbeiten!«
»Die Dinge haben sich zugespitzt«, erklärte Robin. »Wir können nicht warten. Außerdem wissen wir, dass es Francis sein muss.«
Er öffnete den Umschlag, dann runzelte er verblüfft die Stirn. Die anderen sahen ihn erwartungsvoll an.
»Was steht darin?«, wollte Alys wissen.
Robins Stimme schwankte. »Hier wird Walter Chevingtons Gesicht beschrieben!«

13

Alys war es, die an das Nächstliegende dachte.

»Vergesst das für den Augenblick«, sagte sie. »Das Erste, was wir malen müssen, ist Geraldines Gesicht. Komm, Joslin, wir richten dich wieder her!«

Unwillig kam Joslin ihrer Aufforderung nach, nahm sein Wams ab und packte es zu seinen anderen Sachen. Er zog das Kleid über, setzte sich unten auf die Leiter und ließ die Schminkarbeiten über sich ergehen.

»Wenn Stephen gefunden wird, musst du wieder Geraldine sein«, sagte Robin. »Der Graf wird ganz Stovenham von unten nach oben kehren.«

Dieser Gedanke ließ sie verstummen. Ihr Geheimnis lastete schwer auf ihren Schultern. Die Zeit der Prüfung stand nicht mehr lange aus.

Als Joslin wieder einigermaßen wie Geraldine aussah und Kleid und Schürze geglättet waren, deckten sie das Gemälde ab, verließen die Kirche und kehrten zur Schänke zurück. Wirtin Tyb hob kaum den Kopf, als sie sich erkundigte, ob ihr nächtliches Wirken erfolgreich gewesen war. Thomas, der wie üblich auf seinem Stuhl saß, wedelte mit der Krücke und wünschte ihnen einen guten Morgen. Wilfred polterte vorbei und hinaus zum Brauhaus, ohne ihnen einen Blick zu schenken. Bis jetzt verlief alles ganz normal.

Voller Anspannung verspeisten sie ihren klumpigen Haferbrei. Im Ort herrschte Ruhe, eine angstvolle Stille, als wolle gleich ein Sturm losbrechen, obwohl keiner die sich auftürmenden Wolken sehen konnte. Noch wusste niemand im

Ort, dass eine erneute Suche im Gange war und dass der Pestweiler das erste Ziel des Suchtrupps sein würde.

Der Morgen hatte schreckliche Neuigkeiten gebracht. Roger de Noville kam es so vor, als triebe er verlassen auf einer feindlichen See dahin. Er war ganz allein; jeder Schutz zwischen ihm und einer Welt, die ihn hasste, war dahin. Gutsverwalter, Burgverwalter, Neffe und Erbe: Alle, denen er vertraute, waren tot. Keine Frau, kein Sohn war da, um ihn zu trösten. Wenn der Tod bald auch zu ihm kam, würde es keine de Novilles mehr geben. Francis, dieser Schwächling, würde keinen Erben bringen.
Er stand in voller Rüstung in der großen Halle. Gleich als in den ersten Morgenstunden Alarm gegeben wurde, hatte er befohlen sie ihm anzulegen. Stephens Frau hatte beim Erwachen festgestellt, dass ihr Gatte verschwunden war. Man durchsuchte die Burg von oben bis unten. Vergeblich. Sein Pferd stand noch im Stall, aber Stephen war und blieb verschwunden.
Beim ersten Licht hatte Roger de Noville an der hohen Tafel gestanden. Wilkin, Stratford – beide waren in Cry Ashbourne aufgefunden worden. »Schickt Suchtrupps aus!«, befahl er. »Zuallererst aber geht ihr zu dem verfluchten Pestweiler!«
Als ihn die schreckliche Nachricht, die er in seinem Herzen schon kannte, bald darauf erreichte, gab er weitere Befehle. »Durchsucht die Stadt! Reißt sie nieder, wenn es sein muss! Nehmt Gefangene!« Dann nahm die Besessenheit, die ihn seit Anfang der Woche umtrieb, wieder von ihm Besitz. »Der Franzose muss in der Nähe sein! Das weiß ich ganz sicher!«

»Wir müssen in die Kirche zurück«, sagte Robin. »Der Priester kommt sowieso nicht vor der Mittagsstunde und die Gläubigen lassen sich erst blicken, wenn er da ist.«

»Das ist kein guter Einfall«, widersprach Alys.

»Ich kann an einem Tag wie diesem nicht dasitzen und nichts tun. Ich werde jetzt dieses Gesicht malen. Mir gefällt die Vorstellung, dass der Priester, ohne etwas davon zu ahnen, mit seinem Abbild die Kirche teilt.«

»Nein«, sagte Alys in entschiedenem Ton.

Aber er ließ nicht mit sich reden. »Wir gehen. Keiner wird es erfahren. Außerdem ist Walter Chevington leicht zu malen. Drei Kinne, schlaffer Mund, Fettwülste im Nacken und ums Gesicht, gemeine kleine Augen. Die Leute werden ihn schon von weitem erkennen, sobald ihnen das Gemälde enthüllt wird.«

»Du kannst dir damit aber schlimmen Ärger einhandeln«, mahnte Joslin.

»Wie denn? Keiner wird das Bild sehen, bevor wir gehen. Und außerdem – wie hieß es in dem Brief: ›. . . Ihr werdet Stovenham nie mehr besuchen, noch sollt Ihr zu Fremden davon sprechen, weshalb Ihr hier wart.‹ Diese wunderbaren Worte kenne ich auswendig.«

»›. . . so sei die Bezahlung verwirkt – und durch den Zorn Gottes vielleicht auch Euer Leben.‹ Diese Worte kennst du wohl nicht auswendig, was?«

»Unsinn«, gab Robin zurück.

»Ich bin da nicht so sicher«, sagte Alys. »Chevington wird ebenfalls ermordet aufgefunden werden. Wird das nicht auf deinem Gewissen lasten?«

»Und auf deinem. Du malst doch die Augen, oder etwa nicht?«

»Er hat uns doch nichts zu Leide getan!«, wandte Alys ein.
»Ist mir egal. Ich kann ihn einfach nicht leiden.«
»Das ist kein Grund ihn zum Tode zu verurteilen!«
Joslin erlebte zum ersten Mal, dass Robin Alys in seinem Beisein anschrie. »Du wirst für diese Arbeit bezahlt! Vergiss das nicht!«
»Tut mir Leid, Robin. Aber ich werde die Augen nicht für dich malen.«
»Tu doch, was du willst!«
Die Farben waren gemischt, die Leiter an ihrem Platz und unter Robins Pinsel entstanden die fleischigen Gesichtszüge. Joslin und Alys warteten unten, bis er fast fertig war.
Plötzlich sprang das Westportal auf. Lautes Getrampel hallte durchs Mittelschiff und eine Stimme rief: »Haltet ein und dreht euch um!«
Robin kam die Leiter heruntergeklettert. Alle drei wandten sich den Eindringlingen zu: ein Trupp von sechs Gefolgsleuten des Grafen; ihr Anführer trug den vertrauten Wappenrock der de Novilles. Joslins Herz schlug schneller; Schweißtropfen standen auf seiner Stirn. Sicherlich würde die Farbe verlaufen, man würde ihn als den erkennen, der er war, und fortschaffen zu seiner Hinrichtung. Er stand so still er konnte, obwohl ein Zittern seinen ganzen Körper ergriffen hatte.
»Wer seid ihr und was tut ihr hier?«, rief der Anführer. Seine junge Stimme war hoch und schrill, als wäre dies das erste Mal, dass er eine ernsthafte Verantwortung übernommen hatte. Joslin erkannte ihn. Es war Francis.
»Herr«, antwortete Robin, »ich bin Robin, Lehrling bei Randolf Waygoode, Kunstmalermeister aus Cripplegate,

London. Und das hier sind meine Gehilfen, Alys und Geraldine. Wir sind hier, um einen Auftrag auszuführen. Wir fertigen ein großes Gemälde für diese Kirche an.«

Joslin war nur zu bewusst, dass Wilkin, Stratford, Stephen und Chevington mit starrem Blick auf die Anwesenden herabsahen. Er wartete darauf, dass einer es bemerken würde.

»Lass mich die Auftragspapiere sehen. Rasch!«

Robin lief sie holen. Francis nahm inzwischen Alys und Geraldine in Augenschein. »Hübsche Helferinnen für einen jungen Maler«, meinte er. Joslin wurde ganz elend unter seinem Blick: Francis musste ihn doch einfach erkennen!

Von den Soldaten erklang ein Prusten von unterdrücktem Gelächter, dazu ein gedämpfter Ausruf: »Jedenfalls eine davon!« Francis fuhr herum, sah sich aber sechs steinernen Gesichtern gegenüber. Robin kehrte zurück und überreichte Francis die Auftragspapiere, allerdings ohne die versiegelten Umschläge.

»Wir kamen Montag letzter Woche«, sagte er. »Nächste Woche, wenn das Gemälde vollendet ist, reisen wir wieder ab. So steht's hier geschrieben.«

Francis sah ihn streng an. »Du kannst also malen und schreiben?«

»Wenn nicht, wäre ich von geringem Nutzen für meinen Meister.«

Francis beäugte ihn misstrauisch, als sei die Entdeckung eines Schreibkundigen hier im Ort gleichbedeutend mit dem Aufspüren eines Rebellennests. Dann reichte er die Papiere zurück und sah Alys an. »Du reist mit ihm?«

»Ja, Herr.«

»Du bist also seine Dirne?«
»Bin ich nicht!« Alys biss sich auf die Lippe. Joslin erkannte, dass sie Francis am liebsten geohrfeigt hätte.
Francis lachte und wandte sich an Joslin. »Du«, sagte er, »bist niemandes Dirne, würde ich annehmen.«
Joslin hielt den Blick gesenkt und schwieg.
»Sieh mich an!«, schrie Francis. »Sag etwas!« Er streckte eine behandschuhte Hand aus und zwang Joslin den Kopf zu heben. »Hast du deine Zunge verschluckt?«
Joslin sah Francis direkt ins Gesicht. Bestimmt erinnerte sich der Neffe des Grafen von der Gerichtsverhandlung her noch an sein Gesicht. Und wenn er den Mund aufmachte und man seinen Akzent hörte, war es aus mit ihm. Doch er sah nur eine ausdruckslose Miene, in der kein Erkennen aufleuchtete, und da schöpfte er wieder Hoffnung. »Ich . . .«
Doch Alys unterbrach ihn sofort. »Ich spreche für sie. Geraldine, die Arme, hat einen Sprachfehler.«
»Was nicht ihr einziger Makel ist«, gab Francis mit einem Kichern zurück und wandte sich zustimmungsheischend seinen Gefolgsleuten zu, die beflissen lachten.
Mit wachsendem Selbstbewusstsein wandte Francis sich nun an Robin. »Kannst du mit dem Langbogen umgehen?«, bellte er.
»Sir, alle gesunden Männer Englands lernen den Umgang mit dem Langbogen und ich wage zu sagen, dass ich so gut wie viele andere bin. Aber mein Langbogen ist in London, wo ich ihn zurückgelassen habe, und ich schulde keinem Herrn den Waffendienst.«
»Und wenn dein König dich brauchen würde?«
»Das wäre etwas anderes.«

Francis wechselte das Thema. »Wo wart ihr letzte Nacht?«
Wieder war es Robin, der Antwort gab. »Gewöhnlich nehmen wir in der Schänke ein spätes Abendbrot ein und schlafen auch dort. Doch letzte Nacht sind wir hier in der Kirche geblieben, um bei Fackelschein an unserem Gemälde zu arbeiten. Wie Ihr seht, muss es nächste Woche fertig sein und wir sind weit im Rückstand. Die Schänkenwirtin Tyb kann für uns bürgen.«
»Und ihr habt euch nicht aus der Kirche gerührt?«
»Nein, Herr.«
Francis schwieg. Dann, als handle es sich um eine auswendig gelernte Lektion, schrie er: »Wisset, dass ein abscheulicher Mord begangen wurde, diesmal in unmittelbarer Umgebung meines Herrn, des Grafen Roger de Noville! Wir suchen einen mit Langbogen bewaffneten Mann, der jedoch vor allem ein teuflischer Franzose ist, der sich durch unser Land bewegt wie ein Spross des Satans. Sollte jemand dabei ertappt werden, dem Schuft Unterschlupf zu gewähren oder sonstigen Beistand zu leisten, so wird er einen Tod erleiden, der weit schlimmer ist als der am Galgen! Wenn mir bis eine Stunde nach Mittag kein Franzose ausgeliefert wird, nehmen meine Soldaten jeden zehnten gesunden Mann als Geisel, bis wir den Kerl haben!«
Joslin schluckte. Weder Robin noch Alys bewegten auch nur einen einzigen Muskel.
»Ich bin fertig hier«, sagte Francis. »Geht wieder an eure Arbeit! Und seht zu, dass ihr nächste Woche verschwindet, wie es im Auftragsschreiben befohlen wird. Hier ist wichtigere Arbeit zu tun als die eure!«
Die Soldaten machten kehrt und verließen mit schweren

Schritten die Kirche. Die Kirchentür fiel laut hinter ihnen zu.

Alle drei stießen tiefe Seufzer der Erleichterung aus. Joslin setzte sich auf den Boden, legte den Kopf in die Hände und rief: »Ich war davon überzeugt, dass es zu Ende ist mit mir! Wie kommt es, dass er mich nicht erkannt hat?«

»Und wie kommt es, dass sie nicht zu dem Gemälde hochsahen und entdeckten, dass es Dinge zeigt, mit denen sie nicht gerechnet hätten?«, fragte Alys.

»Dafür gibt es einen Grund«, sagte Robin. »Auch wenn Francis der zweite Neffe des Grafen ist, ist er, so wie die meisten jungen Ritter, nicht sonderlich hell im Kopf. Er hat nur Turniere im Sinn und wie er irgendwelche Damen mit höfischen Tändeleien entzückt. Irgendwann einmal wird er völlig sinnlos in seiner Rüstung in Stücke gehauen werden, während die Schlacht von den einfachen Bogenschützen dahinter gewonnen wird. Schade ist es nicht um ihn.«

»Ritter dieser Art kenne ich gut«, erwiderte Joslin. »Manche sind kein Viertel des Respekts wert, den sie uns abverlangen.«

»Ihr klingt alle beide wie der Verfasser des Auftragsschreibens«, bemerkte Alys.

»Wenn nur unser wirklicher Feind so einfältig wäre wie Francis!«, seufzte Joslin.

Vater Simon stand auf dem Marktplatz und sah zu, wie die Soldaten an Türen schlugen, sich gewaltsam Zutritt verschafften, Leute nach draußen trieben und wieder in den Häusern verschwanden, um zu plündern. Er hörte die Angstschreie von Frauen, sah wütende, versteinerte Gesichter von Männern, die zu große Angst hatten, um den Mund aufzumachen, und sah, nicht zum ersten Mal in seinem Leben, die mutwillige Grausamkeit der Starken gegenüber den Schwachen.

Noch vor dem Ende dieses Tages würden diese Menschen Trost brauchen. Walter Chevington würde ihnen keinen geben. Und hier im Freien, wo Gott geradewegs herunterschauen konnte, ohne Behinderung durch Dach und schweres Gebälk, würde er zu ihnen sprechen und sie trösten müssen in ihrem Leid.

Die Kirche war verlassen. Die Tücher verhüllten das Jüngste Gericht; die Arbeitsmaterialien waren weggeräumt. Als sie die Tür schlossen, kam Joslin ein beunruhigender Gedanke. Gott sei Dank machte Francis keinen sonderlich gescheiten Eindruck. Ein guter Anführer hätte die Kirche durchsuchen lassen – und was hätte man gefunden? Die Harfe. Dann wäre sein Leben keinen Pfifferling mehr wert gewesen.

In der Schänke fanden sie dieselbe Gruppe von Soldaten vor. Gerade stellten sie das ganze Haus auf den Kopf. Thomas Hinks war empört. »Ich habe gekämpft wie ihr!«, schrie er sie an. »So etwas habe ich meinen eigenen Landsleuten, selbst im Bürgerkrieg, nie angetan!«

»Sei still, alter Mann!«, befahl Francis mit schriller Stimme, auch wenn es wohl eher als eindrucksvolles Gebrüll gedacht gewesen war, »oder du wirst am Galgen baumeln, so wie es andere aus diesem Ort tun werden, bevor der Tag vorüber ist.«

Thomas setzte sich knurrend auf seinen Stuhl zurück, seine Krücke wie ein stumpfes Schwert schwingend. Wilfred, der vom Brauhaus hereingekommen war, beobachtete das Ganze mit unbeteiligter Miene. Wirtin Tyb jedoch, die nicht jahrelang eine Schänke betrieben hatte, ohne zu wissen, woher der Wind blies, gab sich so hilfreich wie nur möglich. Sie musste auch die Geschichte von Alys, Robin und Joslin bestätigt haben, denn als die drei hereinkamen, nickte ihnen Francis lediglich zu.

Die Soldaten waren weg. »Wir werden wiederkommen!«, hatte Francis gesagt. »Mit euch sind wir noch nicht fertig!«
Es wurde Mittag. Von der St.-Josephs-Kirche her erklang dünnes Geläut. »Walter Chevington geruht seiner Herde einen Besuch abzustatten«, erklärte Robin.
Doch niemand schien dem Ruf zu folgen. Stattdessen versammelten sich die Menschen auf dem Marktplatz, mehr und immer mehr kamen von allen Seiten herbei. Alle blickten sie in eine Richtung. Aus dem oberen Fenster der Schänke konnte Joslin sehen, wem sie ihre Aufmerksamkeit schenkten. Vater Simon. Der dringliche Wunsch nach Trost überkam ihn.
»Ich will ihn hören!«, sagte er und lief die Treppe hinunter.
Robin hätte fast »Joslin, komm zurück!« gerufen, aber im letzten Augenblick hielt er sich zurück und rief stattdessen: »Geraldine, du solltest nicht alleine nach draußen gehen!« Als er Joslin mit Alys zusammen an der Schänkentür einholte, zischte er: »Was, zum Teufel, hast du vor? Du darfst dich da draußen nicht blicken lassen!«
»In der Menge ist man am besten versteckt«, gab Joslin zurück. »Außerdem will ich Vater Simon hören.«
Der Mönch, in grauem Habit und mit Kapuze auf dem

Kopf, obwohl es ein warmer Tag war, breitete die Arme aus und alle verstummten.

»Und wenn ich gehört habe, was er zu sagen hat«, fügte Joslin hinzu, »dann werde ich mit ihm reden. Er wird mir einen Rat geben.«

14

Die Nachricht, dass Vater Simon auf dem Marktplatz predigen würde, hatte sich wie ein Lauffeuer in Stovenham verbreitet. Obwohl Walter Chevington durch die Straßen gegangen war, die Ox Alley hinunter bis zur Kirche, und nun die schwachen Glockentöne durch die klare Luft getragen wurden, folgte ihm kaum jemand nach. Der Marktplatz jedoch war schon bald bevölkert: schmutzige, knorrige, wettergegerbte Gesichter, schäbige Wamse, zerrissene Kleider, verdreckte Schürzen. Joslin zwängte sich unbemerkt bis unter das überhängende Dach des Apothekerhauses. Über ihm lag das Schilf von John Gibbons neuem, niemals fertig gestelltem Dach, das wie ein Mahnmal den Platz überragte. Es erinnerte Joslin schmerzlich daran, warum er immer noch in Stovenham war, warum er jetzt die Einheimischen musterte, die sich versammelt hatten, um Trost zu finden.

Da war der Mann, der ihn geben sollte. Mit seiner stattlichen Größe fast jeden überragend, das Gesicht halb unter der Kapuze verborgen, schlug er das Kreuz.

Ohne dass er ein einziges Wort gesagt hätte, versanken alle in erwartungsvollem Schweigen. Ganz in der Nähe hatte sich ein Wachmann postiert, der halb auf Vater Simons Rede wartete und halb die Menge im Auge behielt. Als Joslin den Blick schweifen ließ, entdeckte er, dass der ganze Platz nur so von den Gefolgsleuten des Grafen wimmelte. An diesem Morgen würde Vater Simon unter strenger Bewachung predigen.

Dann hörte man seine Stimme. Leise, klangvoll erreichte sie jeden Mann, jede Frau, jedes Kind. Es war, als spräche er jeden Einzelnen persönlich an.

»Meine Kinder, ich denke mir, dass es euch heute und in den letzten Tagen so vorgekommen sein muss, als ginge der Teufel selbst hier in Stovenham um, im Dunkel der Nacht zuschlagend, wodurch keiner von uns mehr sicher ist vor seinen scharfen Krallen, seinem feurigen Atem, seinem gefürchteten Dorn. Doch ich sage euch, dass Gott uns nicht verlassen hat! Denn ist nicht Gott der Quell aller Schöpfung? Und wenn er uns alle erschaffen hat, euch, mich, jedes Lebewesen, das auf der Erde geht oder in der Luft fliegt – ja, und auch jene, die ohne Beine über den Boden gleiten –, folgt daraus dann nicht, dass Er auch den Teufel schuf? Und haben wir in den zurückliegenden Jahren nicht gesehen, wie der Zorn Gottes alle sündigen Menschen traf, als er Hungersnöte, Kriege und eine schlimme Seuche sandte, um die Unwürdigen zu tilgen und uns zu zeigen, dass Er sich nicht verspotten lässt?«

Ist das Trost?, fragte sich Joslin. Nicht wenn der schwarze Tod die Eltern dahingerafft hat. Doch als er sich auf dem Platz umschaute, sah er, dass alle wie gebannt zuhörten. Ebenso wie er selbst.

»Nein, meine Kinder, wir sind Gottes Geschöpfe und Wachs in Seiner Hand. Mögen die Könige und Prinzen ihre Schlachten schlagen, andere Länder erobern und alle Eitelkeit, allen Tand dieser Welt um sich anhäufen, so sind doch auch sie Gottes Kreaturen und wir alle werden im selben Grab enden, sei es nun eine Pestgrube oder ein riesiges, kunstvolles Grabmal. Die Pest scherte es nicht, wen sie niederstreckte. Wenn der Tod also die Sense gegen Gutsverwalter und Burgverwalter, Erben und adlige Herren schwingt, so vergesst nicht, dass in ihnen dasselbe Blut fließt, dasselbe Herz schlägt, dieselben Sehnen sich strecken wie in euch allen. Mächtigstem König und geringstem Bauern ist die Angst vor dem Tod gemein, wie auch die Freude über die Aussicht, Gott zu erblicken.«

Joslin warf einen Blick in die Runde. Münder arbeiteten lautlos murmelnd; Augen waren fest auf Vater Simon gerichtet, als wären seine Worte wirklich ein Trost. Und irgendwie waren sie das ja auch. Doch gleichzeitig waren sie so freudlos, dass Joslin ganz kalt wurde ums Herz.

»Der Tod ist uns gewiss, er ist der Preis, den wir für unsere Sünden und für unsere Sterblichkeit bezahlen. Ob die dunkle Gestalt nun früher oder später kommt, seid gewiss, dass sie kommt, und zwar dann und nur dann, wenn es Gottes Wille ist. Gott erwartet uns alle, der Teufel jedoch nimmt die Seinen. Während den einen die Freuden des Himmels zuteil werden, bekommen die anderen das Höllenfeuer zu schmecken. Sie werden spüren, wie scharfe Messer durch ihre Leiber fahren, und sehen, wie ihre Gliedmaßen eins ums andere abgeschnitten werden; sie werden aufgespießt, aufgeschlitzt und ausgeweidet. Und diese Dinge werden nicht ein paar gnädige Augenblicke dauern, so wie für den übelsten Verräter bei seiner öffentlichen Hinrichtung, nein, sie werden für immer und bis in alle Ewigkeit währen! Vergesst das nicht, meine Kinder! Sie werden niemals mehr aufhören! So ergeht es den Sündern. So ergeht es jenen, die sich dem Willen Gottes widersetzen. So ergeht es jenen, die ihr Vertrauen in weltliche Macht und irdische Güter setzen. Sie können sich sämtliche Genüsse der ganzen Welt kaufen. Sie können

Kapellen bauen und ganze Heere von Priestern bezahlen, die bis zum Tag des Jüngsten Gerichts Messen für sie singen. Aber Gott lässt sich nicht verhöhnen. Der Teufel versucht den Willen Gottes zu untergraben. Aber ich sage euch, dass Gott es dem Teufel erlaubt, auf der Erde herumzustreifen und jene mit sich zu nehmen, die wirklich die seinen sind, die ihr Vertrauen in seine bösen Künste setzen. Deshalb sage ich, dass der Teufel hier in Stovenham umgeht!«

Moment mal!, dachte Joslin. Was sagt er da eigentlich? Dass die Ermordeten ihren Tod und die bis in alle Ewigkeit andauernde Marter verdient haben? Nun, so sagte es das Gemälde aus, auf jene schreckliche, anschauliche Weise. Bei einem Gemälde mochte das ja angehen, doch wenn ein sanfter, heiliger Mann, der Worte des Trostes und der Beruhigung fand, es unter freiem Himmel laut vor einer Menschenmenge aussprach, dann klang es anders, schrecklicher noch. Das Bild konnte nicht laut verkünden: »All das, was ihr hier seht, währt bis in alle Ewigkeit!« Aber Vater Simon hatte es getan.

War es nicht gefährlich, so etwas hier und jetzt zu sagen, während Soldaten zuhörten, die einen Mörder suchten und sicherstellten, dass es keine Unruhen gab? Waren auch Ritter anwesend? Francis? Als er an diesem Morgen in der Kirche aufgetaucht war, hatte er sich nicht allzu gewitzt gezeigt. Trotzdem – ging Vater Simon da nicht ein Risiko ein? Seine Worte konnten ja fast als Aufruf zum Aufstand verstanden werden. Was hatte Alys über die englischen Bauern gesagt, die kurz davor standen, sich zu erheben? Worum ging es bei Wilfreds Verschwörung? Auch Vater Simon war in den Ställen gewesen. War das hier ein Signal für Wilfreds Freunde? In Frankreich war es schon zu Aufständen gekommen; die Rache der Adligen war schrecklich gewesen. Würde diese Revolte in Stovenham beginnen? Hatte sie es gar mit den Morden an den Unterdrückern schon getan? Machte Vater Simon mit Wilfred gemeinsame Sache, sodass Alys mal wieder Recht behielt? Und hatte die Rache der Adligen ebenfalls schon ihren Anfang genommen?

Vater Simon fuhr fort. »Aber ich sage euch, achtet nicht auf den Teufel. Ignoriert ihn. Er kann euch nichts zu Leide tun. Er kann euch alle Übel der Welt in den Weg legen: Eure Nahrung verfault im Boden, eure Kinder verhungern, eure Schafe sterben, eure Schweine, eure Rinder. Er kann machen, dass der stolze Mann euch unterdrückt, der böse euch misshandelt. Ja, all das kann der Teufel tun. Nur *euch* kann er nicht vernichten! Wenn ihr nicht auf seine Schliche hereinfallt und euch nicht von seinen Lockungen verführen lasst, wenn ihr davon abseht, an euren Unterdrückern auf dieser Erde schreckliche Rache zu nehmen, weil ihr eure Leiden in dieser gefallenen Welt geringer achtet als ein aus der Hand geblasener Distelflaum, dann wartet Gott auf euch, dann erwartet euch Christus in der Heiligen Stadt, um euch in Triumph und Freude zu empfangen. Und dann werdet ihr von hoch oben sehen, wie jene bösen Übeltäter, jene Männer von Rang, Reichtum und Stand zur Hölle hinabfahren, um dort zerstückelt zu werden, dem immer währenden Feuer anheim gegeben, das ihnen unerträgliche Schmerzen bereitet, sie von allen Seiten umzüngelt, doch nie verzehrt. Und dann werdet ihr wissen, dass euer Sieg keinen einzigen Augenblick lang in Zweifel

stand, welche Not ihr auf dieser Welt auch erlitten haben mögt.«
Joslin rang nach Luft. Wenn das das Ende der Rede war, dann war es das Gegenteil dessen, was er erwartet hatte. »Seid zufrieden mit dem, was ihr habt!« Für Wilfred und seine Kameraden bedeutete das: »Tut es nicht! Gott verbietet es euch!« Falls Francis anwesend war, um nach verräterischen Worten zu horchen, dann konnte er in die Burg zurückkehren und berichten, er hätte das genaue Gegenteil gehört. Wenn Roger de Noville es gehört hätte, wäre Vater Simon sein Beifall gewiss gewesen. Was hatte der Mönch ausdrücken wollen? »Roger de Noville, tu, was du willst! Diesen Leuten wird ihr Lohn im Himmel beschert werden, also fahre fort in deiner Herrschaft auf Erden.« Es klang, als hätte der Mönch dem Grafen die Arbeit abgenommen.
Aber dann überlegte Joslin weiter. Zu Beginn der Predigt hatte Vater Simon genau das gesagt, was auch das Gemälde verkündete. Und für das Volk lag darin ein gewisser Trost. Aber würden sie es wirklich glauben? Würden sie akzeptieren, dass ein leerer Magen und ein kaltes Bett in einer Kammer, durch die im Winter der Wind pfiff, eine Belohnung wert war, von der nur in der Bibel zu lesen stand? Denn bis jetzt war noch niemand zurückgekommen, um Genaues zu berichten. Die Frage war also: Was hatte Vater Simon in Wirklichkeit gesagt und warum hatte er es gesagt?
Nun sprach Vater Simon seine Schlussworte. »Dieser Platz ist kein geweihter Ort und Walter Chevington wollte mich heute nicht in die Kirche lassen.« Zorniges Murren erklang. Vater Simon wartete, bis es erstarb, dann

fuhr er fort. »Dennoch werde ich euch nun segnen. Denn falls der Mörder, mag er nun Franzose sein oder nicht, nicht bald ausgeliefert wird, dann kommen die Soldaten wieder, denkt an meine Worte. Und einige von euch werden als Geiseln in die Burg gebracht werden, bis der Mann gefasst ist. Und wer kann sagen, ob diese Gefangenen jemals wieder aus den Kerkern hervorkommen?«

Seine Zuhörer wurden ganz still, als er die Hände hob und seinen Segen über die Menge sprach. Er endete mit den Worten: »Und während den schlimmen Zeiten, die vor uns liegen, werde ich für jeden Einzelnen von euch beten.«

Die Menge zerstreute sich. Vater Simon kniete sich nieder zum Gebet.

Einen Augenblick lang überlegte Joslin, ob er nun zu ihm hingehen sollte oder nicht. Sollte er als Joslin oder als Geraldine auftreten? Vermutlich würde Vater Simon seine Verkleidung augenblicklich durchschauen. War es also richtig, in Lüge vor einen heiligen Mann zu treten? Und nach allem, was der fromme Mann gerade gesagt hatte – würde er ihn nicht auf der Stelle ausliefern?

Nein. Joslin vertraute diesem Mann. Das hatte er schon bei der allerersten Begegnung getan, da mochte Alys sagen, was sie wollte. Und er tat es auch jetzt, trotz der seltsamen Predigt. Der Mönch war ein Mann Gottes. Von ihm hatte er nichts zu befürchten.

Als er sich näherte, erhob sich Vater Simon gerade. »Ah, mein Sohn!«, sagte er, als er ihn sah. »So begegnen wir uns wieder!«

Ihm entging tatsächlich nichts. »Ja, Vater«, gab Joslin zurück.

Währenddessen stand Walter Chevington auf seiner Kanzel und sah auf die drei Leute in der Kirche hinunter. Es bekümmerte ihn nicht, dass nicht mehr Leute gekommen waren. Er sah nicht ein, warum er gleichzeitig Gemeindepriester von Stovenham und Kaplan des Grafen sein sollte. Die Pfründe von Stovenham brachten ihm nichts ein. Des Grafen Kaplan zu sein war einträglicher. Aber jetzt, wo Wilkin und Stratford tot waren – war es da nicht möglich, dass endlich sein Herzenswunsch in Erfüllung ging? Würde er doch noch zum Burgverwalter bestellt werden? Er hatte alles in seiner Macht Liegende getan, um das zu erreichen. Gestern, während die Jagdgesellschaft unterwegs war und er Zeit hatte, alleine nachzudenken, war er sicher gewesen, dass ihm dieser Preis zufallen würde. Nur Stephen, der ihn hasste, stand ihm im Weg. Doch jetzt war Stephen tot.

Vielleicht würde der Bischof schon bald jemanden entsenden, den Roger de Noville mit der Aufgabe beleidigen konnte, für die Seelen von Stovenham zu sorgen – einen, der das einfältige Geknurre und den stinkenden Atem dieser Leute ertragen konnte. Was die St.-Josephs-Kirche betraf, so konnte sie heute Nacht vom Blitz getroffen werden, damit am Morgen nur noch ein Steinhaufen übrig war, es ließe ihn, Chevington, völlig kalt. Auch das über ihm hängende, von Tüchern abgedeckte Gemälde interessierte ihn nicht. Als diese jungen Leute aus London mit ihrem so genannten Auftrag kamen, hatte er nicht einmal darum gebeten, die Papiere zu sehen. Sie hätten die ganze Kirche in leuchtendem Grün anstreichen können, er hätte nur gelacht.

Nein. Am besten ging er zurück in die Burg zu den Leuten,

die ihm vom Rang her eher entsprachen. Er war nun der Einzige dort, der Verschwiegenheit und Bildung besaß und dem der Graf sich anvertrauen konnte. Endlich würde er das bekommen, was ihm zustand.

»Hab keine Angst«, sagte Vater Simon. »Von mir wird es keiner erfahren; ein Geheimnis, das man einem Priester anvertraut, ist in sicheren Händen.«

»Vater, was soll ich tun? Ich muss den Mörder finden, das schulde ich John Gibbon, dem Dachdecker, dessen Tod ich auf dem Gewissen habe. Aber die Leute des Grafen umzingeln mich, das Morden wird bald ein Ende haben und möglicherweise stehe ich in Kürze ein zweites Mal unter dem Galgen.«

»Was meinst du damit, ›das Morden wird bald ein Ende haben‹?«

Ich bin zu weit gegangen, wurde Joslin plötzlich klar. Wir kennen den Plan, weil wir das Gemälde kennen, aber sonst kennt ihn keiner. Und das Gemälde werde ich nicht erwähnen, nicht einmal Vater Simon gegenüber. Robin und Alys wären mir sicher bitterböse.

»Vater«, sagte er, »wenn der Gutsverwalter, der Burgverwalter und der Erbe in dieser Reihenfolge ermordet werden, so ist daraus zu schließen, dass der Graf ebenfalls getötet werden wird. Das habt Ihr doch auch in Eurer Predigt angedeutet.«

»Aber genau weißt du es nicht«, wandte Vater Simon ein. »Hast du Beweise? Wenn du es ganz sicher weißt, dann käme mir vielleicht der Gedanke, dass du es bist, der gemordet hat.«

»Ich war es nicht, Vater! Das schwöre ich!«

Der Mönch legte ihm die Hand auf die Schulter. »Mach dir keine Sorgen, mein Sohn. Ich kenne den Unterschied zwischen Schuld und Unschuld, wahr und unwahr. Ein Leben unter den Menschen hat es mich wohl gelehrt.«
»Was soll ich nur tun, Vater?«
»Mein Sohn, ich bin nur ein frommer Mönch. Ich habe keine Stimme im weltlichen Geschehen. Ich kann dir nicht sagen, was du tun sollst. Doch beten kann ich für dich. Und dies kann ich dir mit auf den Weg geben: Tu, was dein Gewissen dir gebietet, tu dein Möglichstes, und selbst wenn die Dinge am Ende nicht so sind, wie du sie wolltest, so ist es doch das, was Gott für das Beste hält.«
Als Vater Simon einen Segen über ihn sprach, wusste Joslin, dass die Unterredung vorüber war. »Danke, Vater«, murmelte er und entfernte sich langsam rückwärts. Ein Gefühl unbestimmten Trostes, dessen Bedeutung er nicht so recht begriff, umhüllte ihn wie eine warme Decke.

Die Leute hatten sich zerstreut und waren nach Hause gegangen. Die Soldaten taten nun, womit sie gedroht hatten, sollte ihnen der Mörder nicht ausgeliefert werden. Sie gingen von Haus zu Haus, schlugen an Türen, stürmten hinein, nahmen jeden zehnten Mann mit. Vom verzweifelten Geschrei der Frauen und Kinder begleitet, trieb man, als wäre es Vieh, ein trauriges Grüppchen von etwa zwanzig Männern zusammen.
Joslin betrat die Schänke, kurz bevor die Soldaten kamen. Er war kaum drinnen, als ein donnerndes Klopfen von der Tür her erklang. Wirtin Tyb schrie: »Geduld, bitte!«, und schloss auf.
Da standen die Soldaten: Es waren andere als am Morgen

in der Kirche und ihr Anführer war ein älterer, bösartig wirkender Mann. Joslin kannte ihn. Es war Strang, der am Tag von Joslins Gefangennahme mit Stephen zusammen den Suchtrupp angeführt hatte. »Alle gesunden Männer im ganzen Haus hierher zu mir! Sofort!«, brüllte er.

»Aus Stovenham selbst ist nur mein Gatte«, sagte Wirtin Tyb. »Und gesund kann man ihn wohl kaum nennen.«

»Hast du einen Sohn?«, bellte Strang.

»Der ist im Brauhaus bei seiner Arbeit.«

»Hol ihn her!«, befahl Strang einem seiner Leute. Dann: »Hast du Gäste? Bring sie zu mir!«

»Sie sind nicht von hier.«

»Tu, was ich dir sage, oder du wirst die einzige Frau sein, die wir mitnehmen!« Er suchte zwei Soldaten aus. »Durchsucht das Gebäude!«

Sie polterten die Treppe hinauf. Einen Augenblick später wurde Robin herabgetrieben. Er rief: »Ich bin nicht aus Stovenham! Ich komme aus London, wo ich Lehrling bei Randolf . . .« Ein Schlag auf die Schulter mit der Breitseite von Strangs Schwert brachte ihn zum Schweigen. Jetzt waren nur noch Alys' Schreie zu hören, die kurz darauf die Treppe heruntergestolpert kam.

Der Soldat kehrte zurück. »Der Sohn ist weg!«, meldete er.

Strang stieß Robin zu den Soldaten hin, die ihn ergriffen. »Bis wir ihren elenden Sohn finden, werden wir uns mit dir zufrieden geben.«

Dann gingen sie. Robin warf noch einen entsetzten, ungläubigen Blick zurück, bevor er weggeführt wurde. Die Tür knallte hinter ihnen zu. Alys brach schluchzend am Fuß der Treppe zusammen. Wirtin Tyb eilte zu ihr, um sie

zu trösten. Thomas Hinks saß auf seinem Stuhl und schimpfte: »Ich hätte nie gedacht, dass ich hier je so etwas zu sehen bekäme!«
Joslin war wie gelähmt vor Bestürzung. Er hörte kaum, wie Thomas Hinks fragte: »Wo ist unser Wilfred?«

15

Alys war lange Zeit untröstlich. Joslin verhielt sich still; ein Wort und Wirtin Tyb merkte vielleicht, wer er in Wirklichkeit war, und kam zu dem Entschluss, ihn auszuliefern sei noch das kleinere Übel. Aber schließlich beruhigte sie sich so weit, um das, was geschehen war, vernünftig zu betrachten.

»Randolf könnte ihn dort rausholen«, sagte sie.

»Und wie stellst du es an, dass er herkommt?«, wollte er wissen.

»Zwei Tage, um ihm eine Nachricht zukommen zu lassen, zwei weitere für die Reise . . .«

»Viel zu lang«, wandte Joslin ein.

»Wenn wir bis Samstag nicht zurück sind, kommt er möglicherweise sowieso.«

»Also käme er in der Woche darauf hier an«, stellte Joslin fest. »Ich wage nicht daran zu denken, wie die Dinge bis dahin liegen mögen.«

»Könnte Vater Simon nicht für Robin eintreten?«

»Also vertraust du ihm jetzt?«

»Du tust es.«

»Er ist ein Mann Gottes. Er hat nichts zu schaffen mit der Welt. Somit bezweifle ich, dass er in der Burg Einfluss hat.«

Alys verstummte mit hoffnungsloser Miene. Doch in Joslins Kopf nahm ein Gedanke Gestalt an. »Vielleicht hat sich Wilfred verdrückt, um sie zu befreien«, sagte er.

»Mir scheint es wahrscheinlicher, dass er geflohen ist, weil er der Mörder ist«, erwiderte Alys.
»Das möchte ich bezweifeln.«
»Wie sollte er es anstellen, so viele Männer zu befreien? Alleine?«
»Weiß ich nicht«, gab Joslin zurück. »Aber ich sagte gestern Nacht, ich würde in die Burg eindringen und versuchen Gyll herauszuholen. Ich würde zu dem Loch in der Mauer gehen, durch das sie mich herausgebracht hat.«
»Und ich sagte, du wärst verrückt.«
»Aber wie wäre es, wenn wir gemeinsam gingen? Wir könnten sie beide herausholen. Gyll und Robin. Und alle anderen auch.«
»Das würden wir doch niemals schaffen, Joslin! Sie hätten dann höchstens zwei Gefangene mehr. Und dann würden Robin und ich – und Wirtin Tyb und Wilfred, falls sie ihn finden – ebenfalls hängen, gemeinsam mit dir.«
»Und was ist, wenn wir nichts unternehmen? Möglich, dass nächste Woche der Graf ermordet wird, und dann werden außer uns noch andere hängen. Alys, ich sehe keine andere Möglichkeit!«
»Ich werde darüber nachdenken.«
»Wenn du Robin liebst, dann sagst du Ja.«
»Ich sage dir morgen früh Bescheid.«

Sie gingen nach unten in die Schänke und blieben bis nach Mitternacht bei Wirtin Tyb und Thomas sitzen. Joslin fragte sich, ob er erzählen sollte, was er über Wilfred wusste. Besser nicht, entschied er. Dann stolperten sie benommen vor Müdigkeit nach oben. Joslin warf sich er-

schöpft auf sein Strohlager, obwohl er wusste, dass er nicht würde schlafen können. Alys schien es ebenso zu gehen und schon bald hörte er ihr leises Schluchzen.
Er erhob sich und ging zu ihr hinüber. Es gelang ihm, im Dunkeln ihre Augen zu erkennen, in denen Tränen glänzten, die sie zu unterdrücken versuchte.
»Alys«, sagte er. »Wir können nicht herumsitzen und warten. Wir müssen etwas tun!«
»Wir könnten zum Grafen gehen und ihm sagen, dass er vielleicht der Nächste ist«, sagte sie. »Dann ändert er vielleicht seine Meinung.«
»Du könntest zu ihm gehen, Alys, ich nicht. Und er ist nicht dumm. Darauf ist er vermutlich inzwischen selbst gekommen.«
»Aber wenn ich ihm erkläre, dass auf unserem Jüngsten Gericht alles vorausgesagt wurde, dann begreift er, dass du nichts damit zu tun haben konntest.«
»Ganz und gar nicht. Er wird sagen, ich wäre Teil einer großen Verschwörung!«
Sie antwortete erst nach einer ganzen Weile. »Wir kämen nicht aus dem Ort hinaus und noch weniger in die Burg hinein. Überall sind Soldaten!«
»Es scheint so, ja. Aber in der Burg befindet sich nur ein kleiner Trupp, wie mir John Gibbon sagte. Nicht mehr als sechzig Mann. Sie müssen auch den Grafen bewachen. Sie können nicht überall sein.«
»Aber sie werden von der Burg aus die Umgebung im Auge behalten und uns sehen.«
»Alys, wir können es schaffen! Vergiss nicht, ich habe den größten Teil meines Lebens in einer Burg gewohnt und kenne mich aus!«

»Aber die Stelle, wo man, wie du sagst, durch die Mauer kann – werden sie die nicht besonders gut bewachen?«
»Das ist etwas, das wir selber herausfinden müssen.«
»Und falls wir durchkommen, werden sie uns bestimmt drinnen erwarten.«
Joslin dachte nach. »Nein, werden sie nicht«, sagte er. »Es ist unwahrscheinlich, dass sie ihre Zeit darauf verschwenden, innerhalb der Öffnung zu warten, ob jemand durchkommt. Sie werden eher auf der Mauer patrouillieren und die Umgebung überwachen. Alys, wir könnten es schaffen!«
»Aber irgendwann müssen sie Robin freilassen, meinst du nicht?« Ihre Stimme war kraftlos wie die eines Menschen, der nicht mehr weiterwusste.
»Vielleicht«, meinte Joslin. »Und was ist mit Gyll?«
Alys schwieg. Schließlich sagte sie: »Joslin, wenn Robin etwas zustieße, könnte ich nicht mehr leben.«
»Ich weiß«, antwortete Joslin. »Versuch zu schlafen. Wir wissen, was am Morgen zu tun ist.«

Joslin hatte Recht, als er sagte, die Männer des Grafen könnten nicht überall gleichzeitig sein. Der Trupp, der ins Städtchen abgestellt war, bemerkte nicht, was im Dunkel der Nacht vor sich ging.
Doch beim ersten Licht war es nicht mehr zu übersehen. Dort, wo sich der zum Torhaus der Burg führende Hang erhob, stand immer noch das Gerüst mit den beiden Galgen, wo von einem erst kürzlich John Gibbon gebaumelt hatte. Und dort zeigte sich, dass derjenige, der für die Morde verantwortlich war, mochte er nun Franzose sein oder nicht, immer noch auf freiem Fuß war. Denn nun

hing ein anderer, wohl genährter Mann an diesem Galgen: Walter Chevington. War er hier erhängt worden? Oder hatte man ihn vorher umgebracht und seinen Kopf erst anschließend durch die Schlinge gesteckt? Niemand dachte daran, diese Frage zu stellen, während der ausladende Leib abgeschnitten und in die Burg geschafft wurde. Nun also brauchte der Graf einen neuen Kaplan und Stovenham einen neuen Priester.

Doch war das nicht das Einzige, was in dieser Nacht vor sich gegangen war, wie Joslin schon bald feststellen sollte . . .

Während Joslin mit frisch hergerichtetem Gesicht mit Alys zusammen frühstückte, hörte er schweigend der Wirtin zu, die voll der Neuigkeiten über Walter Chevington war. Joslin warf Alys einen verstohlenen Blick zu. Er wusste, sie dachten beide an dasselbe – an Robin, wie er das Gesicht des Priesters gemalt hatte. Alys hatte gesagt: »Was ist, wenn man Chevington ermordet auffindet?«, und Robin hatte geantwortet: »Ist mir egal. Ich kann ihn einfach nicht leiden.«

Aber ihren Plan würden sie deshalb nicht ändern. Bevor sie heruntergekommen waren, um ihren Haferbrei zu essen, hatte Joslin gesagt, was er dachte: »Wir gehen wie üblich zur Kirche. Wir sagen, wir müssten aufräumen. Wir packen die Malutensilien zusammen, damit du sie später nur noch abholen brauchst.« Dabei schoss ihm ein bedrückender Gedanke durch den Kopf. Durfte er es überhaupt wagen, auf ein »später« zu hoffen? Er seufzte. »Aber ich muss meine Habseligkeiten gleich mitnehmen. Diesmal werde ich sie ordentlich vergraben. In der Nähe der Burg.«

»Du hast dir schon alles genau ausgedacht, was?«, hatte Alys gesagt, während sie ihm sorgfältig die Augen nachzog.
»Das musste ich.«
»Wäre es nicht besser, wir versuchten es bei Nacht?«, hatte Alys wissen wollen.
»Viel besser. Aber wir haben keine Zeit. Wir müssen jede Chance, die sich uns bietet, gleich ergreifen.«
»Und was ist, wenn wir in der Burg sind?«
»Das werden wir dann schon sehen. Wenigstens weiß ich, wo die Verliese sind, in denen sich Robin vermutlich befindet.«
»Aber . . .«
Er hatte nach ihren Händen gegriffen. »Wir werden es schaffen, Alys!«
Jetzt saßen sie über ihren Haferbrei gebeugt und hörten, wie Thomas Hinks mit offensichtlichem Vergnügen sagte: »Es ist nicht dieser Chevington, der mir Leid tut. Es sind die armen Schweine, die es direkt unter ihren Nasen geschehen ließen.«
Plötzlich schrie Wirtin Tyb: »Es ist mein Wilfred! Er hat den Priester umgebracht! Und die anderen! Ich spüre es in meinen Knochen! Deshalb ist er verschwunden!«
»Gut für ihn, wenn er es war«, gab Thomas zurück.

Die Kirche war kalt und tot ohne Robin. Alys sammelte die Farben, Öle, Behälter, Pinsel ein. Joslin nahm seine Besitztümer an sich: Wams, Tunika, Harfe. »Ich werde nicht dein Kleid und deine Haube tragen, Alys«, sagte er, schlüpfte hinter einen Pfeiler, zog beides aus und legte sein Wams an. Das Kleid wickelte er in sein Bündel. Dann sah er zu den Tüchern empor, die das Gemälde verhüllten.

»Ein Gesicht bleibt also leer «, sagte er. »Höchstens ihr vollendet es noch, bevor ihr abreist, du und Robin.«

»Wenn es nur so wäre!«, sagte Alys mit bebender Stimme. Unsicher und voller Angst, was wohl vor ihnen liegen mochte, standen sie herum. »Ich will einen letzten Blick auf unsere Arbeit werfen«, beschloss Alys dann. »Ich will im Gedächtnis festhalten, was uns hierher gebracht hat, damit ich am Ende weiß, ob ich froh sein kann darüber oder ob ich es verfluchen soll.«

Joslin kletterte die Leiter empor und nahm die Tücher ab. Ja, da war alles in seinem schrecklichen Ausmaß – Christus, der Tod, der Teufel, die Heilige Stadt, die Hölle. Die Gesichter der jüngst Verstorbenen – Wilkin, Stratford, Francis und nun Chevington. Und eines war noch leer.

Nein! Jedes der Gesichter war ausgemalt! Und während sie verblüfft emporschauten, sahen sie, wer da abgebildet war. Langes Haar, jung, dunkle Augen, fremdländisch, ein Gesicht, das leicht wie das eines Mädchens aussehen konnte, wenn man es ein wenig anmalte.

Jemand war im Lauf der Nacht gekommen und hatte Joslins Gesicht auf den letzten Körper gesetzt. Fassungslos starrten sie das Gemälde an. Joslin ergriff Eiseskälte; wenn es die Wahrheit sprach, war klar, was das bedeutete. Alys' erster Gedanke war jedoch ein anderer.

»Robin ist geflohen!«, rief sie fast hysterisch. »Das hat er gemacht, um es uns wissen zu lassen! Vermutlich ist er auf dem Rückweg nach London!«

»Nein.« Joslins Stimme war bleischwer. »Unser Widersacher kann nicht nur töten, sondern auch malen. Er war gestern Nacht direkt unter den Nasen der Soldaten am Werk.«

»Ich weiß.« Alys' Stimme klang nun ebenso hoffnungslos wie die von Joslin. »Robin hätte niemals *dich* gemalt.« Sie nahm Joslins Hand. »Wir sind am Ende, was? Es ist zwecklos weiterzumachen. Nicht nach so einer Warnung.«

Während Joslin sein Abbild noch einmal betrachtete, wurde er plötzlich wütend. »Wie kann er es wagen?«, schrie er. »Das lasse ich mir nicht gefallen!« Um ein Haar wäre er auf die Leiter geklettert, um alles zu übertünchen. Doch dann entschied er sich dagegen. »Nein. Wir lassen es, wie es ist. Wenn wir zurückkommen, ist die Botschaft vielleicht eine ganz andere.« Alle Furcht war verschwunden, als er nun mit neuer Entschlusskraft aus der Kirche trat, um es mit dieser unsichtbaren Kreatur aufzunehmen, die nach Lust und Laune tötete, alles über ihn wusste und ihn verhöhnte, als wäre er der Dorftrottel.

Alys' Warnschrei, als er einfach weitermarschierte, erinnerte ihn daran, dass er nicht leichtsinnig werden durfte, nur weil er wütend war.

Niemand sah sie aus der Kirche schleichen und gebückt aufs offene Land hinausrennnen. Sie schlugen einen großen Bogen von Stovenham nach Westen, wo ihnen ein Dickicht aus Gestrüpp und Steinen Deckung bot. Dann änderten sie die Richtung, sodass die Burg vor ihnen lag. Sie arbeiteten sich zwischen Stechginstern und Adlerfarnen hindurch vorwärts, achteten jedoch darauf, die Schafe nicht aufzuscheuchen, weil dann die Wachposten auf der Burgmauer misstrauisch geworden wären. Als die Burg unmittelbar vor ihnen lag, blieben sie stehen. Sie hatten sich auf etwa zweihundert Schritt genähert. Joslin sank das Herz, als er wieder diesen mächtigen grauen Steinbau vor sich sah – so groß, so unüberwindlich. Aber er war ungesehen nach draußen gekommen – also kam er auch ungesehen hinein.

»Sieh es dir an!«, sagte er zu Alys. »Es gibt nur eine Ringmauer drum herum. Manche Burgen sind von zweien umschlossen. Ein Glück, dass den de Novilles das Geld ausging, bevor sie eine zweite bauen konnten – dann kämen wir nie hinein.« Er deutete auf den Wehrturm. »Das da ist der Bergfried. Er ist viereckig – manche sind rund. Dass er viereckig ist, mag besser sein für uns; mehr Möglichkeiten in Deckung zu gehen.« Er wandte seine Aufmerksamkeit wieder der Mauer zu. »Sie muss acht Fuß dick sein. Siehst du die Mauervorsprünge – diese Erker alle hundert Fuß oder so, die vorne überhängen? Die sind wirklich nützlich, und nicht allein, um heißes Pech auf die Feinde zu schütten. Ich bin nicht überrascht, dass diese Burg einer Belagerung standhalten konnte.«

Er sah sich die Mauer genau an, dann sah er rundum. »Die Stelle, wo Gyll mich hinausließ, war etwa auf dieser Höhe. Wir sind über Geröll geklettert, also muss es dort sein, wo die Mauer unten eingebrochen ist, während der obere Teil stehen blieb. Im Augenblick herrscht Frieden in England, daher hat sich keiner die Mühe gemacht den Schaden zu richten. Ich frage mich, wie er wohl entstanden ist?«

Er starrte wieder Richtung Burgmauer. »Schau mal! Siehst du dort die Gruppe von Bäumen und Gebüsch ganz nah bei der Mauer? Ich glaube, da kamen wir durch. Die Bäume verbergen das Loch. Sie geben eine gute Landmarke ab.«

Er ging nach links, behielt dabei jedoch sowohl die Baumgruppe als auch die Ecke des Bergfrieds im Auge.

»Was machst du da?«, wollte Alys wissen.

»Ich suche nach einer Stelle, wo ich meine Tunika und meine Harfe verstecken kann, bis wir wieder herauskommen.«

»*Wenn* wir wieder herauskommen.«

»Wenn nicht, dann werden sie auf immer hier bleiben.«

Er verharrte, dann kroch er weiter.

»Was machst du denn jetzt?«, fragte Alys.

»Vor uns, in gerader Linie zum Bergfried und den Bäumen, ist eine Gruppe Sträucher«, erklärte er. »Dort werde ich sie vergraben. Diese Stelle werde ich problemlos wieder finden.«

Alys folgte ihm, bis er anhielt und sich im Schutz der Büsche aufsetzte. Jetzt war die Burg nur noch etwa vierzig Schritt entfernt. »Hier ist ein weiterer Markierungspunkt«, sagte Joslin und deutete auf einen großen Steinhaufen. »Wo die wohl herkommen mögen?«

»Lange sind sie noch nicht da«, gab Alys zurück. »Sonst wären sie überwuchert.«

»Seltsam.« Er nahm seinen Dolch heraus und grub, bis er ein Loch hatte, das groß genug war. Er polsterte es mit langen Gräsern aus, dann legte er andächtig seine Harfe hinein. Er breitete die Tunika und den Umhang darüber aus, dann Alys' Kleid, Schürze und Haube. Darüber gab er wieder eine dicke Grasdecke, die er mit Erde abdeckte.

»Da sind sie gut aufgehoben«, erklärte er.

Alys war es müde geworden, ihm zuzusehen, und musterte die wuchernden Büsche. Als Joslin fertig war und sich aufrichtete, konnte er sie nirgends entdecken.

»Alys?«, rief er leise.
Ihre Stimme schien aus dem Dickicht zu kommen.
»Joslin! Sieh mal, was ich gefunden habe!«

16

Plötzlich tauchte sie wie aus dem Nichts wieder auf. »Unter diesen Büschen ist ein Loch, das wie ein Eingang aussieht! Zu einem Tunnel, der weit hineinzureichen scheint!«

»Ein Dachsbau?«

»Viel größer. Ich komme ganz leicht durch.«

Joslin kam ihr neugierig nach. Ja, eine Person konnte mühelos durch die im Gebüsch verborgene Öffnung kriechen. Die runde Öffnung war nicht unregelmäßig wie die eines Tierbaus, sondern regelmäßig wie von Menschenhand gegraben. Kaum zehn Fuß einwärts stießen Wände und Decke rechtwinklig aufeinander.

»Decke und Seitenwände sind mit Holzbalken abgestützt, damit der Gang nicht einbricht«, sagte er. Er sah genauer hin und beklopfte einen. »Eiche«, verkündete er. »Die halten hunderte von Jahren.«

Gebeugt ging er weiter. »Wie weit er wohl reichen mag?«, fragte er verwundert.

»Wir gehen weiter, dann werden wir es ja sehen.«

Langsam arbeiteten sie sich vorwärts, bis das vom Eingang hereinfallende Licht verschwunden war und sie sich im Stockdunkeln befanden. Eine bittere, feuchte Kälte umgab sie. Über sich und an den Seiten konnten sie Balken fühlen, unter ihren Füßen lagen Bretter. Nach einiger Zeit hielt Joslin an.

»Lass uns kehrtmachen!«, schlug er vor.

Zum Umdrehen war kein Platz, sie mussten rückwärts

kriechen, bis sie wieder draußen im Sonnenschein standen. »Natürlich«, sagte er. »Jetzt weiß ich, was das ist! Erinnerst du dich daran, was Thomas Hinks uns erzählt hat über König Johns Belagerung und wie er einen Gang in die Burg graben ließ? Tja, dies ist der Tunnel, den seine Männer bauten.«

»Das war vor vielen Generationen«, wandte Alys ein. »Wie kann er so lange halten?«

»Eichenbalken halten ewig.«

»Aber er müsste verschüttet und das Gebüsch müsste so dicht geworden sein, dass der Eingang nicht mehr zugänglich ist. Man hat ihn offen gehalten. Oder er wurde erst kürzlich benutzt.«

Joslin sah zu dem Loch in der Erde, dann zurück zur Burg. Nach einem Augenblick des Nachdenkens meinte er: »Es ist nicht überraschend, dass wir den Eingang fanden. Er liegt genau auf der Linie, die ich im Geiste als Markierung zog, um meine Habseligkeiten zu vergraben. Sieh! Die eingebrochene Mauer und die Ecke des Bergfrieds ergeben eine gerade Linie. Die Männer, die den Gang gruben, hielten auf die Ecke vom Bergfried zu, weil sie ihn so zum Einsturz bringen wollten. Deshalb ist der untere Teil der Mauer irgendwann eingebrochen. Genau dort verläuft nämlich der Tunnel.«

»Dann ist er dort also blockiert«, schloss Alys.

»Nicht unbedingt«, gab Joslin zurück. »Natürlich! Der Steinhaufen! Jemand hat den Gang ausgeräumt.«

»Und zwar vor nicht allzu langer Zeit«, ergänzte Alys.

Sie setzten sich ins Gras, um zu überlegen, was das zu bedeuten hatte.

»Also wird der Gang immer noch benutzt«, meinte Alys.

»Wie ist das möglich?«, fragte Joslin. Jetzt fiel ihm wieder ein, was Thomas gesagt hatte. »Die Verteidiger der Burg sahen, was da vor sich ging, und gruben einen Gegentunnel. Sie knobelten aus, in welche Richtung der Gang ihrer Feinde führte und bauten ihren eigenen so, dass sich die beiden trafen. So gelang es ihnen, die Belagerer zu schlagen. Bestimmt hat man die Gänge später aufgefüllt.«
»Es sei denn, jemand wollte sich ein geheimes Fluchtloch erhalten«, sagte Alys.
»Oder einen Weg nach drinnen«, ergänzte Joslin nachdenklich. Er überlegte weiter. »Wenn jemand dafür sorgt, dass der Gang offen bleibt, dann gibt es ganz sicher einen Weg in die Burg hinein.«
»Dann müssen wir ihn finden«, entschied Alys. »Durch den Gang wäre es jedenfalls weniger gefährlich als über das Geröll hinweg.«
Joslin warf einen Blick zur Burg. »Vierzig Schritt bis zur Mauer. Sagen wir noch einmal sechzig zum Bergfried. Der ganze Tunnel kann nicht mehr als hundert Schritt lang sein. Hundert Schritt weit im Dunkeln kriechen, das schaffen wir doch, oder?«
»Ich schon.«
Also machten sie sich auf den Weg. Joslin übernahm die Führung. Zuerst ging es ein Stück weit abwärts, was aber nicht schwierig war. Dann kam ein ebenes Stück. Ohne Vorwarnung wurde der Gang enger und bot kaum mehr Kopffreiheit. Vorsichtig tasteten sie sich von Stützbalken zu Stützbalken. Joslin wurde langsamer. Als die Dunkelheit undurchdringlich wurde, bekam der Gedanke daran, was für eine Strecke noch vor ihnen lag, etwas Niederdrückendes. Hundert Schritt, das schien ihm so weit wie bis

zum Ende der Welt. »Hundert Schritt weit im Dunkeln kriechen, das schaffen wir doch?« Was für eine blöde Frage das gewesen war. Joslin fühlte, wie die Decke auf ihn herabdrückte: Die Tonnen von Erde darüber würden zu viel sein für die dünnen Balken, auch wenn sie aus englischem Eichenholz bestanden. So eingeschlossen hatte er sich nicht einmal im Burgkerker gefühlt. Er versuchte tief Luft zu holen. Die Luft war dünn und übel riechend; er konnte nicht atmen. Eine schreckliche, blinde Angst überspülte ihn wie eine Flutwelle. War er so weit gekommen, nur um jetzt lebendig in sein eigenes Grab zu kriechen? Er hielt an, schnappte nach Luft wie ein sterbender Fisch.

»Was ist los?«, erklang gleich hinter ihm die Stimme von Alys.

»Ich . . . ich . . . kann nicht . . .«

»Beweg dich!« Alys Stimme drang durch seine Angst. »Wage es ja nicht, den Mut zu verlieren! Dies ist die beste Art und Weise, meinen Robin herauszuholen, und wenn du mich jetzt zum Anhalten zwingst, dann gehe ich nach draußen und sorge dafür, dass die Decke einstürzt und dich einschließt. Und dann finde ich Robin auf eigene Faust!«

Beschämt, aber immer noch voller Angst, zwang sich Joslin zum Weiterkriechen. Dieser stockdunkle, enge Gang war das, woraus Alpträume bestanden. Jetzt mussten sie klettern. Joslin spürte, wie ihn überwältigende Hoffnungslosigkeit ergriff.

Doch von hinten kam ein wenig mitfühlendes Kneifen. »Denk dran, was ich dir gesagt habe!«, zischte Alys.

Also schob sich Joslin wieder vorwärts. Dann – Schrecken aller Schrecken – wurde der Gang sogar noch enger. Joslin kroch jetzt über grobes Gestein. Sein Kopf streifte Balken, die hier sogar noch tiefer lagen. Er stellte sich vor, wie eine acht Fuß breite und dreißig Fuß hohe Wand aus Erde und Steinen auf ihn herunterbrach. Er hielt wieder an.

Wieder kam ein Stoß. »Vorwärts!«

Er wusste nicht, wie er es schaffen sollte. Die acht Fuß, die er über Steine kriechen musste, kamen ihm vor wie acht Meilen. Aber schließlich lagen sie hinter ihm, der Gang wurde wieder etwas breiter und Joslin ging es ein wenig besser, weil er wusste, dass sie bald die Hälfte geschafft hatten. Ohne Vorwarnung stieß er auf eine solide Mauer.

»Hier hört der Gang auf!«, flüsterte er. »Wir sitzen fest!«

»Wir sitzen nicht fest!« Alys' Stimme klang ärgerlich in der stickigen Dunkelheit. »Es muss einen Weg geben!«

Joslin befühlte das Hindernis, griff hierhin, dahin. Es war hoffnungslos. Sein Herz hämmerte, die Lungen wollten ihm platzen. Erst jetzt merkte er, wie heiß ihm war, wie glitschig vor Schweiß seine Hände – und der Rest seines Körpers auch.

Er flüsterte: »Ich kann nicht mehr! Ich kann nicht mehr weiter!«

Wieder hörte er Alys' unerbittliche Stimme. »Du bist ein Feigling!«

Er zwang sich zum Nachdenken. »So weit drangen die Belagerer vor«, sagte er schließlich. »Die Verteidiger gruben von innen heraus bis hierher. Als sie sich trafen, kam es zum Kampf.«

Das machte das Ganze noch schlimmer. Sie waren an einem Ort, an dem einst die Leichen jener Männer lagen, die hier nach lautlosem Kampf im stickigen Dunkel einen schrecklichen Tod gefunden hatten. Joslin stöhnte. Ihre Geister schienen drohend aus den Wänden gekrochen zu kommen, um ihn zu ergreifen und mit sich zu nehmen. Er kugelte sich zusammen, um sie abzuwehren.

Alys flüsterte: »Dann finde den anderen Gang!«

Joslin bezwang seine Angst und tastete suchend die Wand ab, die er vor sich hatte. »Hier ist kein Gang!« Wo immer er auch hingriff, eine Öffnung fand er nicht.

»Es hat keinen Zweck«, murmelte er schließlich. »Wir kommen nicht durch.«

Alys ließ ihn eine volle Minute lang auf Antwort warten. Dann kam ein enttäuschtes: »Na gut.«

Er hörte, wie sie rückwärts kroch. Einen Augenblick wartete er, dann zwang er sich ihr zu folgen. Der Rückweg war kein bisschen besser. Als sie schließlich ins blendende Licht hinauskrochen, blinzelnd und in tiefen Zügen die herrliche Luft einatmend, wich Joslins Entsetzen langsam.

»Der Gang der Verteidiger muss eingebrochen sein«, mutmaßte er.

»Aber jemand hat diesen hier leer geräumt«, wandte Alys ein.

»Dann hat er bis jetzt nur den Gang der Belagerer geschafft. Hier kommen wir also nicht durch. Wir müssen durch die Mauerlücke hinein. Aber nicht bei Tag.«

»Wir müssen also warten bis zum Sonnenuntergang«, seufzte Alys ungeduldig. Kaum zu glauben, dass sie gestern Nacht noch so ängstlich gewesen war. »Es sind noch Stunden bis dahin!«

Sie aßen einen Teil ihrer Verpflegung. Joslin sah zum Himmel und sah zu, wie er sich nach und nach bewölkte. Er

hatte etwas über sich selbst erfahren, das er bisher nicht gewusst hatte. Noch immer war er völlig verstört. Alys hatte keine solchen Ängste. Sie ist stärker als ich; sie hat sich zum Anführer gemacht!, dachte er.
Das konnte er nicht einfach so hinnehmen.
»Wir müssen uns überlegen, was wir tun wollen, sobald wir drinnen sind«, sagte er.
»Weißt du das denn nicht?« Alys klang spöttisch. »Ich dachte, du wärst Experte, was Burgen betrifft?«
»Es geht nicht um die Burg«, entgegnete er kühl. »Es geht darum, wie wir das, was wir vorhaben, in die Tat umsetzen wollen.«
»Ganz einfach, wir holen Robin und Gyll heraus.«
»Wir haben noch mehr vor. Auf dem Gemälde sind keine leeren Gesichter mehr. Wenn Roger de Noville ermordet werden soll, dann wird es demnächst geschehen.«
»Aber unsere Annahme hat sich ja nicht bewahrheitet. Die letzten beiden sind keine de Novilles. Der Graf und sein Neffe Francis sind noch einmal davongekommen. Das letzte Opfer bist du! Vergiss nicht« – ihre Worte tönten wie Friedhofsgeläut – «das Gemälde vom Jüngsten Gericht lügt nicht!«
Darauf gab es keine Antwort. Joslin starrte ausdruckslos auf den Steinhaufen.
»Ich glaube immer noch, dass als Nachricht hinter allem steht ›je höher im Rang, desto näher der Hölle‹«, sagte Joslin nach einer Weile. »Wir haben erwartet, dass der vierte Brief Francis beschreiben würde. Aber er tat es nicht; stattdessen ging es um den Priester. Warum?«
»Francis muss der Auftraggeber des Gemäldes sein. Der Mörder.«

»Wie soll das angehen? Er ist ein Schwächling. Er ist zu nichts nütze. Du hast ihn doch erlebt in der Kirche mit seiner hohen Stimme und den Soldaten, die ihn auslachten. Er ist nicht gerade der Hellste.«

»Vielleicht will er nur, dass man ihn so sieht. Vielleicht ist er in Wirklichkeit ganz anders.«

»Warum sollte er diese Männer ermorden?«

»Stephen war der Erbe und nach ihm ginge die Grafschaft auf seine Söhne über. Francis wäre immer im Hintergrund und hätte gar nichts, höchstens er macht eine gute Partie. Und da sehe ich keine große Chance. Welcher Baron würde seine Tochter mit einem jungen Mann verheiraten, der nicht erben wird und den jeder für einen Trottel hält?«

»Du willst also sagen, dass Francis nur noch den Grafen ermorden muss. Dann ist die Grafschaft sein.«

»Und dann könnte er eine gute Heirat machen. Er könnte schließlich einer der mächtigsten Barone des Landes werden.«

»Aber warum seinen Onkel ermorden? Warum nicht auf dessen Tod warten?«

»Vielleicht findet Francis, dass er jetzt genug gelitten hat.«

»Wäre er fähig all die Morde zu begehen?«

»Warum nicht? Diese Leute sind für den Krieg und das Töten ausgebildet. Wie auch immer, du warst ja mit dabei: Könnte es Francis gewesen sein, der Stephens Leiche zur Kirche schleifte?«

Joslin sah die schattenhafte Gestalt mit dem Langbogen noch vor sich und versuchte sie mit dem Mann zu vergleichen, der bei der Verhandlung neben seinem Onkel saß.

Konnten er und der unfähige Anführer in der Kirche derselbe sein? Ja! Warum nicht?
Aber das konnte nur eines bedeuten. »Also haben Wilfred und seine kleine Schar nichts damit zu tun. Die Morde wurden nicht von Bauern verübt, die es auf ihre Herren und Gebieter abgesehen haben.«
»Lust dazu hätten sie möglicherweise schon«, warf Alys ein. »Aber in diesem Fall sind sie es nicht gewesen.«
»Wo mag dann Wilfred stecken? Vergiss nicht, er ist ein freier Mann, der irgendwann die Schänke seiner Eltern erben wird. Diejenigen, die er anführt, sind glücklich über die Morde. Ich habe in jener Nacht nichts gehört, was gegen Wilfreds Täterschaft gesprochen hätte. Ich denke, in Wirklichkeit glauben sie, dass er es war.«
»Warum hat der Graf daran nicht augenblicklich gedacht?«
»Weil er, wenn es um die Franzosen geht, besessen ist. Sobald ich nach Stovenham kam, konnte er an nichts anderes mehr denken. Und solange er von meiner Schuld überzeugt ist, sind es alle anderen auch. Außerdem glaube ich nicht, dass er seine Leibeigenen für fähig hält so etwas zu tun.«
»Seine Besessenheit wird noch sein Tod sein«, sagte Alys ernst. »Er ist nicht für die Wahrheit gewappnet.«
»Was immer die Wahrheit sein mag«, antwortete Joslin und kehrte zur ersten Frage zurück. »Warum Chevington? Warum ich?«
Alys sagte nichts. Aber er sah, wie sie blass wurde; sie schien vor ihm zu schrumpfen. »Was ist denn los?«, fragte er.
»Wer hat diesen Auftrag erteilt?«, hauchte sie voller Angst.

»Francis könnte es gewesen sein. Wilfred vielleicht. Das Geld dafür wird er vermutlich haben.«
»Nein! Verstehst du denn nicht? Es ist keiner von ihnen! Dies alles hat sich kein Mann ausgedacht, keine Frau. Was wir malen, wird Wirklichkeit, weil es so vorherbestimmt ist! Wir können nichts daran ändern – weil es der Wille des Teufels ist! Der Teufel selbst hat den Auftrag erteilt und wir haben das Gold des Teufels akzeptiert. Als wir die Gesichter malten, gehorchten wir dem Befehl des Teufels selbst. Und das letzte Gesicht brauchten wir nicht zu malen, weil der Teufel höchstpersönlich diese Arbeit übernommen hat. Er kam in die Kirche, richtete seinen feurigen Atem auf das Gemälde und da war auch schon dein Gesicht.«
Sie warf sich schluchzend zu Boden. »Wir haben das Werk des Teufels getan und sind Verdammte! Ich habe kein Recht Robin da herauszuholen!«
»Ich glaube das nicht!«, rief Joslin. Ihr plötzlicher Gefühlsumschwung war zu viel für ihn. Am liebsten hätte er sie geschüttelt, um ihr diese Gedanken auszutreiben. Aber als sie sich mit starrem Gesicht von ihm abwandte und leer in die Weite starrte, wusste er, dass sie für seine Worte nicht zugänglich war.
Sie musste sich einfach irren. Andererseits – alles konnte das Werk des Teufels sein. Es wäre so einfach, ihr zu glauben, aufzugeben und zu sagen: »Na gut, du hast gewonnen, Satan! Nimm uns mit dir, damit die Sache ein Ende hat!«
Doch damit hätte es auch mit der Mission ein Ende, die ihm sein Vater aufgetragen hatte.
Joslin setzte sich aufrecht. Nein, niemals! Es gab zu viel zu

tun! Alys musste von diesem neuen Schrecken befreit werden. Er zerbrach sich den Kopf, wie er das bewerkstelligen sollte.

Robin lehnte sich gegen die Kerkerwand. Zwölf Männer drängten sich in dieser grauenhafte Zelle, die sich Joslin und der Dachdecker zuvor geteilt hatten. Hitze und Gestank überwältigten ihn. Keiner hatte Platz sich auszustrecken. Robin hatte seit zwanzig Stunden nicht mehr geschlafen. Seit dem Augenblick seiner Festnahme war es ihm elend ergangen. Keiner hörte auf seine Proteste; er wurde mit den anderen den Hang zum Torhaus hinaufgestoßen, sah beim Hineingehen über sich die Löcher in den Mauervorsprüngen und halb fragte er sich, ob gleich kochendes Pech auf seinen Kopf geschüttet werden würde. Seine Ohren hallten wider von Befehlen, die kein Viehhüter jemals seinen Tieren erteilen würde. Man trieb sie über den Burghof und am Fuß des Bergfrieds die Treppe hinab, wo sie auf zwei Kerkerzellen verteilt wurden. Und dort waren sie immer noch.

Robin war still geblieben, während er Männern zuhörte, die lauthals ihre Freilassung verlangten, die man daraufhin anbrüllte, sie sollten den Mund halten, und die dann murmelnd verkündeten, was sie mit dem Franzosen tun würden, wäre er hier. Doch als es dunkel wurde und kein Licht mehr durch die winzige, mit einem Gitterstab gesicherte Fensteröffnung fiel, verstummten auch sie.

Robin wurde die ganze Nacht von seinen Gedanken gequält. Wie und warum war er in diese Sache hineingeraten? Joslin hatte an allem Schuld. Warum hatten sie sich mit ihm angefreundet? Wäre es nicht ganz einfach, die

Soldaten zu rufen, ihnen zu sagen, er wisse, wo der Franzose sei, Joslin auszuliefern, hier zu verschwinden und mit Alys wieder nach London zu reiten, wo sie hingehörten? Mehr als einmal war er kurz davor, es zu tun.
Doch nein, wie konnte jemand mit Ehrgefühl so etwas denken?
Der neue Tag brachte keine Erleichterung. Ein Kübel Wasser und ein paar Stücke Brot wurden gebracht: Die Männer waren zu matt, um darum zu kämpfen. Der Tag war schon ein gutes Stück weit fortgeschritten, bevor jemand das sagte, was Robin schon ganz zu Anfang erwartet hatte. Ein einfältiges Gesicht, auf dem der Schweiß Streifen gezogen hatte, tauchte plötzlich ganz dicht vor seinem auf. »Du bist ein Fremder! Was tust du hier?«
Der Ruf breitete sich aus. War es ihnen die ganze Zeit über nur halbwegs bewusst gewesen, so war es jetzt plötzlich von größter Wichtigkeit. Männer, die dem Tode nahe zu sein schienen, richteten sich auf und musterten ihn drohend. Robin, der Angst um sein Leben bekam, wich an die Wand zurück und schrie die einzigen Worte hinaus, die ihm einfielen. »Ich bin Robin, Lehrling bei Randolf Waygoode, Meister der Kunstmalerei, aus . . .«
»Hört euch den an!«, rief ein Mann. »Der redet ja ganz anders als wir! Der kommt von weit her!«
»Was hat er hier zu suchen?«, rief ein anderer.
Stille. Robin konnte fast sehen, wie sie gemeinsam denselben gefährlichen und falschen Schluss zogen. »Es ist der Franzose! Wir haben den Franzosen! Bringt den Franzosen um!«
Er wurde umringt und grob gepackt. Er versuchte sich freizukämpfen, doch dann wurde ihm klar, dass hier, in

diesem stinkenden Loch, seine letzte Stunde geschlagen hatte.

Der Tag zog sich hin. Im Westen ballten sich Wolken zusammen gleich einer aufmarschierenden Armee.
Joslin unternahm einen Versuch Alys aus ihrer Lähmung zu reißen. »Wenn Robin hier wäre, würdest du niemals so aufgeben.«
»Sprich nicht von Robin!«, gab sie mit Tränen in den Augen zurück.
»Ich muss! Er ist da drinnen! Er ist auf dich angewiesen!«
»Wir haben des Teufels Arbeit geleistet! Wir sind nicht würdig!«, wiederholte sie.
»Alys!«, schrie ihr Joslin ins Ohr. »Du liebst Robin! Er liebt dich! Das ist nicht die Arbeit des Teufels! Willst du Satan den Sieg davontragen lassen?«
»Wer kann dem Teufel Einhalt gebieten?«, stöhnte Alys.
Und was konnte Alys Einhalt gebieten? Joslin wagte einen verzweifelten Vorstoß.
»Du darfst nicht so reden! Unten, in diesem Gang, warst du stärker als ich! *Ich* war es, der Angst hatte! *Du* musstest die Führung übernehmen!«
Sie wischte sich mit dem Ärmel die Tränen ab. »Meinst du das wirklich?«
»Das weißt du doch selber.«
»Aber das kann nicht sein. Frauen sind das schwächere Geschlecht. So steht es in der Bibel. So hat Gott die Welt erschaffen.«
Joslin holte tief Luft. »Wenn das wahr ist, Alys«, sagte er, »dann hat Gott dich anders gemacht als die Übrigen. Du malst so gut wie jeder ordentliche Lehrling bei einem

Meister der Kunstmalerei; deine Handschrift ist für alle Zeiten auf dem Gemälde festgehalten. Schon das allein bewahrt es davor, ein Werk des Teufels zu sein.«

»Wie meinst du das?«

»Der Teufel konnte nicht vorher wissen, dass du an dem Gemälde arbeiten würdest, also kann er auch jetzt nicht wissen, was du vorhast . . . Wir können ihn besiegen, du und ich!«

Sie sah ihn zweifelnd an.

»Und sollte er schließlich und endlich doch gewinnen, dann haben wir es wenigstens versucht. Wenn dich der Teufel für seine eigenen Zwecke missbraucht hat, dann hast du dafür schon Buße geleistet.«

Mit Erleichterung nahm er die Veränderung in ihrem Gesicht wahr. Er hatte gewonnen.

»Ja«, erwiderte sie leise. »Du hast Recht.«

»Aber dazu wird es nicht kommen. Wir haben irdische Aufgaben. Wir suchen einen irdischen Mörder. Nicht wir sind es, die des Teufels Werk verrichten.«

»Im Augenblick haben wir keine Gelegenheit den Mörder zu finden«, sagte Alys und klang beinahe so entschlossen wie früher. »Wir müssen Robin und Gyll herausholen. Dann müssen wir zusehen, dass wir von Stovenham wegkommen. Vor allem du. Sollen sie ihre Probleme doch selber lösen!«

»Unmöglich«, erwiderte Joslin ernst. »Der Mörder hat zu lange mit mir gespielt, als dass ich ihn ungeschoren davonkommen lassen könnte. Er hat immer gewusst, dass ich hier bin. Er hat meinen Dolch benutzt, um Ralph Stratford zu erstechen. Wenn der Dolch anschließend weg war, so war ich der Einzige, der ihn genommen haben konnte. Also wusste er, dass ich geflohen war. Dass er mein Gesicht auf das Jüngste Gericht malte, ist Teil desselben Spiels. ›Versuch nicht mir zu entkommen, Joslin!‹, sagt er, ›weil es dir niemals gelingen wird!‹ Nun, mir macht er keine Angst.«

Sie aßen den Rest ihrer Nahrung, während die Sonne hinter den geballten Wolkenmassen verschwand. Es war windstill; jetzt schien die Luft hier draußen ebenso stickig wie im unterirdischen Gang. Leise grollte der Donner. Einmal sah Joslin einen fernen Blitz.

»Jemand macht Gott wütend«, meinte er.

Die Dunkelheit sank rasch herab; gleichzeitig erhob sich ein kalter Wind.

»Es ist Zeit«, sagte Joslin.

Alys legte ihm eine Hand auf den Arm. »Pst!«, flüsterte sie. »Still!«

Joslin gehorchte. Da kam jemand.

17

Zwei starke Daumen wurden auf Robins Kehle gepresst. Alles, was er liebte, kam ihm in den Sinn: Alys, Randolfs geschäftige Werkstatt, der Geruch von Leinöl und Farbe, ein Bild, das unter seiner Hand entstand. Sein Blick wurde trüb; seine Kraft schmolz dahin.

Aber eine Stimme brüllte: »Aufhören!« Der Druck ließ nach. Halb bewusstlos sank Robin auf das schmutzige Stroh.

Da war die Stimme wieder. »Das ist nicht der Franzose! Der sieht ganz anders aus! Ihr habt ihn doch auch gesehen. Am Tag von Wilkins Tod. Als wir ihn jagten und uns der Dachdecker in die Quere kam. Das da ist er nicht!«

»Bist du sicher, Jenkin?«

»Ob ich sicher bin? Natürlich bin ich das. Der Franzose hat mich doch angesprochen, als er nach Stovenham kam. Wie könnte ich das vergessen? Der da hat weder sein Gesicht noch seine Stimme.«

Robin sah auf. Sein Kopf wurde klarer. Er sah Gesichter, die auf ihn niederstarrten. Der Besitzer der starken Daumen meldete sich zu Wort. »Ja. Jetzt weiß ich es wieder. Den hier habe ich in der Schänke gesehen. Und doch dünkt mir, dass ich auch das Gesicht des Kerls, den wir mit Wilkin zusammen durch den Ort gejagt haben, inzwischen irgendwo gesehen habe. Ich weiß nur nicht, wo!«

»Du hast Recht«, warf ein anderer ein. »Und dieser Kerl hier ist mit dabei gewesen!«

»In der Schänke!«, rief ein Dritter triumphierend. »Dieses

ungelenke, schlaksige Mädchen. Das war gar kein Mädchen! Das war . . .«

Plötzlich wurden die Gesichter wieder drohend.

»Du hast dem Franzosen geholfen! Du weißt, wo er ist!«

Der Mann mit den starken Daumen griff wieder nach ihm.

»Bring ihn nicht um!«, brüllte jemand. »Holt die Soldaten! Der Verräter muss zum Grafen gebracht werden! Dann lassen sie uns gehen!«

Nun fand Robin seine Sprache wieder. Es war sinnlos, jetzt noch etwas verbergen zu wollen. »Ja«, krächzte er. »Bringt mich zum Grafen! Er ist in Gefahr! Ich kann ihn retten!«

Diesmal warf ihn ein heftiger Schlag gegen den Kopf zurück aufs Stroh. Aber noch während er die Besinnung verlor, hallten laute Rufe nach den Wachen im Kerker wieder.

Joslin und Alys kauerten regungslos da, als die Gestalt, eine dunkle Silhouette, sich näherte.

»Ist das der Mann, der Stephen ermordet hat?«, flüsterte Alys.

»Wenn er es ist, dann hat er jetzt keinen Langbogen bei sich«, antwortete Joslin.

Sie starrten in die Dunkelheit, sahen jedoch nichts, bis Zunder geschlagen wurde für ein kurzes Licht. Nun sahen sie, wie sich die Gestalt zu dem Busch niederbeugte, der den Eingang verbarg.

Eine Sekunde lang glitzerten Augen in der Dunkelheit, ein Wappenrock blitzte kurz auf, ein Harnisch. Dann war beides, Gestalt und Licht, verschwunden, verschluckt von dem unterirdischen Gang.

»Der Tunnel ist also kein Geheimnis«, stellte Alys fest. »Er muss bis ganz hinein führen.«
»Aber wer benutzt ihn?«

Die Soldaten schlugen an die Kerkertür und befahlen sofortige Ruhe. Aber als ein Schrei »Wir haben hier jemand, der den Franzosen kennt!« zu ihnen durchdrang, wurde die Tür geöffnet. Robin, der Strang in der Tür stehen sah, zögerte nicht lange.
»Ich habe Neuigkeiten für den Grafen!«, keuchte er. »Er ist in Gefahr!«

Roger de Noville hatte weder geschlafen noch seine Rüstung abgelegt. Hoffnungslosigkeit hatte sich wie eine erstickende Decke über ihn gesenkt. Die Männer, denen er traute, sie waren jetzt alle weg. Walter Chevington war der Unbedeutendste von ihnen gewesen. Aber ein Geistlicher war nicht ohne Nutzen – und ausgerechnet jetzt hätte er ganz dringend einen Priester gebraucht. Dringender noch als vor der Schlacht von Crécy, dringender sogar als vor Poitiers. Aber Walter Chevington war tot wie die anderen, ermordet von diesem mit den Kräften der Hölle ausgestatteten Franzosen, der in der Nacht zuschlug, der sich wie ein Geist in der Burg bewegen konnte und der es fertig brachte, seinem eigenen Neffen so zu ähneln, dass er ein liebeskrankes Mädchen für seine Zwecke einsetzen konnte. Das waren doch gewisslich die Tücken des Satans selbst.
Nein, es gab keinen mehr, dem er trauen konnte. Sir George Strang? Ein tapferer Mann. Tat, was zu tun war, mit genügend Grausamkeit – aber ihm in delikaten An-

gelegenheiten vertrauen? Niemals. Wenn es ihm zustatten käme, würde er morgen den Wappenrock wechseln. Francis? Weder Mensch noch Tier zu Nutze. Roger de Noville fürchtete um die königlichen Besitzungen in Frankreich, sollte seine Armee eines Tages auf Männer wie Francis angewiesen sein.

Nun gab es nichts mehr zwischen ihm und der Welt da draußen, einer Welt voller Menschen, die ihn hassten – mit gutem Grund, wie er selber nur zu gut wusste. Der Franzose war nahe; er spürte es in seinen Knochen. Er kreiste wie eine Aaskrähe oder wie einer der Geier, die sein Großvater während der Kreuzzüge gesehen hatte. Ein Geier, der im Begriff war, sich herabzustürzen, um ihm, Roger de Noville, das Fleisch von den Knochen zu picken.

Also würde er, abgesehen von Francis, hier ganz allein in seiner Rüstung sitzen bleiben und auf den Franzosen warten. Dann würden sie schon sehen. Sollte es hier in seiner Halle zum Zweikampf kommen, so war er bereit. Ein Franzose – kaum mehr als ein Junge, selbst wenn er vom Teufel besessen war – stellte für einen Helden von Crécy und Poitiers keinen Gegner dar. Er packte den Griff seines Schwertes fester und wartete auf die letzte Begegnung.

Gyll saß, wie so oft jetzt, auf der Türschwelle der Kerkermeisterwohnung. Hier besorgte sie den Haushalt für ihren Vater und pflegte den gebrochenen Mann. Nach der entsetzlichen Vernehmung, während der ihr Stephen, ohne mit der Wimper zu zucken, zugehört hatte, wurde sie nicht hingerichtet, gefoltert oder in den Kerker geworfen. Nein, sie durfte wieder in ihre Unterkunft zurück, man erlaubte ihr jedoch nicht sie wieder zu verlassen. Aufgrund einer Gnade, die ihrer Meinung nach nicht von Roger de Noville kommen konnte, wurde ihr Vater aus dem Kerker geholt und zu ihr gebracht.

Armer Mann. Wozu war er nun noch nütze? Er hatte in seiner Pflicht gefehlt, hatte seinen Stolz eingebüßt, würde sich nie mehr vergeben oder aufrecht der Welt ins Auge blicken können. Gyll hatte ihn beobachtet, wie er Stunde um Stunde auf seiner Matratze lag und mit trüben Augen teilnahmslos vor sich hin starrte. Sie erinnerte sich an den starken, stolzen Mann, der sie ohne Mutter aufgezogen hatte. Und sie trauerte, denn sie wusste, dass sie die Schuld an allem trug.

Aber wenn sie es nicht getan hätte – oder vielmehr, wenn man ihr nicht ermöglicht hätte zu tun, was sie getan hatte, dann hätte man den lieben, guten Joslin aufgehängt. Ganz gleich, was sie sagten, sie wusste, dass er inzwischen meilenweit entfernt war, auf dem Weg nach Wales. Er konnte also nicht der Mörder sein, denn drei weitere Morde waren begangen worden, seit sie ihn im Dunkeln hatte verschwinden sehen.

Aber er war so tot für sie, als hätte er doch noch am Galgen gebaumelt. Sie würde ihn nie mehr wiedersehen. Wusste er, was für Gefühle er ausgelöst hatte, was für einen Schock sein rascher Kuss der Dankbarkeit und des Lebewohls ihr bereitet hatte? Das Wort »vernarrt«, das der Graf benutzt hatte, war näher an der Wahrheit, als ihr lieb war.

Wie lange der Sommer dieses Jahr währte. Doch bald ging er seinem Ende zu, auch wenn es draußen drückend und windstill war. Gelegentlich hörte man Donner. Möglich, dass es am Himmel gleich einen Aufruhr geben würde, der den Aufruhr unten auf der Erde widerspiegelte. Wilkin, Stratford, Stephen und jetzt Chevington tot, niemand wusste, was tun, Soldaten, die in den Ort marschierten und eine klägliche Meute Männer zurückbrachte, die an gar nichts die Schuld trugen. Sie hoffte, dass sich die Gnade, die man ihr erwiesen hatte, auch auf die Geiseln erstrecken würde.

Aber nichts von alledem hatte etwas mit ihr zu tun. Sie war nur eine Zuschauerin, die darüber nachsann, was hätte gewesen sein können, wären die Dinge anders gelaufen.

Jetzt, wo es dunkel geworden war, patrouillierten die Wachen im Fackelschein auf der Burgmauer und über den Burghof. Sie hatten keine Befehle; sie hielten Ausschau nach – ja, nach wem eigentlich? Bevor sie etwas unternehmen konnten, musste erst etwas geschehen.

Gerade als sie das dachte, geschah etwas: ein plötzlicher Lärm vom Kerker her, Strang kam die Treppe des Bergfrieds heruntergestampft und kurz darauf sammelten sich alle Gefolgsleute auf dem Burghof und nahmen Haltung an. Auf ein Wort hin bewegten sie sich rasch und verschwanden, vermutlich, um dem Aufruhr ein Ende zu machen.

Der Burghof war wieder verlassen. Sie blickte mit schwerem Herzen darüber hinweg. Nichts würde je geschehen, um ihr einsames Leben zu stören. Sie würde für ihren Vater sorgen, alt werden, austrocknen und in dieser Burg sterben.

Und dann störte sie doch etwas auf: leise Schritte draußen, zu ihrer Rechten. Sie warf einen Blick um die Tür he-

rum. In dem schwachen Kerzenschein, der aus ihrer Unterkunft fiel, sah sie einen Mann. Er trug Sturmhaube und Kettenhemd, darüber den Waffenrock mit dem viergeteilten Wappen der de Novilles. Als der Lichtschein sein Gesicht traf, schnappte sie nach Luft. Schwindel ergriff sie und fast wäre sie ohnmächtig geworden.
Sie hatte nicht gelogen, als sie erzählte, wer ihr bei Joslins Befreiung geholfen hatte. Stephen de Noville. Sie hatte es in seinem Beisein geschworen und war auch selber fest davon überzeugt.
Doch dann wurde er ermordet, wie die anderen auch.
Aber wie konnte das sein? Denn der Mann, der vor ihr stand, war derselbe Stephen de Noville, von den Toten auferstanden.

Strang hörte zu. Als Robin fertig war, meinte er: »Damit ich dich auch richtig verstehe: Du hast dem Franzosen geholfen, indem du ihn als das Mädchen Geraldine verkleidet hast. Du hast nachts in Cry Ashbourne gewartet und gesehen, wie die Leiche von Stephen de Noville dort von einem unbekannten Mann hinterlassen wurde. Du sagst weiterhin, aus den das Gemälde betreffenden versiegelten Briefen wäre hervorgegangen, dass der Gutsverwalter, der Burgverwalter und dann Stephen de Noville, mein Gebieter, ermordet werden würden.«
»Das habe ich erst begriffen, als es mir Joslin – der Franzose – sagte.«
Strang starrte ihn verächtlich an. »Eigentlich sollte ich dich gleich töten, weil du ein verlogener Lump bist. Aber ich werde Gnade walten lassen. Mein Herr, der Graf, sollte hören, was du da erzählst. Denk daran: Es gibt Folter-

werkzeuge hier und Männer, die fähig und willens sind sie zu benutzen. Sorg dafür, dass man mit ihnen nicht die Wahrheit aus dir herauspressen muss.«

»Wenn der Gang nun doch bis in die Burg hineinführt, dann müssen wir hinter ihm her!«, verkündete Alys.
»Wie denn? Wenn ihn dieser Mann wieder freigelegt hat, dann kennt er ihn ganz genau. Wir kämen nie durch. Wir gehen über die Mauer.«
»Im Gang kämen wir ungesehen nach drinnen.« Alys schien sehr erpicht darauf zu sein, es noch einmal zu probieren. Joslin jedoch war fest entschlossen es nicht einmal in Erwägung zu ziehen.
»Wir müssen rasch handeln. Wir werden das Risiko eingehen, uns durch das Mauerloch nach drinnen zu stehlen.«
»Du hast immer noch Angst!«, höhnte Alys.
Joslin wusste, dass sie Recht hatte, aber mehr noch war er dankbar, dass sie wieder sie selber war.

Die Tür am Ende der Halle öffnete sich. Strang stand dort.
»Mylord?«
»Ja?«
»Einer der Gefangenen scheint zu wissen, wo der Franzose ist.«
Das war für Roger de Noville seit Tagen der erste Lichtblick.
»Bringt ihn zu mir!«, befahl er.
Man schleifte Robin durch die Halle und brachte ihn zu der erhöhten Tafel. Dort stand er zwei Männern gegenüber, beide mit einem Wappenrock bekleidet, auf dem sich Fuchs, Hase, Otter und Aal in heraldischem Spiel

tummelten. Der eine war der junge Ritter, der am Tag zuvor in die Kirche gekommen war. Der andere war eine beeindruckende Erscheinung. Seine Rüstung bestand aus schimmerndem Metall. Helm und Brustplatte funkelten. Ein riesiges Schwert hing an seiner Seite; die Lanze, die er in der rechten Hand hielt, war so groß, dass sich die Spitze im Schatten der Decke zu verlieren schien. Das Visier trug er offen und Robin erblickte ein strenges Gesicht, über das seitlich eine Schwertnarbe herunterlief.

Robin wartete, ohne zu wissen, worauf.

Jetzt sagte der ältere Mann: »Du kennst also den Franzosen?«

»Ja, Mylord.«

»Woher?«

»Mylord, der Franzose ist keines Verbrechens schuldig.«

»Woher kennst du ihn? Gib mir auf der Stelle Antwort, sonst lasse ich dich hängen!«

Vorsichtig krochen sie über rauen Untergrund, bis sie das Gestrüpp erreichten, das die Maueröffnung verdeckte. Mehrmals verharrten sie völlig regungslos, während Wachposten über ihnen auf der Mauer entlanggingen. An der Burgmauer angelangt, hielten sie inne.

»Ich werde nie vergessen, wie mich Gyll hier herausbrachte. Es war wie ein Traum!«, flüsterte Joslin. »Dass ich hier noch einmal durchkriechen würde, hätte ich nie gedacht.«

Sie bahnten sich vorsichtig einen Weg über große und kleine Steine und zu Staub zerfallenem Mörtel, dann pressten sie sich innen gegen die Mauer. Als sie sich umsahen, sank ihnen das Herz.

Der Bergfried schien meilenweit entfernt, unerreichbar

über den flachen, offenen Hof, wo jede Bewegung sofort gesehen werden würde.
»Was für einen Sinn hatte es, hier hereinzukommen?«, flüsterte Alys. »Wir sind schon so gut wie tot!«

»Gyll!«, sagte der Mann, der aussah wie Stephen de Noville. »So treffen wir uns also wieder!«
»Aber Ihr seid doch tot!«, entgegnete Alys mit schwacher Stimme.
Der Mann lächelte. »Sehe ich tot aus? Kann jemand, der zu dir herkommt und mit dir spricht, wie ich es tue, tot sein? Sei vernünftig, Mädchen!«
»Aber Eure Leiche wurde doch zur Burg gebracht!«
»Hast du sie gesehen, kleine Gyll?«
»Nein, Herr.«
»Woher weißt du dann, wessen Leiche es war?«
»Aber der Graf würde doch seinen eigenen Neffen erkennen!«
»Nicht, wenn er halb verrückt ist vor Kummer. Vielleicht wurden ja auch die Gesichtszüge des Toten verstümmelt, wodurch ihn keiner erkennen konnte. Nun, er liegt in der verschlossenen Kapelle, bis der Bischof von Ely Priester schickt, die Messe für ihn zu lesen, also bezweifle ich, dass du dich selber wirst überzeugen können.«
»Aber wer würde so etwas tun?«, rief Gyll.
»Das ist nicht die richtige Frage. Frage dich lieber, warum.«
Gyll betrachtete das harte, strenge Gesicht unter dem grauen Geflecht seiner Panzerhaube – so sehr eine jüngere Version des Grafen, so sehr ein de Noville, mit der Hakennase und den funkelnden Augen.

»Na gut«, sagte sie. »Warum?«
»Alles zu seiner Zeit, Mädchen. Zuerst wirst du mir zustimmen, dass ich dir letzte Woche einen großen Gefallen getan habe.«
»Ja, Herr.«
»Nun, jetzt sollst du mir den Gefallen vergelten. Du sollst etwas tun, was ebenso wichtig ist für mich.«
Während sie wartete, um zu hören, welchen Dienst sie ihm erweisen sollte, sank Gylls Herz immer mehr.

18

Roger de Noville zwang sich zuzuhören, was Robin sagte. Irgendwie war die Geschichte von beeindruckender Überzeugungskraft. Er warf Strang einen Blick zu. »Ist es das, was er Euch erzählt hat?«

»Ja, Mylord.«

»Habt Ihr ihm geglaubt?«

»Es ist nicht an mir, ihm zu glauben oder nicht. Ich erachtete es für richtig, dass Ihr hört, was er zu sagen hat.«

Roger de Noville verbiss sich eine ärgerliche Antwort. Er hatte um Rat gefragt, den er von Stratford erhalten hätte – und auch von Wilkin auf seine ungehobelte, hausbackene Weise. Selbst Chevington hätte sich nicht um einen Ratschlag gedrückt, wie immer er auch geartet gewesen wäre. Und der beste wäre von Stephen gekommen. Dieser Strang war eben nur ein Untergebener, der seine Pflicht tat, ohne einen Gedanken darüber hinaus zu verschwenden. Und was Francis betraf . . . Trotz all seiner Macht fühlte sich der Graf einsam und – er musste es zugeben – schwach.

Er nahm Robin genau in Augenschein. Blondes Haar, blaue Augen; in seinen Adern floss sächsisches und dänisches Blut. Konnte man ihm vertrauen? Seine Vorfahren waren in der Schlacht von Hastings besiegt worden und trugen viele Jahre einen Groll in sich. Waren derartige Gefühle vergessen, da sie ja nun alle Engländer waren? Immerhin hatte dieser junge Mann einem Franzosen geholfen.

»Wie heißt du?«

»Ich bin Robin, Lehrling bei Randolf Waygoode, Meister der Kunstmalerei in Cripplegate, London ...« Es klang wie ein oft geübter Spruch.

Roger de Noville musste an Geoffrey denken, seinen Sohn, als er in diesem Alter gewesen war. Ein junger Knappe, begierig, im Krieg Ehre zu erlangen, bereit, an der Seite des Schwarzen Prinzen zu kämpfen. In den Augen dieses jungen Mannes lag dieselbe Unschuld, was das Leben wohl bringen mochte. Eine Unschuld, die schon bald verloren gehen würde. Ja, er würde diesem jungen Mann vertrauen.

»Robin, ich glaube, du hast gute Neuigkeiten gebracht. Was die Gefahr für mein Leben angeht, so bin ich vorbereitet. Was den Franzosen angeht, so werden wir ihn finden und herbringen. Dann werden wir sehen, was er zu sagen hat.« Er wandte sich an Strang. »Nehmt jeden Mann, den Ihr habt, abgesehen von den Wachposten am Torhaus! Francis wird mit Euch kommen, er ist hier nur von geringem Nutzen. Findet dieses Mädchen Geraldine, wer immer sie auch in Wirklichkeit sei, und bringt sie unverletzt her.«

»Jawohl, Mylord!«, gab Strang zurück, machte auf der Stelle kehrt und verließ von Francis gefolgt die Halle.

Wenigstens konnten sie von hier aus sehen, was auf dem Burghof vor sich ging.

»Die kleine Tür, durch die mich Gyll herausbrachte, ist an der Rückseite des Bergfrieds«, flüsterte Joslin. »Der Haupteingang zum Kerker liegt auf der anderen Seite, dort, wo die Treppe zur großen Halle hinaufführt. Die Nebengebäude mit den Unterkünften des Kerkermeisters liegen gleich dahinter.«

»Damit wissen wir also, wo Robin und Gyll zu finden sind«, bemerkte Alys.

»Zuerst sollten wir uns auf die Suche nach Gyll machen«, schlug Joslin vor. »Sie kann uns sagen, wie die Dinge stehen.«

»Einfacher gesagt als getan«, murmelte Alys. »Einen einzigen Schritt von der Wand weg auf den Burghof hinaus und jeder kann uns sehen.«

Joslins Mut sank. Alys hatte Recht. Sie waren hier eingedrungen – und wofür? Er kam sich völlig nutzlos vor.

Von der anderen Seite des Bergfrieds her erklangen rasche Schritte. Instinktiv pressten sich Alys und Joslin noch enger an die Burgmauer. Fackeln flammten auf; zuerst sahen sie nur einen Lichtschein, dann, als die Fackelträger um die Ecke bogen, konnten sie auch die Gefolgsleute des Grafen erkennen. Weitere Schreie, dann rannten die Männer von Turm und Mauer, Bergfried und Torhaus in den Burghof. Einer lief keine fünf Schritte von ihnen entfernt vorbei. Schon bald mussten sich um die fünfzig Männer formiert haben. Wieder erschallte eine Stimme, dann teilten sie sich in mehrere kleine Abteilungen auf, marschierten durch das Torhaus und waren verschwunden.

Joslin und Alys sahen verblüfft zu. »Nach wem sie wohl diesmal suchen?«, fragte Joslin.

»Wer immer es auch sein mag, jedenfalls haben sie die Burg ohne jede Verteidigung hinterlassen«, antwortete Alys.

»Unmöglich! Roger de Noville bleibt doch nicht ohne Schutz zurück!«

»Jetzt hindert uns nichts mehr daran, auf die Suche nach Robin zu gehen.« Alys klang ungeduldig.
»Warte einen Augenblick! Da ist noch jemand auf dem Burghof unterwegs! Er könnte uns sehen!«
Eine kleine Gestalt kam verstohlen aus der Richtung, wo die Nebengebäude lagen. Ein Mädchen. Ihre Laterne warf genug Licht, um Joslin vor Überraschung und vor Freude nach Luft schnappen zu lassen.
»Gyll!«

Robin hatte erwartet, dass man ihn wieder in den Kerker schaffen würde. Stattdessen bedeutete Roger de Noville den beiden Wachen, die ihn festhielten, zu bleiben. Jetzt, da Strang und Francis weg waren, lag die Halle in gespenstischer, erwartungsvoller Stille. Wappenbanner verschwammen mit den Schatten von Decke und Wänden; es schien, als wäre man umringt von ebendiesen Tieren, von denen Reisende erzählten, die von den äußersten Rändern der Welt zurückgekehrt waren.
Roger de Noville brach die Stille. »Du wartest hier! Du wirst mir sagen, ob jener, den sie bringen, auch wirklich der Franzose ist, nach dem ich suche!«
Robin sagte nichts, stöhnte aber insgeheim. War es ihm vorherbestimmt, in Joslins Gegenwart zum Verräter zu werden?
»Meine Männer werden nicht lange brauchen. Ein unbeholfenes Mädchen namens Geraldine dürfte nicht so schwer einzufangen sein wie ein Franzose, der bei Nacht tötet.« Roger de Noville warf Robin einen durchdringenden Blick zu. »Ah, ich weiß, woran du denkst. Erlaubt es dir dein Ehrgefühl, für das ich Verständnis habe, deinen

neuen Freund von Angesicht zu Angesicht zu verraten? Nun, ich sage dir, dass du es tun wirst, wenn du damit deinen Hals vor der Schlinge rettest. Und falls du es schwierig findest, so haben wir Folterbänke, Gewichte und Daumenschrauben.«
Robin schauderte. Was blieb ihm schon übrig, als zu warten?
»Denn du hast dich von den Ränken eines Franzosen täuschen lassen«, fuhr Roger de Noville fort. »In dieser Halle stand er vor mir und versuchte mir mit seinen Lügen die Stirn zu bieten. Er konnte mich jedoch nicht täuschen, und dass er dich täuschte, mag dich das Leben kosten.«
Sein Gesicht verschloss sich zu einer Maske; es gab nichts mehr zu sagen.

Jetzt, wo keine Soldaten mehr da waren, um sie aufzuhalten, rannten sie los. Gyll hielt entschlossen auf die Stufen zu, die zum Eingang des Bergfrieds hinaufführten. Als Alys und Joslin in ihrer Nähe angekommen waren, blieben sie stehen, dann schlich Joslin verstohlen zum Fuß der Treppe. Erst dort erhob er sich, um laut zu flüstern: »Gyll!«
Gyll blieb stehen und hob die Laterne. Als Joslin in das ihm so lieb gewonnene Elfengesicht blickte, wusste er, dass er recht daran getan hatte, das Risiko einzugehen, hier nach ihr zu suchen.
Auch Gyll sah ein Gesicht, das sie verloren glaubte. Sie wurde nicht ohnmächtig und ließ auch nicht vor Schreck ihre Laterne fallen. Stattdessen sagte sie ruhig: »Ich hätte niemals gedacht, dass ich dich wiedersehen würde! Aber wie ich mich danach sehnte! Doch was tust du hier?«

»Ich bin gekommen, um dich zu retten!«
»Mich braucht man nicht zu retten! Ich bin nicht in Gefahr!«
»Aber ich dachte . . .«
»Ich würde so gern bei dir bleiben, Joslin! Nur geht das jetzt nicht! Ich bin auf einem Botengang, der zu wichtig ist, um aufgeschoben zu werden!«
Joslin wich enttäuscht zurück. »Dann tu, was du tun musst!«
»Aber erst will ich dir noch die guten Neuigkeiten erzählen! Stephen, der Neffe des Grafen, ist überhaupt nicht tot! Er lebt, es geht ihm gut und er ist wieder hier, in der Burg! Ich soll zu meinem Herrn, dem Grafen, gehen, um ihn vorzubereiten. Der Schrecken beim Anblick eines Totgeglaubten könnte zu groß für ihn sein.«
Damit rannte sie die Stufen zu der beleuchteten Tür hinauf, die in die große Halle führte. »Was kann sie damit meinen?«, wollte Joslin verblüfft von Alys wissen. »Es war die Leiche von Stephen, die wir fanden. Ich weiß es ganz sicher!«
»Wie oft hattest du ihn vorher gesehen?«, wollte Alys wissen.
»Zweimal. Einmal bei meiner Festnahme, ein zweites Mal während der Verhandlung.«
»Reicht das, um einen Toten im Dunkeln wiederzuerkennen?«
»Ich weiß, dass es Stephen war! Und der Graf würde doch gewiss seinen eigenen Neffen erkennen?«
Sie schlichen zu der dunklen Ecke zwischen Treppe und Wand. Joslin wirbelte der Kopf. Was konnte das Ganze bedeuten? Hatte Stephen einen Doppelgänger? Hatte er ihn getötet? Oder hatte der Doppelgänger Stephen getötet?

Was auch immer sich abgespielt haben mochte, hatte Gyll Besuch erhalten von dem Mann, den sie in den unterirdischen Gang hatten schlüpfen sehen? War er der Mörder, den sie schon die ganze Zeit suchten? All diese Fragen stieß Joslin hervor, während sie im Dunkeln in ihrer Ecke kauerten.

»Es ist also so«, fasste Alys schließlich zusammen. »Wir haben den Mörder jetzt zweimal gesehen. Wenn er nicht Stephen ist, aber jemand, der ihm ähnlich genug sieht, um Gyll zu täuschen . . .«

». . . im Dunkeln, bei Fackelschein, vergiss das nicht!«, unterbrach Joslin.

». . . dann ist da ein großer Zufall im Spiel oder aber der Mörder ist ein de Noville.«

»Bloß gibt es abgesehen von Francis keine de Novilles mehr«, wandte Joslin ein, doch dann verstummte er. Vielleicht stimmte das ja gar nicht?

»Ich muss nachdenken«, sagte er. »Ich muss mir alles ins Gedächtnis zurückrufen, was in den letzten Tagen passiert ist, alles, was ich erfahren habe.«

Und so, im Dunkeln kauernd, in dem Wissen, dass sein Leben davon abhing, griff er auf sein besonderes Talent zurück, welches ihm ermöglichte, eine Ballade beim ersten Hören zu seiner eigenen zu machen oder sich eine neue Sprache in wenigen Tagen anzueignen. Und nun nutzte er diese Gabe, um sich an alles, was seit seinem ersten Tag in Stovenham gesagt und getan worden war, zu erinnern. Er dachte an den Dachdecker zurück, wie er über diesen elenden Ort und die Missstände hier gesprochen hatte, über den verwitweten und seit Poitiers auch kinderlosen Grafen, über die Burg und wie sich die de Novilles mit ihrem

Ehrgeiz übernommen und sich in den Ruin gestürzt hatten. Die riesige Burganlage stellte gewissermaßen ein Monument ihrer Narrheit dar. Ihm fiel auch wieder ein, wie die de Novilles sich für die falsche Seite entschieden hatten, damals bei den Unruhen während der Herrschaft von Edward II und dem Versuch von Jung-Mortimer und seiner Geliebten, Königin Isabella, sich des Throns zu bemächtigen. Edward III hatte ihnen seitdem nie mehr vertraut – trotz der Dienste, die ihm der Graf erwiesen hatte, trotz der Opfer: die Schwertwunde in Crécy, der gefallene Sohn in Poitiers. Poitiers. Immer wieder tauchte dieser Name auf. Dort hatte der Graf seinen Sohn verloren, auch wenn es eine andere Geschichte gab, die der Dachdecker von einem betrunkenen Soldaten gehört und als Unsinn abgetan hatte. Wie war das gewesen? Joslin versuchte sich das Ganze zurückzuholen. Und dann war da noch Thomas Hinks, ein weiteres Opfer jener gewaltigen Schlacht, Thomas Hinks, der seinen Beinstumpf gerieben und von dem kommenden Jahrestag gesprochen hatte. Dem dreizehnten Jahrestag der Schlacht von Poitiers.

Ja, nun schien alles zusammenzupassen. Es war ihm, als drehe sich in seinem Kopf ein Schlüssel im Schloss.

»Alys!«, flüsterte er. »Ich weiß jetzt, wer der Mörder ist!«

Eine schroffe, raue Stimme erklang aus dem Dunkel.

»Du bist kein Narr, Joslin de Lay! Das hätte ich von Anfang an wissen müssen!«

Die Leute des Grafen hatten noch einmal die Schänke durchsucht. Wirtin Tyb, gegen die Schänkenwand gepresst, war in einem nie gekannten Zustand: völlig verängstigt und in Tränen aufgelöst. Und wütend, doch nicht auf die Soldaten. Auch nicht auf Wilfred, der verschwunden geblieben war. Bloß – wie hatte sie sich so täuschen lassen können von diesen Fremden aus London? Dabei hatte ihr das stille, hässliche Mädchen so Leid getan!

Thomas Hinks war nur deshalb wütend, weil er Soldaten sah, die, wie er fand, ihre Arbeit schlecht machten. »Geschieht euch recht!«, sagte er. »Ihr hättet von Anfang an besser aufpassen sollen!«

Strang und seine Männer stürmten mit leeren Händen und voller Zorn aus der Schänke. Von dort aus marschierten sie zur St.-Josephs-Kirche und durchsuchten jeden Winkel. Sie fanden nur Farben, Schalen und Pinsel. Die Farben und Öle brachten sie nach draußen und kippten sie aus. Die Schalen zerbrachen sie ebenso wie die Pinsel. Dann rissen sie die Tücher von dem Gemälde.

Als sie jedoch das mächtige Panorama von Himmel und Hölle, Auserwählten und Verdammten, Christus, Tod und Teufel vor sich sahen – von ihrem unausweichlichen Schicksal kündend –, da verstummten sie und wichen zurück. Ein angstvolles Murmeln erhob sich unter ihnen.

»Vor einem Gemälde braucht ihr doch keine Angst zu haben!«, rief Strang. »Sucht noch einmal! Wir werden ihn finden, diesen Franzosen! Auf dem Bild ist er der Hölle am nächsten!«

Die Männer, die Joslin für den Mord an Wilkin festgenommen hatten, sahen, dass ihr Hauptmann Recht hatte. Sie fassten neuen Mut und machten sich wieder an die Suche.

»Sir!«, rief einer der Soldaten. »Hier ist etwas Seltsames!«

Er hatte hinter dem Trenngitter zwischen Mittelschiff und

Altar eine Pergamentrolle gefunden. »Da steht etwas geschrieben, aber das hilft mir nicht viel, weil ich nämlich nicht lesen kann!«

Es waren die Auftragspapiere. Strang öffnete sie und las sie rasch durch. Mehrmals sah er zum Jüngsten Gericht empor und verglich Details. Auch die losen Einzelblätter mit trockenem Wachs, wo Siegel gebrochen worden waren, überflog er, dann musterte er jene Gesichter, auf die sie sich bezogen.

Schließlich kam er zum letzten Brief, brach das Siegel und las. Er nahm das Gesicht in Augenschein, das so offensichtlich das des Franzosen war, dann sah er zurück zu den Instruktionen im Brief.

Malt das Gesicht eines Engels, der vom Himmel gefallen ist, um sich zu dem Prinzen der Dunkelheit zu gesellen.

Strang lächelte freudlos, band die Papiere wieder zu einer Rolle, um sie zur Burg zu bringen, dann ließ er seine Männer in Reihe antreten und marschierte mit ihnen davon.

Die Atmosphäre in der Halle war angespannt. Roger de Noville stand regungslos da wie ein Denkmal, die Rüstung funkelnd im Fackellicht. Sein starrer Blick war auf die Tür am anderen Ende gerichtet.

Robin hatte man an die Seite der Halle gezerrt. Die Stille war unerträglich. Keiner wagte auch nur zu husten, während Roger de Noville Minute um Minute wartend dastand, ohne einen einzigen Muskel zu bewegen. So mochte er vor den Schlachten von Crécy oder Poitiers dagestanden haben, dachte Robin, auf die Befehle des Schwarzen Prinzen wartend.

Der Graf schien seine Gedanken zu lesen. Er sagte nur:

»Ich warte auf die Befehle meines Gottes!«, dann versank er wieder in Schweigen.

Die Suchtrupps hatten ihr Bestes getan. Sie waren durch ganz Stovenham geschwärmt und formierten sich nun wieder auf dem Marktplatz. Ihre Suche war ergebnislos gewesen. Die Gruppe, die Francis befehligte, hatte den Franzosen auch nicht gefunden. Das hatte Strang schon vorher gewusst. Der Franzose war weg. Weshalb auch nicht? Nur ein Narr würde bei einem solchen Geschrei und Gezeter nicht das Weite suchen.
Aber der Graf würde sagen, sie hätten versagt. Die Macht des Grafen kam vom König und von Gott, in dieser Reihenfolge. Das war Strang wohl bekannt. Wie sehr wünschte er sich einen einsichtigeren Mann, dem er dienen konnte.

Plötzlich erklangen laute Stimmen an der Tür. Eine war die eines Mädchens.
»Was ist denn dort los?«, fragte Roger de Noville.
Ein Soldat rief: »Es ist die Tochter des Kerkermeisters, Mylord. Sie sagt, sie hätte wichtige Neuigkeiten, die nicht warten können.«
»Es gab schon seltsamere Boten«, gab Roger de Noville zurück. »Bringt sie her!«
Als das Mädchen hergeführt wurde, musterte Robin sie interessiert. Das ist also Gyll, dachte er. Er sah eine zierliche Gestalt, ein zartes Gesicht, unerschrockene graue Augen. Joslin tut gut daran, sie – und das, was sie für ihn getan hat – hochzuhalten. In diesem Gesicht liegen Kraft und Schönheit.

Die klare Stimme war zwar leise, aber vollkommen ruhig, auch wenn das Mädchen innerlich beben musste. »Mylord, ich habe Euch doch erzählt, dass es Euer Neffe Stephen war, der zu mir kam und mich drängte den französischen Gefangenen zu befreien.«

»Ja, so hast du es mir erzählt und ich habe auch nie daran gezweifelt, dass es deine Überzeugung war. Du hättest uns nie so etwas Närrisches ins Gesicht gesagt, wenn du nicht von seiner Richtigkeit überzeugt gewesen wärst. Aber geglaubt habe ich es nicht. Und jetzt ist mein Neffe tot.«

»Nein, Mylord! Er ist nicht tot! Er ist hier in der Burg und hat mich vorausgeschickt! Ich soll Euch auf den Schock vorbereiten, jemanden, der aus dem Grab auferstanden ist, zu sehen.«

Aber wir haben doch die Leiche gefunden, Joslin und ich!, dachte Robin.

Jetzt endlich rührte sich Roger de Noville. Er zog sein Schwert, als wolle er Gyll auf der Stelle niederstrecken. Mit vor Zorn blutrotem Gesicht brüllte er: »Ich habe dir deine anmaßende Torheit einmal verziehen, Mädchen! Aber das, was du jetzt sagst, ist bei weitem närrischer! Und du tust es, um mich zu verhöhnen!«

Wenn ich an ihrer Stelle wäre, würde ich um Gnade bettelnd vor ihm niedersinken, dachte Robin. Aber dieses Mädchen . . .

Gyll sank nicht auf die Knie. »Mylord, was ich sage, ist die Wahrheit!«

»Dann bist du besessen!«, schrie Roger de Noville. »Ich lasse dich in ein Nonnenkloster schicken, damit dir dort die Dämonen ausgetrieben werden!«

»Nein, Mylord!«, widersprach Gyll. »Seht doch!« Sie drehte sich zur Tür. Sämtliche Blicke folgten dem ihren.

Doch dort war niemand.

19

Die Gestalt trat ins Licht der Fackeln, die von der Halle her die Treppenstufen erhellten. Als Joslin das Gesicht erblickte, ergriff ihn kalte Angst. Gyll hatte Recht! Er hatte diesen Mann zweimal lebend gesehen und einmal tot! Vor ihm stand ein Geist! Kettenpanzer, Waffenrock mit dem wohl bekannten vierteiligen Wappen, schmales, zynisches Gesicht, Erbe seiner stolzen normannischen Abstammung – das Gesicht der de Novilles.

Aber Stephen konnte es unmöglich sein. Der war tot, niedergestreckt von einem Pfeil zwischen seinen Schultern. Wie konnte er hier sein, wie konnte er mit Hass und Mord in den Augen immer näher und näher kommen?

»Lauf weg!«, schrie Joslin Alys zu. »In die Halle!«

Alys zögerte keinen Augenblick, rannte zum Fuß der Treppe und die Stufen hinauf. Joslins Gegner fluchte, dann wandte er sich dem Jungen zu und stellte bedauernd und fast freundlich fest: »Sie ist also weg. Auch gut! Sonst hätte ich euch beide getötet. Und das wäre vielleicht töricht gewesen. So werde ich jetzt niemanden töten – nicht einmal, dich, Joslin. Jedenfalls nicht gleich. Denn nun kannst du mir endlich nützlich sein.«

Joslin sah in die funkelnden Augen, betrachtete die dünnen Lippen, und ihm wurde klar, wer dieser Mann sein musste, in dessen Gesicht mehr Grausamkeit lag als in dem von Stephen und mehr Kraft als in dem von Francis.

Er erwartete, dass der Mann zu seinem Schwert greifen

würde. Sein Dolch, der Stolz seines Vaters, war bereit, auch wenn er es mit der eleganten Waffe des anderen nicht aufnehmen konnte. Beide standen regungslos da und starrten sich an.

Joslin war der Erste, der sprach. Es mochte, wie er sich sagte, seine letzte Chance sein. Er konnte nicht sterben, ohne es zu wissen. »Seid Ihr der, von dem ich denke, dass Ihr es seid?«

»Und wer könnte das sein?«

»Ich glaube, Ihr seid . . .«

»Joslin, es interessiert mich nicht, für wen du mich hältst. Die erste Person, die die Wahrheit über mich erfährt, wirst ganz gewiss nicht du sein.«

Jetzt zog der Mann sein Schwert. Joslins Hand fuhr zu seinem Dolch. Doch sein Gegner lachte nur und stieß hart zu. Joslin machte sich auf den Schmerz und das Mysterium des Todes gefasst. Aber der Mann bremste den Stoß; die Spitze seines Schwertes durchbohrte das Wams und ritzte die Haut an seiner Seite. Joslin spürte einen scharfen Schmerz und Blut, das aus der Wunde floss.

Jetzt war die Stimme wieder schroff. »Nur ein winziger Kratzer. Doch wenn ich will, wird es dich durchbohren. Und jetzt beweg dich, solange ich dich noch gebrauchen kann!«

Der Mann stieß Joslin vor sich her. So bewegten sie sich vorwärts, wie es der Mann vorgab, hinten um den Bergfried herum und über den Burghof, dort, wo er am dunkelsten war. Nicht weit von ihnen war die Stelle mit dem Loch in der Mauer.

»Man hat sie niemals in Stand gesetzt«, höhnte der Mann.

»Es müssen schlechte Zeiten in der Burg eingezogen sein!«
Jetzt hatten sie die Mauer erreicht. Hier war sie intakt und ragte über ihnen auf.
»Fast alle Wachen sind weg. Zweifellos unterwegs zu einem fruchtlosen Gang«, meinte der Mann und lachte freudlos. »Vielleicht, um nach dir zu suchen.«
Joslin wusste jetzt, wo der Mann hinwollte. In die Burgmauer eingelassen war eine enge, zu dem großen Turmvorsprung führende Treppe. »Hinauf!«, bellte der Mann. »Hier sind wir außer Sicht und ich kann den Bergfried im Auge behalten!«
Oben im Erker war es kalt. Drei lange, senkrechte Schießscharten schauten nach Westen hinaus. Auf der anderen Seite hatte man einen weiten Blick auf Burghof und Bergfried. So konnte der Mann sehen, was vor sich ging, bevor er sich zu seinem nächsten Schritt entschloss.
»Ausgerechnet an meinem lange ersehnten, lange geplanten Tag dringst du in die Burg ein!«, sagte der Mann jetzt. »Du und deine Freunde, ihr habt mein Vorhaben zunichte gemacht! Du wirst gerade so lange leben, wie ich brauche, um noch mal nachzudenken!«
Joslin gab mutig zurück: »Es mag Euch ja nicht kümmern, ob ich weiß, wer Ihr seid. Aber Ihr werdet es trotzdem erfahren. Ich glaube, Ihr seid Geoffrey de Noville, Sohn des Grafen . . .«
Der Mann lachte. »Und wie, Joslin de Lay, soll das zugehen?«, erkundigte er sich sarkastisch.
»Weil manche sagen, Ihr wärt nicht in Poitiers gefallen, sondern von den Franzosen gefangen genommen wor-

den, ohne jedoch, wie andere englische Adlige, ausgelöst zu werden.«

»Aber wenn das so wäre, wie könnte ich dann hier sein?« Die Stimme war immer noch kalt und misstönend. Und sehr zornig.

»Falls Ihr tatsächlich von den Franzosen gefangen genommen wurdet, dann seid ihr geflohen.« Joslin fiel ein, was der Dachdecker über das Lösegeld gesagt hatte: *Der Graf konnte nicht bezahlen, der König wollte es nicht.* »Nach dreizehn Jahren müsst Ihr wahrlich tot gewesen sein für Euren Vater. So bekam Stovenham einen neuen Erben.«

Jetzt lag kalte Wut in der Stimme. »Wenn sie gewollt hätten, wäre es ihnen durchaus möglich gewesen, Geld aufzutreiben. Die Ländereien hier bringen ordentliche Erträge ein. Die Familie de Noville hat dem König genug Dienste geleistet, damit die alten Schulden beglichen sind. Nein, man hat mich absichtlich in Frankreich gelassen, damit ich dort zu Grunde gehe. Zumindest dachten sie sich das so.«

»Aber Ihr seid geflohen. Und seid zurückgekommen, um zu fordern, was Euer ist.«

»Ich lag niemals im Kerker. Die Franzosen behandelten mich als Edler, der ich bin. Wer sagt, dass sie mich nicht mit französischem Gold nach Hause schickten, damit ich ihnen diente, nachdem sich ja mein eigenes Land von mir losgesagt hatte?«

»Als Spion?«

»So, wie man von dir denkt, dass du einer bist? Möglich. Ich werde es dir nicht sagen. Aber wenn es so wäre, so bekamen meine Auftraggeber nur wenig für ihr Geld. Egal, wie es sich abspielte, jedenfalls war es einfach, zu Fuß die Küste zu erreichen, ein Schiff nach England zu besteigen und dann den rechten Augenblick abzuwarten. Ich musste erst einmal in aller Ruhe nachdenken, wie ich mein Erbe wiedererlangen und Rache nehmen konnte an den Schmarotzern rund um meinen Vater, die ihm rieten mich nicht auszulösen.«

»Und so habt Ihr Euch entschlossen sie zu töten?«

»Was sonst? Landverwalter, Burgverwalter, Erbe, sogar Priester. Ich musste den Weg zu meinem Vater freiräumen.«

»Aber warum habt Ihr mich mit hineingezogen?«

»Hätte ich einen besseren Sündenbock finden können? Ich war gerade in Cry Ashbourne, als du kamst. Ich sah zu, wie du deine Habseligkeiten verstecktest. Und ich hörte dich singen. Ich hörte deine französische Stimme, erkannte, dass du alleine unterwegs bist. Ich wusste, dass sie dir alles anlasten würden – dem Feind in ihrer Mitte, dem man alles Böse zutraut. Hätte ich gewusst, zu was für einer Plage du dich entwickelst, hätte ich dich in Ruhe gelassen.« Er schwieg einen Augenblick, dann fuhr er fort. »Warum bist du nicht verschwunden, als sie dich mit wüstem Geschrei aus der Stadt jagten? Warum hast du die nächste Nacht wieder in Cry Ashbourne verbracht? Warum hast du dich festnehmen lassen? Damit hättest du um ein Haar meinen gesamten Plan zunichte gemacht. Warum hast du dich nicht einfach verdrückt? Das Gerede, in Stovenham schliche ein schwer fassbarer Franzose umher, hätte ausgereicht, um die Leute glauben zu machen, er sei der Mörder und brächte die Leichen seiner Opfer an diesen schrecklichen Platz, wo er Unterschlupf gefunden hatte. Aber nein, du bist im Kerker gelandet und ich musste erst mal deine Flucht bewerkstelligen. Auch an diesem

Punkt hättest du dich in Sicherheit bringen können. Aber du kamst zurück. In Gottes Namen, warum?«

»Das war ich dem Dachdecker schuldig«, erklärte Joslin.

»Wahrlich, von so einem wie dir habe ich noch nie gehört! Ein Franzose mit einem Gewissen!«

»Mit einem größeren als das vieler Engländer, denen ich begegnet bin«, murmelte Joslin.

Stille. Dieser Mann hatte ihn also gleich zu Anfang gesehen und im Auge behalten. Joslin dachte an die erste Nacht zurück – und erinnerte sich an das unheimliche Gefühl beobachtet zu werden.

Er wartete. Da war noch so vieles, was er erfahren wollte.

»Jetzt habe ich dir genug erzählt«, sagte Geoffrey de Noville. »Genug zum Sterben jedenfalls.«

Robin hörte die vernichtenden Worte. »Ich lasse dich in ein Nonnenkloster schicken, damit dir die Dämonen dort ausgetrieben werden!« Selbst von dort, wo er stand, konnte er Gylls Hoffnungslosigkeit fühlen. Er sah zu, wie sie weinend zu Boden sank.

Und dann kam jemand in die Halle gestürmt. Robin erschrak zutiefst. Ihm war, als hätte ihm jemand einen Bolzen vor die Stirn geschossen. Denn es war Alys!

Bevor man sie aufhalten konnte, rannte sie quer durch die Halle und warf sich dem Grafen zu Füßen.

»Mylord!«, keuchte sie. »Draußen lauert Gefahr auf Euch! Ein Mann in Eurem Wappenrock streift mit blankem Schwert durch die Burg! Er ist gekommen Euch zu töten! Er hat Joslin gefangen genommen!«

Roger de Noville klang schrecklich in seiner Wut. »Was hat das zu bedeuten? Bin ich denn umgeben von närri-

schen Mädchen?« Dann brach er ab, als begriffe er erst jetzt, was das Mädchen da gesagt hatte. »Wen hat er gefangen genommen, sagst du?«
»Joslin. Joslin de Lay.«
»Den Franzosen!«, rief der Graf triumphierend. »Der Franzose ist in der Burg! Jetzt haben wir ihn!« Von alldem, was Alys gesagt hatte, war nur das allein zu ihm durchgedrungen. »Meine Burgwachen sind nicht da. Ich werde ihn selber stellen!«

Joslin wusste, dass Geoffrey gerade fieberhaft nachdachte. Die Dinge liefen nicht so, wie er es geplant hatte; er musste retten, was noch zu retten war.
»Ich werde trotzdem noch triumphieren, du wirst sehen!«, verkündete er schließlich. »Ich werde deine Leiche vorweisen! Ich werde den Franzosen getötet und damit die Welt von einem gemeinen Mörder befreit haben. Dann werde ich meinen Vater vielleicht verschonen, meinen Frieden mit ihm machen und als sein rechtmäßiger Erbe leben. Und für all das ist der heutige Tag bestens geeignet. Weißt du, was sich heute jährt?«
Natürlich. Für Thomas Hinks war es der bedeutungsvollste Tag seines Lebens. Genau wie für Geoffrey.
»Die Schlacht von Poitiers«, antwortete Joslin.
»Genau. In der Woche vor dieser Schlacht suchten wir die Franzosen und sie suchten uns. Näher und näher kamen wir uns. Endlich trafen wir aufeinander und dann kam das große Ende. Ebenso war es jetzt. Im Verlauf dieser Woche kam ich dem großen Ende immer näher und näher. Heute nun jährt sich der Tag, an dem man sich an mir versündigt hat, der Tag, an dem sich mein Leben änderte, der Tag,

der wiederkommen muss, um jene heimzusuchen, die mir dieses Unrecht antaten.«
»Gehört dazu auch Euer Vater?«
»Vor allem mein Vater!«

Bevor er die Halle verließ, legte der Graf sorgsam seine Lanze auf den Boden. »Der Franzose verdient es nicht, von der Turnierwaffe des Ritters getötet zu werden!«, verkündete er.
Gyll lief hinter ihm die Stufen hinunter. Alys zögerte und sah zu Robin zurück. Robin merkte, dass die beiden Soldaten, die ihn festhielten, nicht so recht wussten, was sie tun sollten. War es ihre Pflicht, den Gefangenen zu bewachen, oder sollten sie dem Grafen zu Hilfe eilen?
»Ich werde nicht fliehen«, versprach Robin. »Wo sollte ich denn hingehen? Außerdem will ich selbst sehen, was hier geschieht.«
»Geh!«, befahl der eine Wachmann seinem Kameraden. »Ich werde bei ihm bleiben.«
Der zweite Soldat gehorchte auf der Stelle. Der erste folgte langsam, Robin an der Schulter vor sich her stoßend.
Draußen angelangt, sahen sie, wie Roger de Noville – eine beeindruckende Gestalt in vollem Harnisch – über den Burghof schritt. Sie hörten auch seinen hallenden Schrei: »Joslin de Lay! Wo bist du? Jetzt wirst du mir nicht mehr entkommen!«

Auch die beiden oben im Turm vernahmen den Schrei.
»Mein Vater ist unterwegs«, sagte Geoffrey.
Ich sitze in der Falle. Jetzt sind es schon zwei Männer, die

meinen Tod wollen, dachte Joslin. Und beide würden mich töten, ohne mit der Wimper zu zucken.
Was konnte er tun, hilflos wie er war in diesem winzigen Turm, zu dem nur eine enge Treppe emporführte? Er konnte nirgendwohin. Er war von allen Seiten eingeschlossen.
Er warf einen verzweifelten Blick um sich. Hinter ihm lag die mächtige Außenmauer, unterbrochen nur von drei schmalen, senkrechten Schießscharten, nicht mehr als vier Zoll breit, jede mit drei Querschlitzen versehen. Nicht einmal ein Zwerg hätte sich da durchzwängen können. Er sah nach oben. Zinnen. Aber was für einen Sinn hatte es, da hinaufzuspringen? Von der Spitze der aus Steinen und Mörtel bestehenden Burgmauer bis nach unten waren es dreißig Fuß.
Steine und Mörtel. Keine glatte Mauer aus behauenen Steinen, wie in der Burg des Grafen von Treauville. Ein aus der Verzweiflung geborener Gedanke nahm in seinem Kopf Gestalt an.
Geoffrey kauerte mit blankem Schwert an der obersten Stufe der Treppe, die nach unten führte. »Du bist meine Beute, nicht seine! Er wird bald hier oben sein! Dann ist es aus mit dir! Unter seinen Augen werde ich dich töten!« Er lachte rau. »Ich werde als der große Retter auftreten. Ich biete meinem Vater einen Mörder an, des Weiteren den Anblick seines längst verlorenen Sohnes. Wie wird er sich freuen!« Aber in Geoffreys Lachen lag keine Freude. Jetzt veränderte sich seine Stimme. Er sprach zu sich selbst. »Aber das ist nicht richtig. Er darf nicht freudig sterben. Leiden muss er! Er muss erfahren, was er getan hat!«
Ich muss dafür sorgen, dass er weiterredet, überlegte Jos-

lin. Das verschafft mir Zeit einen Ausweg zu suchen. »Wie gut Ihr doch alles geplant habt!«, schmeichelte er. »Wie habt Ihr das nur geschafft?« Und tatsächlich – Geoffrey redete weiter, verlor sich in seinem Stolz darüber, wie raffiniert er doch war.

Joslin befand, dass der richtige Augenblick gekommen war. Schlimmstenfalls würde er so einen schnelleren Tod finden als durch das Schwert seiner Gegner. Er machte einen Satz, griff nach dem mittleren Querschlitz der Schießscharte zu seiner Linken, zog sich nach oben, bis sein Fuß im unteren Querschlitz Halt fand und stemmte sich hoch. Dann, als seine Fußspitze den oberen Querschlitz ertastet hatte, stieß er sich ab und landete zwischen zwei Zinnen oben auf der Mauer.

Geoffrey brach ab, fuhr herum und schrie erbost: »Nein, das wirst du nicht tun!« Er sprang vorwärts, hob sein Schwert und ließ es dort, wo Joslin auf der Mauer kauerte, niederkrachen. Doch Joslin hatte es kommen sehen und war ausgewichen, daher traf es mit einem klirrenden Schlag das Mauerwerk. Funken sprühten. Joslin schluckte, bezähmte seine Angst und ließ sich schnell an der Außenwand der Mauer ab. Mit aller Kraft klammerte er sich mit den Händen oben fest, während seine Füße nach Halt tasteten.

Ja, da zwischen den Steinen und dem Mörtel war eine Vertiefung für seine Füße und auch mit den Händen fand er unsicheren Halt. Langsam schob er sich um den Vorsprung herum. Jetzt stand Geoffrey über ihm auf den Zinnen. Vornübergebeugt versuchte er Joslin am Kopf zu treffen. Joslin duckte sich weg und die Klinge fuhr wie ein riesiger Vogel ganz dicht an seinem Kopf vorbei. Wieder

tastete er mit den Füßen an der Mauer entlang, ließ sich ein paar Zoll weiter ab. Über ihm erschien das wutverzerrte Gesicht Geoffreys. Wieder kam das Schwert herabgefahren, ein leuchtendes Silbermal im Dunkeln. Aber inzwischen war Joslin außer Reichweite.
Er holte tief Luft. Jetzt hing er mit unsicherem Griff in die Mauer gekrallt dreißig Fuß über der Erde. Geoffrey brauchte sich ja nur ein paar Steine besorgen, sie herunterwerfen und ihn so zum Absturz bringen. Nun, erst einmal musste er welche finden. Aber vielleicht lief er jetzt auch die Treppe hinunter und durch das Mauerloch nach draußen, um Joslin unten abzufangen? Nein, das würde er nicht tun, oder? Damit verlöre er jeden Vorteil gegenüber seinem Vater. Von oben hatte er eine gute Sicht und die schmale Treppe konnte er leicht verteidigen, solange ihn die Kraft nicht verließ. Auf ebener Erde wäre er ebenso leicht angreifbar wie Joslin auch.
Also ließ sich Joslin mühsam weiter ab, tiefer und immer tiefer . . . Immer wieder sah er nach oben. Kein Geoffrey war zu sehen. Wie weit war es noch bis nach unten? Konnte er sich schon gefahrlos fallen lassen?
Dann sah er Geoffrey direkt über sich. Er hatte einen Stein von der Art gefunden, wie man ihn für eine Steinschleuder im Verlauf einer Belagerung verwendet hatte. Gerade hob er ihn über den Kopf, machte sich bereit zum Wurf.
Joslin riskierte einen Blick nach unten. Es waren immer noch zehn Fuß. Aber vielleicht war das Gras weich – und kaum zehn Schritt weiter war das Gebüsch, hinter dem sich die Maueröffnung verbarg. Also ließ er los, verspürte einen Augenblick lang Erleichterung in seinen brennenden, blutenden Füßen und Händen, dann einen harten

Aufprall, als er auf federndem Gras auftraf und sich nach rechts abrollen ließ. Keine Handbreit entfernt traf der Stein auf.

Von oben erklang ein schrecklicher Schrei der Wut. Der Kopf verschwand. Gerade war Joslin im Begriff, sich im Gebüsch zu verstecken, als ihm ein Gedanke kam. Geoffrey würde die Maueröffnung im Auge behalten. Er wusste, dass Joslin versuchen würde seinen Freunden beizustehen. Möglich, dass er es für wert befand, den Vorteil, den ihm der Turm bot, einen Augenblick lang aufzugeben.

Joslin überlegte. Bestimmt kostete es Geoffrey so viel Zeit, die Treppe hinunterzulaufen, durch das Loch in der Mauer zu klettern und das Gebüsch nach ihm zu durchsuchen, dass er, Joslin, sich inzwischen in aller Ruhe davonstehlen konnte. Also rappelte er sich auf und rannte wie ein Kaninchen zu dem Steinhaufen und dem Gebüsch, in dem der unterirdische Gang verborgen lag. Dort kauerte er sich nieder und schärfte alle Sinne.

Nein, Geoffrey würde die Burg nicht verlassen. Was also würde er tun? Nein, das war nicht der Weg, dieses Problem anzugehen. Was wollte er, Joslin, tun? Er musste in die Burg zurück. Gyll, Alys und Robin waren dort drinnen. Die durfte er nicht im Stich lassen. Nur wusste Geoffrey das auch. Also würde er nach ihm Ausschau halten, weil er dachte, dass Joslin nur einen einzigen Weg nach drinnen kannte. Doch da irrte er sich.

Joslins Magen wurde zu einem eisigen Klumpen. Geoffrey hatte keine Ahnung, dass er den unterirdischen Gang entdeckt hatte. Um den Freunden in der Burg zu helfen, musste Joslin sich noch einmal in diesen Tunnel wagen, diesmal ganz allein.

Etwas hinter ihm – war es ein leiser Schritt? – ließ ihn herumfahren. Nichts.
Doch, da war etwas! Eine Bewegung! Schwarz vor Schwarz im Dunkeln. Geoffrey war also doch gekommen!, dachte er. Wie hatte er das geschafft? Wieder eine schwache Bewegung. Und noch eine. Das dunkle Gelände war voll von geheimen Aktivitäten. Joslin fühlte unzählige Augen auf sich ruhen, war überzeugt ihr Glitzern zu sehen. Wimmernd kugelte er sich zusammen. Welch neue Schrecken taten sich da vor ihm auf? Waren die Geister von König Johns Mannen durch die Jahrhunderte zurückgekommen, um noch einmal den Versuch zu machen die Burg einzunehmen? Er horchte. Da wurde geflüstert, Leder knirschte, Eisen klimperte: Es waren die Geräusche von Bewaffneten, die verstohlen Richtung Mauer schlichen.
Hinter ihm Phantome mit Waffen, vor ihm die Möglichkeit lebendig begraben zu werden. Aber er hatte keine andere Wahl.

20

Jeder auf dem Burghof hörte das Klirren des Schwertes. Es hallte durch die Burg, als hätte man mit einem Hammer auf einen Amboss geschlagen.
»Das war an der Westseite, Mylord!«, schrie ein Wachmann.
Sie warteten. Stille. Wieder klirrte Stahl auf Stein.
»Das war auf dem Turm über dem Mauerloch!«, meldete derselbe Soldat.
Roger de Noville ging mit großen Schritten in die Richtung, aus der der Lärm kam. Die anderen folgten. Bei der Öffnung in der Wand, hinter der Stufen nach oben führten, hielt er an und rief: »Joslin de Lay, ich weiß, dass du da oben bist! Komm freiwillig herunter, sonst schleifen wir dich tot heraus!«
Keine Antwort.
Sie warteten. Nichts war zu hören.
»Geht hinauf!«, befahl der Graf. »Und bringt ihn herunter!«
»Zu Befehl, mein Herr!«, erwiderte der Wachmann. Dann waren die beiden Männer verschwunden, nur noch ihre dumpfen Schritte waren zu hören. Robin, Alys und Gyll hatten jegliche Hoffnung fahren lassen. Ergeben warteten sie darauf, dass die Soldaten mit Joslin zurückkehrten. Doch da kam von oben ein Ruf: »Der Turm ist leer!«
Joslin zwängte sich durch die Büsche. Kurz darauf verschlang ihn der dunkle Gang. Er wusste ja, was da drinnen auf ihn zukam, doch als sich der Tunnel verengte und er

auf allen vieren kriechen musste, überkam ihn wieder die Angst. Die Zeit stand still. Es gab keine Entfernung, keinen Raum, nur Joslin de Lay in völliger Finsternis. Er versuchte sich vorzustellen, Alys wäre mit dabei, schiebend und ihn kneifend, wenn er anhielt, ihn ob seiner Angst verhöhnend. Aber es nutzte nichts. Er war allein, abgesehen von den Geistern derjenigen, die den Gang vor vielen, vielen Jahren gegraben hatten.

Jetzt kam er bei dem lockeren Geröll an. Er machte sich noch kleiner, kroch auf dem Bauch. Der Gedanke an die mächtige Mauer über ihm, die Treppe, die darin emporführte, den Turm, der sich darüber erhob, ließ ihn anhalten. Er presste das Gesicht gegen das kalte Gestein und wartete darauf, dass sich Risse auftaten, dass alles auf ihn herabbrach, dass ihn mächtige Felsblöcke zermalmten, unter denen er unentdeckt liegen würde, bis Gott alle Seelen auferstehen ließ am Tag des Jüngsten Gerichts. Was würde er sein in Gottes Augen, wenn sein Körper zerquetscht war, unfähig sich zu erheben? Hier, unter diesen Steinen, würde ihn nun die ewige Verdammnis ereilen, während sich Gyll draußen an der frischen Luft befand und sich fragte, wo er nach ihrer flüchtigen Begegnung geblieben war. Auch Alys und Robin waren da oben. Ebenso der Sohn, der zurückgekehrt war, um am Vater Rache zu nehmen.

Irgendwie musste er vorwärts in dieser erstickenden Dunkelheit. Es gelang ihm, tief einzuatmen, dann schob er sich keuchend weiter. Schweiß tränkte seine Kleidung. Schließlich kam er zu der Wand, auf die sie beim ersten Mal gestoßen waren.

Geoffrey kannte einen Durchgang, so viel war klar.

Aber er, Joslin, kannte keinen. Und wie sollte er einen finden?
Jetzt, wo er am tiefsten Punkt der Verzweiflung angekommen war, wo er mit dem Gesicht nach unten dalag und nicht mehr weiterwusste, überfiel ihn eine bittere Erinnerung. Er sah das Deck der *Merchant of Orwell* vor sich. Seinen blutenden, sterbenden Vater. *». . . wenn du in Wales bist, dann halt Ausschau nach der gesegneten St. Ursu. . .« Und dann: »Es gibt nur einen Schlüssel . . . und den hat deine Mutter . . . Finde sie . . . dann wirst du erfahren, weshalb all dies geschah.«* Und seine Antwort, im Moment des Todes: *»Das werde ich, Vater, das werde ich!«*
Und nun war er hier. Seine Reise nach Wales endete tief unter der Erde, während draußen ein Sohn war, gekommen, um an seinem Vater ein ganz anders geartetes Versprechen einzulösen.
Plötzlich ergriff Joslin der Zorn. Wie konnte Geoffrey es wagen zurückzukommen, um sich an seinem Vater zu rächen, wo doch Guillaume, sein eigener Vater, so einen ungerechten, gewaltsamen Tod hatte erleiden müssen? Konnte Gott so einen Hohn zulassen?
Nein, das konnte er nicht. Und das würde er auch nicht. Joslin musste an die sanfte, beruhigende Stimme von Vater Simon denken. »Tu, was dein Gewissen dir gebietet, tu dein Möglichstes, und selbst wenn die Dinge am Ende nicht so sind, wie du sie wolltest, so ist es das, was Gott für das Beste hält.«
Neue Stärke und Entschlusskraft durchströmten Joslin. Sein Körper kribbelte vor Zorn und Energie. Gott würde es nicht für das Beste halten, ihn von der Mauer zermalmen zu lassen. Sie war bisher nicht eingestürzt, also wür-

de sie es auch jetzt nicht tun. Die Schreck erregenden Phantasievorstellungen würden weggehen. Es *musste* einen Durchgang geben!
Vorsichtig erhob er sich. Sein Kopf stieß nicht an einer rauen Decke an. Als er wie beim Blinde-Kuh-Spielen die Hände ausstreckte, trafen sie auf einen Wall aus Lehm und Steinen, der so hoch zu reichen schien, wie er greifen konnte. Würde er darüber klettern müssen? Er holte tief Luft, dann war er bereit. Aber erst einmal tastete er zu seiner Rechten herum – da schlossen sich seine Hände über einer Leiter!
Hoffnungsvoll, mit größter Sorgfalt jede Leitersprosse ertastend, kletterte er empor – zwei Sprossen, drei, vier ... Und dann war er oben angelangt, stand wieder in einem dunklen Gang, doch dieser war geräumig und es gab Luft zum Atmen.

Strang führte die Soldaten durchs Torhaus hinein.
»Sir!«, sagte der Wachposten. »Seltsame Dinge sind geschehen, während Ihr weg gewesen seid. Ihr kommt keinen Augenblick zu früh!«

Also befand sich der Franzose nicht dort oben im Turm, war nicht oben auf der Mauer entlanggerannt und war ganz gewiss nicht die Treppe des Turms heruntergekommen.
»Zum Gebüsch, das die Maueröffnung verbirgt!«, befahl Roger de Noville. »Sucht ihn dort!«

In diesem anderen Gang, dem, den die Burgbewohner damals von innen nach außen gegraben hatten, war die Luft besser. Joslin bebte immer noch vor Zorn. Es war Geoffrey, der alle diese Morde begangen hatte – nicht Stephen, nicht Francis, nicht Wilfred, nicht Vater Simon, was immer Alys auch denken mochte. Und zwar aus Rache dafür, was ihm sein Vater angetan hatte. Dass er seinen Sohn nicht ausgelöst hatte, dass er nach Jahren ohne Nachricht angenommen hatte, er sei tot, und deshalb seinen Neffen zum Erben ernannt hatte, war Grund genug für Geoffrey – ein Verrat, wie er schlimmer nicht hätte sein können. Aber wie hätte der Graf auch wissen sollen, dass sein Sohn noch lebte? Er hatte weder von ihm gehört, noch waren ihm neue Lösegeldforderungen zugegangen. Warum also sollte der Graf seinen Sohn nicht für tot halten?

Doch die ganze Zeit über war Geoffrey in Frankreich unterwegs, bestieg dann ein Schiff nach England und wartete dort ab, bis – nun, bis zum dreizehnten Jahrestag von Poitiers. Einem Unglückstag für manche, vor allem für seinen Vater.

Joslin wusste wohl, welchen Respekt und welch ehrendes Andenken er selbst *seinem* Vater schuldete. War dieser Rachezug die Summe dessen, was Geoffrey dem seinen schuldete?

Er musste jetzt bald am Ende des Ganges angelangt sein. Ja, er hatte es geschafft. Seine Ängste hatten die Macht über ihn verloren. Der Feind der letzten zehn Tage trug nun ein Gesicht, einen Namen. Und doch – etwas stimmte immer noch nicht. War an dem Ganzen noch mehr dran?

Frische Luft, so willkommen wie Nektar, traf sein Gesicht. Joslin griff nach oben. Dort kam sie herein. Ein Riss in der Decke. Hoffnungsvoll begann er dagegen zu drücken – ja, es war eine Steinplatte. Vorsichtig stemmte er sie zur Seite, steckte seinen Kopf hinaus in die wunderbar frische Luft und sah sich um. Er wusste, wo er sich befand – er war dort, wo die Vordertreppe des Bergfrieds mit der Außenwand einen dunklen Winkel bildete. Nun schob er die Steinplatte noch weiter beiseite und hievte sich heraus. Nachdem er sie wieder an Ort und Stelle geschoben hatte, presste er sich flach gegen die Wand. Ihn beschlich das nagende Gefühl, dass ihm sein Feind, auch wenn er ihm diesmal sauber entwischt war, stets näher auf den Fersen gewesen war, als er denken mochte. Möglich, dass er noch weitere Überraschungen für ihn parat hielt. Denn bisher hatte Geoffrey Erstaunliches geleistet. *Er* musste es gewesen sein, der den unterirdischen Gang gefunden hatte. Er hatte ihn wieder freigelegt, hatte loses, herabgefallenes Gestein nach draußen geschafft, die Decke abgestützt, den Eingang für jeden, der vorbeikommen mochte, verborgen gehalten. Joslin schauderte bei dem Gedanken daran, dass Geoffrey Nacht für Nacht dort gewesen sein musste, einsam, zielgerichtet, ja besessen.

Mit einem Mal schnappte Joslin nach Luft vor Entsetzen. Da, keine zehn Schritte entfernt, tauchte plötzlich Geoffrey auf. Aber er blickte in die andere Richtung. Nein, er konnte nicht gesehen haben, dass Joslin ganz in der Nähe war.

Außerdem war er nicht der Einzige auf dem Burghof. Die Soldaten waren zurück und kamen gerade durchs Torhaus marschiert.

Zu Joslins Überraschung ging Geoffrey furchtlos auf sie zu.

Roger de Noville drehte sich Robin zu.

»Wusstest du davon? Wie konnte dieser Sohn des Teufels erneut entkommen?« Seine Stimme bebte vor Zorn. »Diesmal wirst du wirklich am Galgen baumeln, du Schurke! Oder vielleicht werde ich dem Henker die Arbeit abnehmen!«

Alys stieß einen Schrei aus, als er das Schwert hob.

Joslin schob sich vorwärts, damit er alles mitverfolgen konnte. Geoffrey marschierte zur Mitte des Hofes und rief: »Sir George Strang!«
Der Ritter, der den Suchtrupp befehligt hatte, drehte sich zu dem Rufenden um.
»Geoffrey!«, rief er. »Endlich können wir uns zueinander bekennen!«
»Ja, das können wir!«, gab Geoffrey zurück. »Nun hat alle Geheimnistuerei ein Ende!«
Die beiden umarmten sich. Als sie sich wieder voneinander lösten, schrie Strang in die Nacht hinaus. »Stovenham hat seinen wahren Erben wieder!«
Was für ein Verwirrspiel!, dachte Joslin. Geoffrey hatte Strang in das Geheimnis seiner Rückkehr eingeweiht. Wie sicher musste er sich seiner gewesen sein! Und jetzt wusste Joslin auch, warum seine eigene Hinrichtung aufgeschoben worden war – oh, sie hatten schnell reagieren müssen, als Strang merkte, dass er, ohne es zu wissen, Geoffreys Sündenbock festgenommen hatte. Natürlich musste man den auf der Stelle wieder auf freien Fuß setzen. Wer sonst, fragte er sich, hatte mit dem geheimnisvollen Boten aus Burg Hedingham gesprochen, wenn nicht Strang selbst? Keiner, darauf würde er John Hammonds zwei Schilling verwetten.

»Stovenham hat seinen wahren Erben wieder!«
Roger de Noville senkte sein Schwert, als er den Schrei hörte. Dann ging er rasch auf das Torhaus zu, denn von dort war der Schrei gekommen. Alys und Gyll folgten vol-

ler Angst, ebenso wie Robin, dessen zweiter Bewacher inzwischen ebenfalls verschwunden war, um sich an der Suche nach Joslin zu beteiligen. Nur das grelle, flackernde Licht der Fackeln beleuchtete die Szene.

Roger de Noville kam näher. Geoffrey, mit Strang an seiner Seite, wartete auf ihn. Vater und Sohn blickten sich an. Ihr Schweigen schien ewig zu währen.

Dann rief der Graf aus: »Mein Sohn? Geoffrey? Bist du es wirklich?«

»Ja.«

»Dann sei willkommen daheim, mein Sohn und wahrer Erbe!«

Er steckte sein Schwert in die Scheide und ging mit ausgebreiteten Armen auf seinen Sohn zu.

Doch Geoffrey rührte sich nicht.

»Es ist zu spät, Vater! Ich bin nicht heimgekommen, um dich zu umarmen!«

»Was meinst du damit?«

»Alle Pflichten des Sohnes gegenüber dem Vater sind null und nichtig. Du hast mich im Stich gelassen. Du hättest mich freikaufen können, doch du tatest es nicht. Ebenso wenig wie es mein König tat. Ich hätte sterben können, ohne dass es jemand erfahren hätte.«

»Mein Sohn, es geschah nicht, weil ich nicht *wollte!* Ich *konnte* nicht!«

»Ich glaube dir nicht, Vater! Ich glaube, man hat dir geraten es sein zu lassen. Schlechter Rat wurde dir gegeben und du nahmst ihn an.«

»Das stimmt nicht, mein Sohn!«

»Das ist der Grund, warum du jetzt keinen einzigen Ratgeber mehr hast.«

»Was soll das heißen?«

»Wilkin, ein grober Klotz, ein Bauer, der dein Ohr hatte, während bessere Männer ungehört blieben. Stratford, eine hinterhältige, berechnende Krämerseele, dem kein Recht zukam, im Kreis der Adligen zu sprechen. Mein Cousin Stephen, der mich um mein Erbe bringen wollte, sogar der fette Priester Chevington – wo sind sie nun geblieben?«

Roger de Noville starrte seinen Sohn ungläubig an. »Willst du damit sagen, dass *du . . .?«*

»Während du einen Franzosen jagtest, der schwer zu fassen war. Nun, der Franzose ist schon wieder entkommen. Er war sogar für mich zu schlüpfrig.«

»Du!«, keuchte Roger de Noville noch einmal.

Geoffrey lächelte. »Ja, Vater. Ich.«

Ringsum herrschte gespannte Stille, und wie um sicherzustellen, dass sein Vater, bevor er starb, über alles unterrichtet war, fuhr Geoffrey fort: »Es war töricht von dir, die Außenmauer nicht in Stand zu setzen. Doch noch törichter war es, dich nicht zu fragen, warum sie überhaupt eingebrochen ist. Jeder hat König Johns Stollen vergessen. Nun, ich habe daran gedacht. Als ich unerkannt nach Stovenham zurückkehrte, sah ich mich um und überlegte. Dann fand ich nach all diesen Jahren die Gänge und sorgte dafür, dass sie wieder begehbar wurden. Nacht um Nacht arbeitete ich daran, unbemerkt von deinen Soldaten, unbemerkt von dir. Mit der Zeit war es mir dann möglich, in die Burg und wieder herauszuschlüpfen, wann immer ich wollte und ohne dass es einer erfuhr. Abgesehen von meinem guten alten Freund George Strang, dem ich mich zu erkennen gab. Er hätte fast alles ruiniert, indem er den

Franzosen festnahm und dieser um ein Haar am Galgen gebaumelt hätte. Dabei brauchte ich ihn ja noch, weil er den Sündenbock für mich spielte.«

Joslin schnappte nach Luft. Eine ganze Reihe von Gefühlen überkam ihn. Er hatte Recht gehabt. Wenn Geoffrey seinen Verbündeten Strang rechtzeitig davon in Kenntnis hätte setzen können, dass ihm der Franzose als Sündenbock diente, dann hätte er, Joslin, sich von Cry Ashbourne aus auf den Weg nach Wales gemacht und wäre inzwischen meilenweit in der Ferne, während alle nach jemandem suchten, der schon längst über alle Berge war. Ob dann der Dachdecker noch am Leben wäre? Vielleicht. Geoffrey hätte ungehindert seinen Plänen nachgehen können. Aber hätte er, Joslin, das gewollt? Oder wäre es ihm egal gewesen – aus den Augen, aus dem Sinn?

Geoffrey fuhr fort. »Doch dann kam die Zeit der Abrechnung. Für Wilkin musste ich die Burg gar nicht betreten. Ich fand ihn in Hochstimmung vor, weil er einen Dachdecker hatte festnehmen lassen. Er bekam nicht einmal mit, wie sich die Schnur von hinten in der Dunkelheit fest um seinen Hals legte. Ach, wie schwer war doch seine Leiche, die ich bis nach Cry Ashbourne schleifen musste, wo der Franzose war! Stratfords Tod war schwieriger zu bewerkstelligen. Ich musste dafür die Burg betreten. Seine Leiche durch die unterirdischen Gänge zu zerren war nahezu ein Ding der Unmöglichkeit. Aber ich habe es geschafft, so wie ich alles schaffe. Und dann Stephen. Er war wie vom Donner gerührt, als er mich erkannte, und doch wollte er, dass ich ihm die Gänge zeigte und begleitete mich arglos dorthin. Nachdem ich so wortreich über den Verrat meines Vaters und über die Geringschätzung, die der König mir zeigte, redete – und nachdem ich ihm versichert hatte, dass ich nicht *ihn* verantwortlich machte für meine Gefangenschaft, war er überzeugt, er stünde an der Schwelle einer großartigen Enthüllung. Nun, so war es auch. Draußen wurde ihm plötzlich klar, warum ich ihn dorthin gebracht hatte, und ich erledigte ihn sauber mit einem Pfeil im Rücken, da der starke, bewaffnete Ritter wegzurennen versuchte. Also schaffte ich auch ihn nach Cry Ashbourne, als mein Opfer an den Rachegott. Chevington jedoch war keine derartige Mühe wert, auch wenn ihm immer noch größere Bedeutung zukam als Francis, dem Schwächling der Familie.«

Roger de Noville fasste nach dem Griff seines Schwertes. Sein Gesicht fiel zusammen. »Mein Sohn, Nacht für Nacht sah ich den Augenblick unseres Wiedersehens in meinen Träumen! Und jetzt, wo er gekommen ist, ist es ein Wahnsinniger, der vor mir steht!«

Francis, der schweigend neben seinen Onkel getreten war, wiederholte: »Ja, es ist ein Wahnsinniger, der vor uns steht!«

Aber Geoffrey sah nicht einmal zu ihm hin. Sein Blick ruhte auf einem anderen Gesicht.

»Oh! Ich sehe den Boten, der unwissentlich Kunde brachte von meiner Absicht, indem er ein Gemälde vom Jüngsten Gericht schuf. Komm her, Junge!«, rief er Robin zu.

Joslin versuchte seinen Freund durch reine Willenskraft zu zwingen es nicht zu tun. Und als hätte er verstanden, verharrte Robin still.

»George! Bring ihn her!«, befahl Geoffrey nun Strang.

Der gab zwei seiner Männer ein Zeichen. Daraufhin ergriffen sie Robin und zerrten ihn nach vorn. Roger de Noville verfolgte das Ganze mit Entsetzen. »Dazu gab ich nicht den Befehl, Strang!«

»Mein Herr, ich gehorche nun Eurem wahren Erben«, gab Strang kaltblütig zurück. Dem vernichtenden Blick des Grafen hielt er stand.

Nun wandte sich der Graf wieder seinem Sohn zu. »Ein Gemälde vom Jüngsten Gericht? Ich weiß nicht, wovon du sprichst!«

»Hier, in der St.-Josephs-Kirche hängt es, damit ein jeder darauf die Geschichte der letzten Tage lesen kann – falls er so viel Verstand besitzt, hinzugehen und es zu betrachten. Unter anderem zeigt es alle Gesichter der Ermordeten, in der richtigen Reihenfolge. Dabei trägt der Maler gewiss ebenso große Schuld wie der Mörder selbst.« Damit ergriff er Robins Schulter und sah ihm voll ins Gesicht. »Wären sie auch gestorben, wenn du nicht ihre Gesichter gemalt hättest? Du kannst es nicht wissen, oder doch? Vielleicht wirst du es heute Nacht erfahren.«

Robin gab keine Antwort. Joslin hätte am liebsten gerufen: »Lasst ihn in Ruhe! Ich bin es, der Franzose! Nehmt stattdessen mich, wie Ihr es ja von Anfang an wolltet!« Aber dann sah er Alys. Sie hatte die Augen geschlossen, weil sie es nicht über sich brachte, das Ganze mit anzusehen. Würde es etwas ändern, wenn er vortrat, um sich neben Robin zu stellen? Natürlich nicht.

Er betrachtete auch Gyll, die dem Geschehen wie in Trance folgte. Auch sie überlegte. Dieser Mann war als Stephen zu ihr gekommen – und er war ihm auch so ähnlich, dass es verzeihlich war, wenn sie ihm geglaubt hatte. Doch gleichzeitig war ihr klar, dass sie den Folgen ihres Tuns nur mit bangem Herzen entgegensehen konnte.

Roger de Noville ließ seinen Blick verblüfft von einem Gesicht zum nächsten wandern. Alles war seiner Kontrolle entglitten. Nur seinem König hatte er sich jemals gebeugt. Dass ihn sein Sohn herausforderte, zusammen mit einem Ritter, der Gehorsam geschworen hatte, war neu und erschreckend. Damit musste es ein Ende haben. Doch lag da etwas in Strangs Gesicht, das ihm nicht gefiel. Etwas, das er tief in seinem Inneren schon immer geahnt hatte.

»Gebt mir den Jungen zurück!«, befahl er.

»Ja, gebt den Jungen zurück!«, plapperte Francis nach. Unvermittelt machte er mit gezogenem Schwert einen Satz nach vorn, um sich vor Strang aufzubauen. Der sah mit kalter Verachtung auf ihn herab.

»Lass dein Schwert in der Scheide, George!«, befahl Geoffrey. »Dieses Blut ist es nicht wert, deine Waffe zu beschmutzen.«

»Komm zurück, Francis!« Roger de Noville klang müde. »Du richtest nichts aus!« Aber Francis rührte sich nicht. Strang musterte ihn immer noch mit steinernem Gesicht.

»Gebt mir den Jungen zurück!«, wiederholte Francis de Noville.

An den Grafen gewandt, sprach Strang nun mit der kaltblütigen Unverschämtheit dessen, der wusste, wo sein Vorteil lag. »Herr, Euer Sohn wird schon bald der neue Graf sein. Ich erweise ihm schon jetzt meine Treue!«

Roger de Noville antwortete nicht; ein derartiger Verrat verdiente keine Antwort. Aber die Hand auf seinem Schwert griff noch fester zu.

»Dir den Jungen zurückzugeben wäre nicht richtig, Vater«, erklärte Geoffrey jetzt. »Als Maler des Jüngsten Gerichts ist er ebenso verantwortlich für alles wie ich. Er ist also mein, du wirst ihn mir nicht wegnehmen.«

Joslin wurde klar, dass sich die ganze Lage in einem einzigen Augenblick verändert hatte. Der Graf stand herausfordernd neben Gyll und Alys, den einzigen Verbündeten, die er noch zu haben schien. Francis stand mit blankem Schwert unnütz herum, denn er hatte nicht den Mut, um das, was er begonnen hatte, zu Ende zu bringen. Ihm gegenüber stand Geoffrey mit seinen Gefolgsleuten. Möglich, dass es zu einem blutigen Kampf kam. Vielleicht begann es damit, dass Robin durch Geoffreys Hand für das Verbrechen bestraft wurde, dessen er ihn schuldig befand.

Was sollte er, Joslin, nur tun? Sollte er sich zum Grafen und den Mädchen stellen? Und mit ihnen sterben? Oder zu Robin hinlaufen, um an seiner Seite den Tod zu finden? Denn der Tod war ihm gewiss – und damit würde er Geoffrey seinen größten Triumph bereiten.

Mit wie viel Zielstrebigkeit Geoffrey doch jedes Detail seines Planes verfolgt hatte! Wie er jede sich bietende Gelegenheit ergriffen hatte! Welches Glück er doch gehabt hatte, sich ausgerechnet in Cry Ashbourne zu verstecken und so unverhofft auf den perfekten Sündenbock zu stoßen! Mit welcher Beharrlichkeit er ihm, Joslin, gefolgt war und damit um jeden seiner Schritte wusste! Wie gerissen musste er sein, um die ganze Zeit über unsichtbar zu bleiben!

Joslin fasste einen Entschluss. Vielleicht würde Geoffrey Robin verschonen, wenn er einen Besseren hatte. Jemand, dessen Tod er von Anfang an beschlossen hatte.

Da erhob Roger de Noville seine Stimme. »Verschone den Jungen! Dein letztes Opfer bin doch ich! Ich erwarte nichts mehr vom Leben. Ich hege nicht den Wunsch, in einer Welt zu verweilen, wo es solchen Verrat gibt.«
»Nein, Vater. Du wirst weiterleben und Graf bleiben. Aber die Macht werde *ich* haben, nachdem Strang und die Männer jetzt *mir* die Treue schenken. Ihr werdet meine Gefangenen sein, du und Francis.« An Strang gewandt, fuhr er fort: »Wie ich sehe, hast du ein Schriftstück in der Hand. Worum handelt es sich?«
»Das sind die Anweisungen für das Gemälde vom Jüngsten Gericht, Mylord!«
»Oh!«, höhnte Geoffrey. »Mir kommt da ein Einfall! Sollte das letzte noch zu malende Gesicht deines sein, Vater, dann ist dein Leben verwirkt. Das Jüngste Gericht lügt nicht. Also können wir glücklich als Vater und Sohn zusammenleben, solange ich Lust dazu habe – vorausgesetzt, das Jüngste Gericht sagt, dass es so sein wird. Ich frage mich, wie die Anweisungen für das letzte Gesicht lauten mögen.«
Joslin sah, wie Geoffrey das Katz- und Mausspiel genoss. Auf seinen Zügen lag dasselbe bösartige Lächeln wie auf denen der Teufel vom Jüngsten Gericht. Ob der Graf, dieser stolze Mann, jemals einwilligen konnte, unter demselben Dach zu leben wie dieser geständige Mörder?
Inzwischen hatte Strang den letzten Brief gefunden. Er hielt ihn hoch und las laut vor: »Malt das Gesicht eines Engels, der vom Himmel gefallen ist, um sich zum Prinzen der Dunkelheit zu gesellen.«
»Ich frage mich«, sagte Geoffrey, »was das zu bedeuten hat. Wer immer das sein mag, er ist der Letzte, der ster-

ben wird. Das Jüngste Gericht kann nicht lügen, wie ich schon sagte. Ist es dieser junge Mann?« Er stieß Robin vorwärts. »Seht sein ehrliches, unschuldiges Gesicht! Das Gesicht eines Engels! Aber seht auch, was seine Hände geschaffen haben. Unter seinem Pinsel wurden Menschen dem Tod überantwortet. Wie kann jemand mit einer solchen Last leben? O ja, seht doch, wie tief er gefallen ist!«

Nein, nicht Robin!, dachte Joslin voller Angst.

»Oder ist es doch mein Vater? Schon vom ersten Atemzug an war er ein Engel für mich: Meine Bewunderung, mein Respekt, mein Pflichtgefühl ihm gegenüber waren grenzenlos. Doch dann, Vater, hast du mich meinen Feinden überlassen, weshalb du nun vom Himmel bis hinunter in die tiefste Höllengrube fährst. Denn du hast getan, was kein Vater tun sollte. Deshalb bist vielleicht du es, der sterben wird.«

»Wenn es so ist, dann tu es jetzt!«, befahl Roger de Noville.

Aber es ist weder der eine noch der andere, dachte Joslin.

Und gerade als ihm dieser Gedanke kam, geschah etwas Unerwartetes. Jenseits der Gruppe bewegte sich etwas. Dunkle Umrisse tauchten rundum auf. Lautlose Gestalten kamen von Mauer und Turm herunter, um sich ringsum zu postieren. König Johns Geisterarmee ist eingetroffen, dachte er.

Der Zeitpunkt war gekommen. Joslin lief ins Licht der Fackeln hinaus und schrie: »Es ist keiner von den beiden, Geoffrey! Wenn das Jüngste Gericht nicht lügen kann, so bin ich es! Ihr wisst genau, wessen Gesicht zu dem letzten Körper gehört! Lasst die anderen gehen! Ich bin es, nach dem jeder sucht!«

Joslins Auftauchen schien sogar Geoffrey zu überraschen. Doch nur einen Augenblick lang. Dann rief er: »Ja, auch du bist ein gefallener Engel. Ich habe dich von weitem singen hören wie ein Engel – und doch bist du durchs Dorf geschlichen, um zu töten wie eine Schlange in der Nacht. Jedenfalls sagt man so. Ja, auch du wirst sterben. Ergreift ihn!«

Aber Joslin wartete nicht ab, bis man ihn ergriff. Nein, er schritt geradewegs auf Geoffrey zu. »Wir haben keinerlei Aussicht Euch zu entkommen«, sagte er. »Also tötet uns alle!«

Im selben Augenblick, gänzlich unerwartet, kam ein Schrei von Francis. »Na los, Geoffrey, warum nicht? Meine Treue gilt meinem Onkel und das wird sich auch niemals ändern. Also strecke mich nieder, gleich jetzt!« Schwer atmend stand er direkt vor Geoffrey.

»Tretet zurück, Francis!«, rief Strang.

Aber Francis blieb stehen und fuhr fort. »Ich habe ihn niemals gekannt, diesen Mann, der da so plötzlich unter uns aufgetaucht ist. Ich war erst sechs, als er in den Krieg zog. Und ich will nicht, dass er jetzt wiederkommt! Er hat meinen Bruder ermordet!« Damit wandte er sich ganz ruhig den Soldaten zu. »Männer! Wenn ihr wisst, wem eure Treue und euer Pflichtgefühl in Wahrheit gebühren, dann kommt her zu mir!«

Unter den Soldaten kam Gemurmel auf. »Ihr rührt euch nicht vom Fleck . . .!«, setzte Strang an.

Zu spät. Erst löste sich einer aus der Reihe, um neben Francis zu treten, dann ein zweiter. Drei Minuten später standen sich zwei ungefähr gleich große Gruppen gegenüber.

»Dafür werdet Ihr sterben, Francis!«, schrie Strang.
Aber Geoffrey blieb ruhig. »Kommt zurück, Männer!«, sagte er. »Befiehl es ihnen, Vater! Du kannst doch sicherlich nicht wollen, dass dieser Schwächling Graf wird!«
»Kein Befehl wird über meine Lippen kommen!«, entgegnete Roger de Noville.
»Dann beginnt jetzt das Sterben!«
Und vor ihren entsetzten Gesichtern zog Geoffrey sein Schwert und packte Robin an der Schulter. Mit der Beiläufigkeit, mit der man ein Insekt tötet, stieß er zu. Das Schwert fuhr schimmernd durch die Luft und durchbohrte Robins Brust. Noch während er ohne einen einzigen Laut zu Boden stürzte, zog Geoffrey seine Waffe wieder heraus. Eine Blutlache bildete sich. Robin war tot.
Auch Alys sank zu Boden. Ihre Schultern zuckten, aber noch kamen keine Tränen.
Francis trat entsetzt zurück. Roger de Noville wurde plötzlich aktiv. »Aus dem Weg, Junge!«, schrie er und stieß Joslin beiseite.
Geoffrey wirbelte herum. »Noch einer?«, sagte er mit fast freundlich klingender Stimme und griff auf dieselbe Weise nach Joslins Schulter. Joslin sah Augen, in denen der blanke Hass funkelte. Er sah noch etwas anderes, etwas, was einfach nicht sein konnte. Er zog ungläubig die Luft ein. Aber was für einen Unterschied machte es schon? Dies würde die letzte Entdeckung sein, die er hier auf Erden machte, und einbringen würde sie ihm rein gar nichts. Ohne Hoffnung darauf, ihn benutzen zu können, zückte er seinen Dolch, um sich diesem ungleichen Duell zu stellen.

Aber ein zweites Mal entging er in Burg Stovenham knapp dem Tod. Plötzlich veränderte sich das Gesicht vor ihm, wurde weicher, die Augen weiteten sich vor Überraschung, der Mund formte ein O, und dann fiel Geoffrey langsam zu Boden, blieb zu Joslins Füßen liegen, zuckte.

Unter dem verrutschten Helm zeigte sich eine Strähne schwarzen Haars. Oben am Kopf kam eine kahle runde Stelle zum Vorschein, die Tonsur eines Mönchs . . .

Sir Roger de Noville stand über Geoffreys Leiche und Tränen strömten ihm übers Gesicht hinab. »Ich habe meinen Sohn wiedergesehen!«, schrie er hinaus. »Und dann habe ich ihn getötet!«

Geoffrey sah zu seinem Vater empor. Dann drehte er den Kopf weg. Mit leiser, klangvoller Stimme, die völlig anders war als das misstönende Krächzen, mit dem er bisher gesprochen hatte, sprach er an Joslin gerichtet nun Worte, bei denen sich dessen Nackenhaare vor Entsetzen sträubten: »Joslin, vergiss nicht: *Tu, was dein Gewissen dir gebietet, tu dein Möglichstes, und selbst wenn die Dinge am Ende nicht so sind, wie du sie wolltest, so ist es doch das, was Gott für das Beste hält.* Diese Worte waren ebenso für mich wie für dich gedacht.«

Und dann war er tot. Joslin blieb mit dem Gefühl zurück, dass die ganze Welt auf dem Kopf stand und es nichts mehr gab, auf das man vertrauen konnte.

Die ganze Zeit über hatte die bewaffnete Schar, die sich ringsum versammelt hatte, zugesehen, als wäre es ihnen ganz recht, dass ihre Feinde sich untereinander töteten. Wie auf Befehl zogen sie ihren Kreis aber nun enger. Einer, mit Kurzschwert und Langbogen bewaffnet, trat vor.

Im flackernden Licht der Fackeln sah Joslin, wer es war. Kein Geist aus König Johns Heer, sondern Wilfred.
»Wir kommen, um unsere Brüder zu holen, die man grundlos aus dem Ort verschleppt und in den Kerker geworfen hat!«, rief er. »Ich habe in den umliegenden Dörfern nach Männern gesucht, die einst an der Seite des Königs kämpften. Und ich bekam eine Schar zusammen, mit der nicht zu spaßen ist. Also werdet Ihr uns zuhören. Wir fordern nicht mehr, als uns zusteht, und wenn es sein muss, werden wir dafür sterben.«
Francis war nun der Einzige, der ihm darauf eine Antwort geben konnte. Er reckte die Schultern, wodurch er plötzlich größer wirkte als zuvor – es war, als wäre er wie Wilfred aus dem Schatten aufgetaucht. »Ich bin der Erbe der Grafschaft Stovenham!«, entgegnete er mit einer Stimme, in der Autorität lag. »Und ich sage, dass ihr haben sollt, wofür ihr kamt, und das mit Freuden!«

21

Robins Tod hatte in Joslin jeglichen Wunsch erstickt, seinen Weg nach Wales wieder aufzunehmen. Er konnte Alys doch nicht alleine lassen!

Nachdem sich das heillose Durcheinander in der Burg gelegt hatte, wurden die Leichen fortgeschafft, dann befreite Wilfreds Trupp die Geiseln aus den Verliesen. Auf Francis' Befehl hin warf man stattdessen Strang in den Kerker. Für Robin übernahm Roger de Noville stellvertretend die Pflichten eines Vaters und ließ seine Leiche neben der seines Sohnes in der Kapelle aufbahren, in Erwartung eines neuen Priesters, der die beiden ordentlich beerdigen würde. Dann zog Roger de Noville sich zurück und wollte nicht mehr gestört werden.

Gyll und Joslin wechselten keine Worte. Sie berührten sich kurz an den Händen, dann musste Gyll weg, um ihren Vater zu versorgen.

Joslin brachte Alys in die Schänke, wo sich Wirtin Tyb um sie kümmerte, als wäre es ihre eigene Tochter. Der Tag, an dem Alys und Robin nach London hätten zurückkehren sollen, kam und ging. Alys war zutiefst in ihren Kummer versunken und keiner mochte sie stören.

Wilfred kehrte so unbekümmert wieder ins Brauhaus zurück, als wäre nichts geschehen. Gleich am ersten Tag nach den Ereignissen auf der Burg sprach Joslin ihn an.

»Wilfred, du wusstest sofort, wer hinter meiner Verkleidung als Geraldine steckte. Warum hast du mich eigentlich nicht auf der Stelle verraten?«

»Warum sollte ich jemand verraten, der ebenso sehr gegen die englischen Barone eingenommen ist wie ich?«, gab Wilfred zurück.

»Ich bin dir in jener Nacht gefolgt und hörte dich in den Stallungen reden«, sagte Joslin. »Ich dachte, du wärst der Mörder.«

»Was gar nicht so abwegig war«, sagte Wilfred. »Es gibt so manche, die dazu bereit gewesen wären. Doch sehen mich viele von hier als ihren Anführer. Und ich sagte: Wartet! Der Tag wird kommen, wo sich die Bauern nicht nur in Stovenham, sondern im ganzen Land erheben werden. Wir warten auf einen wahren Anführer.«

»Warum solltest du es nicht sein?«

»Ich? Ich bin nur der hiesige Braumeister.«

Nicht nur, dachte Joslin. Wem sonst wäre es gelungen, so viele Männer um sich zu versammeln, die willens waren in die Burg einzudringen und Kopf und Kragen zu riskieren?

»Die Dinge werden sich bessern, wenn Francis Graf ist, meinst du nicht?«

»Vielleicht, Joslin. Vielleicht auch nicht. Eines ist aber sicher. Es wird nicht Vater Simon sein, der die Bauern anführt oder die Stelle des Grafen einnimmt.«

Joslin verstummte. Er konnte immer noch nicht richtig fassen, wer da in Wirklichkeit unter der Mönchskutte gesteckt hatte.

»Soll ich dir was verraten?«, fuhr Wilfred fort. »Wäre Geoffrey Graf geworden, dann wäre mein Leben keinen Pfifferling mehr wert gewesen.«

»Warum nicht?«

»Im selben Augenblick, wo ich diese Tonsur unter dem Helm sah, da wusste ich Bescheid. Er hatte sich in jener

Nacht in den Ställen zu uns gesellt und wir nahmen ihn als das, wofür wir ihn hielten, ebenso wie es alle im Ort taten. Doch erst, als ich ihn tot sah, wusste ich, was er wirklich hatte sagen wollen in jener Predigt, die er uns auf dem Marktplatz hielt und bei der jedermann an seinen Lippen hing.«

Joslin erinnerte sich noch gut an Vater Simons Worte und was er hatte sagen wollen, war doch offensichtlich. »Ich weiß nicht, was du meinst.«

»Denk darüber nach. Seit jener Nacht im Stall wusste er, dass mich die Leute als ihren Anführer betrachten. Und wie hat er es in seiner Predigt ausgedrückt? Gebt euch mit dem zufrieden, was ihr habt und wartet auf eine Belohnung im Himmel? Vielleicht. Aber was er in Wirklichkeit meinte, war: ›Ich kenne dich, Wilfred Hinks, und wenn ich Graf bin, dann ist es aus mit dir!‹ Es war eine Nachricht an *mich*, Joslin, und erst jetzt verstehe ich sie.«

Der Bischof schickte einen neuen Priester, der am dritten Tag eintraf. Alys sprach mit ihm und bezahlte für eine Totenmesse und ein ordentliches Begräbnis auf dem Kirchhof. Während sie mit Joslin, Wirtin Tyb, Thomas Hinks und Wilfred an Robins Grab stand, schien sie aus dem Wissen heraus, dass alles ordentlich erledigt wurde, Kraft zu schöpfen. Als sie nach dem Begräbnis aufbrachen, flüsterte sie Joslin zu: »Ich werde bald noch einmal herkommen. Mit Randolf.«

Am vierten Tag erklärte sie mit wiedergewonnener Entschlossenheit: »Ich muss nach Hause.«

»Alleine kannst du nicht reisen«, gab Joslin zurück, dann fasste er einen Entschluss. »Ich werde Robins Pferd nehmen und dich begleiten.«

»Aber du wolltest doch nach Wales . . .«

»Ich kann von London aus weiterziehen. Vielleicht sind die westwärts aus der Stadt des Königs führenden Straßen besser.«

»Dann brechen wir morgen auf.«

Später an diesem Tag ging Joslin zur Burg, wo ihn die Wachen am Torhaus anstandslos einließen. Diesmal war es Joslin ganz anders zu Mute als beim ersten Durchqueren des Tores. Er hielt auf die Unterkunft des Kerkermeisters zu, wo er wie erwartet Gyll vorfand.

Es war das erste Mal, dass er sie im Tageslicht und in Ruhe betrachten konnte. Und was sah er? Ein kleines, herzförmiges Gesicht, graue Augen, schlanke Gestalt . . . Ihm wurde warm ums Herz bei dem Gedanken daran, was sie alles für ihn getan hatte. Dass ein Mörder sie für seine Zwecke benutzte, hatte sie ja nicht wissen können. Auch der Gedanke daran, was draußen vor der Burg geschehen war, bevor sie ihn wegstieß ins Dunkel, ließ sein Herz schneller schlagen. Seine Küsse waren nicht nur aus der Freude und der Dankbarkeit geboren, nein, in Wirklichkeit . . .

»Ich darf meinen Vater nicht lange allein lassen«, sagte Gyll nun.

Sie sahen sich verlegen an.

»Was tut sich so in der Burg?«, wollte Joslin wissen.

»Ob Strang leben oder sterben wird, hängt ganz von der Entscheidung des Grafen ab«, antwortete Gyll. »Aber ansonsten hat Francis jetzt das Sagen.«

»Und was hört man vom Grafen?«

»Gar nichts.«

Gyll wusste nichts von der Entscheidung, die Roger de Noville genau in diesem Augenblick traf, während er alleine in seinen Gemächern saß.
Francis war nun sein Erbe. In jenen letzten Momenten hatte er aufrecht und ehrenhaft seinen Mann gestanden. Es war nicht seine Schuld, dass er sein ganzes Leben lang im Hintergrund gelebt hatte. Sollte er nun übernehmen. Vielleicht wandelten sich die Zeiten, vielleicht sollte sich das Grafentum ebenfalls wandeln. Francis war der rechte Mann dafür. Die Tage der alten normannischen Kriegsherren waren vorüber.
Und er selbst? Er würde demütig ins Kloster gehen, die Gelübde ablegen und wie der niedrigste Novize werden. Denn es gab keine Buße, die groß genug war für einen, der seinen eigenen Sohn getötet hatte.

»Joslin«, sagte Gyll. »Ich weiß, es war Geoffrey, der mir geholfen hat deine Flucht zu bewerkstelligen. Sie kam ihm ebenso zugute wie mir. Aber eines musst du wissen: Wärst du am nächsten Morgen gestorben, hätte auch ich nicht mehr leben können.«
»Das weiß ich«, sagte er und sah ihr in die großen grauen Augen.
»Gyll«, fuhr er dann fort. »Morgen breche ich auf. Komm mit mir!«
Ein Ausdruck der Wehmut trat auf ihr Gesicht. »Ich kann meinen Vater nicht verlassen.«
»Bring ihn mit!«, schlug Joslin vor.
»Wo gehst du hin?«
»Nach Wales. Aber erst muss ich nach London, um Alys nach Hause zu bringen.«

»Ja, Alys«, entgegnete Gyll nachdenklich. »Joslin, ich sehe mir von hier drinnen die Welt an, und es ist nicht wenig, was ich sehe. Jetzt, so kurz nach Robins Tod, ist Alys zutiefst bekümmert. Aber eines Tages wird sie es nicht mehr sein und dann werdet ihr beiden vielleicht . . .«

Er konnte nicht leugnen, dass ihm dieser Gedanke auch schon gekommen war. Aber er hatte seine Entscheidung getroffen.

»Robin war mein Freund«, gab er nun zurück. »Meinen Freunden bin ich treu.« Ihm fiel ein, was Guillaume einmal gesagt und was ihn lang bekümmert hatte: »Du wirst niemals wissen, wem deine wirkliche Loyalität gilt. Das ist der Fluch, den dir deine Mutter hinterlassen hat.« Nun, seine, Joslins Treue galt Menschen, nicht dem Blut oder der Rasse. Und mit niemandem würde er falsches Spiel treiben.

Er nahm Gylls Hand. »Komm mit uns!«, drängte er.

»Wäre mein Vater nicht, so würde ich es tun. Aber auch ich bin treu!«

Sie sprach nicht aus, was für ein Leben sie vor sich sah – ihren Vater pflegen bis zu seinem Tod, dann ein einsames Leben in der Burg. Vielleicht heiratete sie aus Verzweiflung einen Soldaten oder einen Koch. Oder, was wahrscheinlicher war, sie ging in ein Kloster und verschwand damit ganz aus der Welt.

Joslin sah, dass es ihm nicht gelingen würde, sie zu überreden. Er nahm ihre Hände und gab ihr einen Kuss.

»Eines Tages komme ich dich holen!«, versprach er.

»Vielleicht komme ich noch vorher nach dir suchen«, gab Gyll zurück.

Sie küssten sich noch einmal und beide stellten sich die

Frage, ob das, was sie eben gesagt hatten, jemals wahr werden konnte.

Joslin ging nicht direkt zur Schänke zurück. Er verließ die Burg auf dem Weg, den Gyll ihm in der Nacht seiner Flucht gezeigt hatte, kletterte über herabgefallene Steine, zwängte sich durchs Gestrüpp und sah nach Westen. Nachdem er die Büsche gefunden hatte, die den Eingang zum Tunnel verbargen, hielt er direkt auf sie zu.

Ja, hier war es, wo er seine Habseligkeiten verborgen hatte. Er grub sie mit seinem Dolch aus. Die Kleider band er sich auf den Rücken, die Harfe nahm er in die Hände und berührte sie zärtlich. Endlich konnte er sie offen tragen und darauf spielen, ohne Angst zu haben. Gylls Worte fielen ihm ein. *Eines Tages wirst du vielleicht für mich spielen.* Fast wäre er in die Burg zurückgekehrt, um ihr Lieder von Ritterlichkeit und Liebe zu singen.

Nein. Wenn er das tat, würde er bleiben. Er zwang sich weiterzugehen. Und da, hinter den Büschen, war der Gang. Bei der Erinnerung daran, was er da drinnen durchlebt hatte, schauderte ihn. Trotzdem bog er das Gebüsch beiseite und starrte in die Dunkelheit.

Aber was war das? Gleich beim Eingang lag ein großer Stein, den er bisher nicht bemerkt hatte. Er rollte beiseite, als Joslin ihn anstieß. Dahinter war eine kleine Höhle, eine Kammer, ein Versteck. Er sah näher hin.

Nacheinander zog er die Gegenstände heraus, die dort lagen. Ein Langbogen, ein Köcher mit Pfeilen, ein Bündel dunklen, groben Stoffs. Als er ihn ausbreitete, lag das graue Habit eines Mönches vor ihm. Doch da war noch mehr. Ein Knäuel mit dünner, starker Schnur. Messer, ei-

ne Axt, ein Speer. Weitere Kleidungsstücke: ein Bauernwams, das Gewand eines Adligen. Und ein Beutel mit Geld darin. Er nahm ihn hoch und wog ihn in der Hand. Schwer. Die Münzen fühlten sich an, als wären sie aus Gold.
Dann fiel ihm noch etwas ins Auge. Es sah aus wie ein kleines, gefangenes Tier mit schwarzem, grau geflecktem Fell. Neugierig bückte er sich, um es zu berühren. War es tot? Nein. Es war niemals lebendig gewesen. Das war kein Tier. Er nahm es heraus. Ein seltsames Objekt aus Pferdehaar, kunstvoll vernäht, damit es zusammenhielt wie eine Bürste. Und was für eine seltsame Form es hatte! Joslin musterte es sinnend – dann kam ihm plötzlich ein Einfall und er legte es unter sein Kinn. Es passte – und hätte unter ein anderes Kinn noch viel besser gepasst. Er bemerkte kleine Schnüre, um es an den Ohren zu befestigen.
Was er da vor sich hatte, war Vater Simons Bart – und dieser Bart sah sehr viel echter aus als alles, was die Theatertruppen, die auf die Burg im Cotentin gekommen waren, jemals getragen hatten.
Nachdenklich betrachtete Joslin Vater Simons Habseligkeiten. Was sollte er damit tun? Sollte er alles zusammenpacken und Roger de Noville bringen?
Wozu sich diese Mühe machen? Geoffrey war tot. Vater Simons geistliches Amt war zu Ende. Man musste einen Schlussstrich ziehen.
Also legte er alles in die Höhle zurück, schob den großen Stein wieder davor und überließ das Ganze dem Moder der nächsten Jahrhunderte.
Zurück in der Schänke, erzählte er Alys von seinem Fund.
»Du hattest Recht Vater Simon nicht zu trauen. Ich hätte auf dich hören sollen.«

»Ich habe nie gesagt, du dürftest ihm nicht trauen«, gab Alys zurück. »Ich hatte lediglich meine Zweifel.«
Das brachte Joslin zum Nachdenken. »Weißt du, er hat mir wirklich geholfen!«
»Ich weiß«, sagte Alys. »Es ist seltsam, aber ich kann Vater Simon immer noch nicht als Robins Mörder sehen.«
»Vielleicht war er es gar nicht«, antwortete Joslin. »Vielleicht lebten zwei Seelen in seiner Brust.«
»Meinst du, er war wirklich Mönch?«
»Oh, daran habe ich keinen Zweifel. Sobald er nach England zurückkam, ist er zu den Graumönchen gegangen. Vielleicht stand ein Teil von ihm auch ehrlich hinter den Gelübden, die er ablegte.«
»Er lebte zwei Leben«, meinte Alys.
»Und beide sind vorbei«, gab Joslin zurück.

An diesem Abend bereitete Joslin alles vor: Guillaumes Leibgurt und Dolch, das, was von John Hammonds zwei Schilling noch übrig war, sicher verwahrt, die Rolle mit Wams und Umhang geschnürt. Sobald er am nächsten Tag seine Tunika angelegt hatte, sähe er haargenau so aus wie an dem Tag, als er von der *Merchant of Orwell* stieg – was ein ganzes Leben zurückzuliegen schien.
Dann nahm er seine Harfe, stimmte sie und ging mit ihr nach unten. Zum ersten Mal seit Tagen war auch Alys da. Und dort, in der dicht gedrängten Schänke, sang er den Bauern, Wirtin Tyb, Thomas und Wilfred, vor allem aber Alys, Balladen vor, die von Liebe und Ritterlichkeit, Fremde und Heimweh handelten. Seine hohe, klare Stimme reichte bis nach draußen und bis hinauf in die Wolken – vielleicht hallte sie sogar in der Burg und den dunklen

Ecken der St.-Josephs-Kirche wider, wo die Gesichter der Toten wartend herabstarrten.

Als er nach Herzenslust seine Lieder dargebracht hatte, das Publikum jubelnd und klatschend nach mehr schrie und er sogar Alys ein Lächeln entlockte, da wusste er, dass er wieder er selber war. Das Leben, das vor drei Wochen in jener schrecklichen Nacht, als Jean an seine Tür klopfte, begonnen hatte, konnte nun ohne weitere Störung wieder aufgenommen werden.

Von einem kurzen Umweg nach London abgesehen.

Und dann kam der Morgen des Abschieds. Robins Pferd, ein stämmiger Schecke, wurde gesattelt und herausgeführt, ebenso wie das von Alys. Abschiedsworte wurden gesprochen. Wirtin Tyb weinte sogar. Thomas winkte mit seiner Krücke. Wilfred kam nach Hopfen riechend aus dem Brauhaus und schüttelte Joslin die Hand. Jenkin, der Erste, mit dem Joslin bei seiner Ankunft in Stovenham gesprochen hatte, kam hastig von den Feldern herein, um der Letzte zu sein, der ihm die Hand drückte.

Und dann, Alys voraus, Joslin hinterher, wandten sie der Schänke den Rücken zu und ritten los. Als sie am Haus des Apothekers vorbeikamen, wo sich auf dem halb fertigen Dach die neuen Binsen hell von den alten abhoben, dachte Joslin: John Gibbon, ich hoffe, dass du dich nun gerächt fühlst!

Als sie bald darauf bei der Kirche ankamen, sagte Joslin aus Angst, der Anblick könnte Alys an ihren Kummer erinnern, kein einziges Wort.

Doch zu seiner Überraschung meldete Alys sich zu Wort: »Joslin, ich kann nicht fort von hier, ohne noch ein letztes

Mal hineinzugehen und mir unser Werk anzusehen. Ich weiß, es hat Böses gebracht und Robin das Leben gekostet, aber ich muss es sehen. Schließlich ist es ja Robins einziges richtiges Vermächtnis.«

Joslin stieg wortlos vom Pferd und band es an das Tor, das auf den Kirchhof führte. Alys tat es ihm nach, dann gingen sie gemeinsam nach drinnen.

Es fühlte sich äußerst seltsam an ohne Robin. Gespenstisch. Und doch schien er überall zu sein. Das Bildnis war nicht abgedeckt. Das mächtige Panorama beherrschte die Kirche – allem voran das, was Joslin beim ersten Mal so einen Schrecken eingejagt hatte: Tod und Teufel, beide von überirdischer Klarheit in der Morgensonne. Nicht weit davon die vier toten Gesichter: Wilkin, Stratford, Stephen, Chevington. Und sein eigenes – das einzige, das er nicht hatte entstehen sehen.

Die Leiter war noch da. Joslin drängte es plötzlich, sich sein eigenes Gesicht näher zu betrachten. Er rückte die Leiter zurecht und kletterte hinauf.

Oben angekommen, wäre er vor Schreck fast abgestürzt. Die anderen, von Robin und Alys gemeinsam gemalten Gesichter waren gut; er war von ihrer Geschicklichkeit höchst beeindruckt gewesen. Aber dies! Die feinen Linien, die Echtheit der Farben, die Tiefe der Augen, jedes Haar perfekt – er hätte geradeso gut in einen Spiegel sehen können. Fast erwartete er, dass die Augen blinzelten, dass Atem und sogar Worte aus dem Mund kamen. Als er verblüfft den Arm ausstreckte, um es zu berühren, rechnete er halbwegs damit, warme Haut zu spüren. Aber nein, es war doch nur Farbe. In seinem Kopf wirbelten die Gedanken, während er wieder hinunterkletterte – nur um zu sehen, dass Tod und Teufel ihm voller Spott und Hohn geradewegs ins Gesicht grinsten.

»Wenn Geoffrey im Kloster war«, sagte Alys, als er herunterkam, »dann hat er vielleicht dort das Malen gelernt. Dort gibt es Künstler und hervorragende Illustratoren von Manuskripten. Ich habe schon Arbeiten von Mönchen gesehen. Manches davon lässt uns Auftragsmaler vor Neid erblassen.«

»Ja, vermutlich hast du Recht«, gab Joslin geistesabwesend zurück.

»Er muss wirklich ganz genau gewusst haben, wie er vorgehen wollte. Die Anweisungen für das Gemälde sind absolut perfekt. Auch die Reihenfolge der Morde hatte er ja genau festgelegt. Es sieht fast so aus, als hätte er gewusst, dass er zum richtigen Zeitpunkt einen wie dich finden würde, der ihm als Sündenbock dienlich sein konnte. Er war so schlau, dass man meinen könnte, *er* sei der Sohn des Teufels. Dabei dachten das ja alle von dir. Überhaupt war das mit dem Jüngsten Gericht ein teuflischer Einfall.«

»Ja, das war es.«

Er hätte gern gesagt: »Das stimmt wohl, Alys. Aber insgesamt ist Geoffreys Plan ja doch gescheitert.«

Aber er konnte es nicht sagen. So, wie sein eigenes Gesicht gemalt worden war – das konnte doch von keiner menschlichen Hand stammen, oder? Selbst Randolf Waygoode – hätte er etwas annähernd gleich Gutes fertig gebracht? War es für einen Bettelmönch überhaupt möglich, derartige Fähigkeiten zu erlangen?

Und konnte Geoffrey – oder Vater Simon – alles so perfekt geplant haben, dass er den ganzen Ablauf schon im Auftragsschreiben für das Gemälde festlegen konnte?

War es überhaupt Geoffrey gewesen, der es verfasst hatte? Wirklich gesagt hatte er es nicht, trotz all seiner Prahlerei, wie klug er doch sei.
Aber wenn es nicht Geoffrey gewesen war, *wer dann?*
Es musste Einbildung sein, dass ihm der Teufel von oben herab zuzublinzeln schien, als wären sie Gefährten in einer Verschwörung. Eine Erinnerung kam zurück: Alys vor der Burg, ganz plötzlich zutiefst entmutigt, hoffnungslos und, wie es schien, völlig unerreichbar für ihn. *Wir haben das Werk des Teufels getan!,* hatte sie gesagt.
Damals hatte er ihr widersprochen. Alys hatte sich überzeugen lassen und ihre Seelenpein vergessen, bis eine noch größere sie heimsuchte. Aber vielleicht stimmte es ja doch, dass sie und Robin das Werk des Teufels geleistet hatten?
Immer wieder stellte er sich die gleichen Fragen: Wer hat den schriftlichen Auftrag verfasst? Wer hat das Porträt gemalt, das mir so unglaublich ähnlich sieht, das so lebensecht ist, wie es keine menschliche Hand zu schaffen vermag?
Laut würde er so eine Frage nicht stellen. Auf derartige Ideen durfte er Alys gar nicht erst bringen. Nicht jetzt. Das Gemälde war Robins Denkmal. Aber eine mögliche Antwort auf seine Fragen hatte sich wie ein Geschwür in seinem Kopf eingenistet und ließ ihn nicht mehr los. Der Teufel selbst war ihm, zusammen mit all seinen anderen Feinden, hinterhergeschlichen. Und er würde es auch weiterhin tun. Er hatte der St.-Josephs-Kirche einen Besuch abgestattet und ein Zeichen hinterlassen, das Joslin niemals vergessen würde.
Er betrachtete noch einmal das Gesicht des Todes. Bildete er es sich nur ein oder verwandelte sich der kapuzenbedeckte Schädel in ein teigiges, pockennarbiges Gesicht

mit verzerrtem Mund? Einen Augenblick lang war er wieder in Frankreich bei seinem Vater. In den Korridoren der Burg tummelten sich die englischen Adligen mit ihrer Gefolgschaft. Joslin schnappte nach Luft und sah noch einmal zu dem Bild empor. Nein, es war nur ein grinsender Schädel. Aber die kleine Illusion reichte aus, um ihn daran zu erinnern, dass das, was er in diesem Städtchen erlebt hatte, nur ein Zwischenspiel war. Seine Mission hatte noch nicht einmal begonnen.

»Wir haben jetzt genug gesehen, Alys. Es wird Zeit, dass wir aufbrechen!«, drängte er.

Zum letzten Mal öffneten sie das Westportal. Joslin kam es so vor, als schlüpfe eine dritte, unsichtbare Gestalt mit ihnen nach draußen.

Sie schlugen den Weg nach London ein. Schon bald sahen sie hinter sich nur noch den mächtigen Bergfried und weit in der Ferne, auf der anderen Seite des Tales, die Ruinen von Cry Ashbourne. Beides – Burg und Pestweiler – erinnerte Joslin daran, wie schrecklich seine Ankunft hier gewesen war, wie entsetzlich sein Aufenthalt. Er hielt an und warf einen letzten Blick auf das entschwindende Panorama.

Und er wusste, wäre da nicht noch jemand ganz Bestimmtes auf der Burg, er würde diesen Ort niemals mehr sehen mögen.

Ein kleines Stück weiter, verborgen von einem Weißdorngestrüpp, beobachtete sie ein Reiter. Er lachte vor sich hin, als sie sich entfernten.

»Also habe ich dich doch noch gefunden, Joslin«, sagte er

zu sich selbst. »Nun, reite ruhig davon. Es gibt vieles, worüber du nachdenken musst. Ich werde nie weit von dir sein, solange deine Mission währt. Du denkst, du hast Talente – nun, die habe ich auch. Gerade eben in der Kirche hast du eines davon gesehen. Ich freue mich, dass dir mein Porträt von dir gefallen hat. Dies ist die Art Mann, mit der du zu rechnen hast. Am Ende deines Weges, weit weg von hier, werden wir uns gegenüberstehen. Genieße also deine Reise, Joslin. Ich bin schon gespannt, wie du sie zum Abschluss bringen wirst.«

Und ein Lächeln überzog seine teigigen, pockennarbigen Züge, als er sein Pferd ostwärts wendete, um Alys und Joslin zu folgen.

Hier endet der erste Teil von Joslin de Lays Reise nach Wales.

Anmerkungen des Autors

Jetzt, zu Beginn des einundzwanzigsten Jahrhunderts, sehen viele Menschen auf das zwanzigste zurück und sagen: »So ein Jahrhundert hat es noch nie gegeben! Schreckliche Kriege, gesellschaftliche Umbrüche, gewaltige Veränderungen im Denken und Verhalten der Menschen, dazu die über allem hängende Bedrohung, die ganze menschliche Rasse könne vernichtet werden – so etwas hat es noch nie gegeben!«

Glaub nur das nicht! Das vierzehnte Jahrhundert war ebenso schlimm – es gab schreckliche Kriege; Glaubensgrundsätze, seit Jahrhunderten kaum jemals angezweifelt, wurden nun in Frage gestellt und bekämpft. Und vor allem war da die Pest, auch schwarzer Tod genannt, die aus dem Nichts kam und ohne Vorwarnung tötete, bis es so schien, als bliebe möglicherweise niemand mehr übrig. Am Ende des Jahrhunderts sah die Welt ganz anders aus als zu Anfang.

Nach der Pest, so glaubte man, schlich der Tod höchstselbst durchs Land wie ein dunkler Schatten – und auch der Teufel war jemand, dem man jederzeit begegnen konnte. Gemälde vom Jüngsten Gericht, so wie das in der Kirche von Stovenham, waren nicht als Schmuck gedacht. Nein, sie gaben schreckliche Kunde an das ungebildete Volk weiter und das Volk ließ sich davon beeindrucken. Die meisten dieser Darstellungen des Jüngsten Gerichts sind verschwunden; dafür sorgten wenn nicht Kriegswirren, so doch der Zahn der Zeit. Aber das, was mir als

Grundlage für das Gemälde in Stovenham diente, kann man sich immer noch ansehen – das Jüngste Gericht von Wenhaston, ebenfalls in Suffolk, das man zufällig im neunzehnten Jahrhundert entdeckte. Es ist längst nicht so kunstvoll und detailliert wie das, was ich unter Robins und Alys' Hand entstehen ließ. Aber es zeigt, worum es geht.

Man wird Stovenham auf keiner Karte finden, aber in meiner Vorstellung könnte es auf halbem Weg zwischen Stowmarket und Lavenham gelegen sein. Burgen gab es reichlich in ganz Britannien. Die Normannen fühlten sich nie sicher, nicht einmal, nachdem sie die Insel erobert und unterworfen hatten. Viele der Burgen sind inzwischen eingestürzt – jämmerliche Steinhaufen und Bodenerhebungen sind alles, was heute noch von ihnen übrig ist. Doch manche erheben sich immer noch stolz über die Landschaft. Als ich Roger de Novilles Burg beschrieb, hatte ich mehrere davon im Sinn – hauptsächlich aber Burg Hedingham im nahen Essex.

Während die Adligen Französisch sprachen, war Englisch die Sprache des Volkes. Aber die Dinge waren im Begriff, sich zu ändern. Schon bald würden Geoffrey Chaucer und William Langland Gedichte schreiben, die zu den bedeutendsten der englischen Sprache gehören, und Englisch würde wirklich zur Landessprache werden.

Joslins Harfe war nicht wie die großen Instrumente, die wir heutzutage unter diesem Namen kennen. Die mittelalterliche Harfe war klein und leicht zu tragen. Sie bestand aus zehn oder zwölf in einen Holzrahmen gespannten Saiten, mit Wirbeln befestigt, wie heute bei der Gitarre. Würde Joslin heute leben, so wäre die Gitarre sein bevorzugtes Instrument. Er würde kurze Lieder singen oder lange Balladen. Die mochte er gelesen – oder, was wahrscheinlicher ist, beim Zuhören gelernt haben. Oft würde er improvisieren. Manche der romantischen Balladen, die er vorgetragen haben mag, kann man heute nachlesen. Denn nachdem sie viele Male dargebracht worden waren, wurden sie schließlich schriftlich niedergelegt.

Am Ende des vierzehnten Jahrhunderts war die hohe Zeit der fahrenden Sänger fast vorüber. Es gab inzwischen mehr Menschen, die selber Geschichten lesen konnten, mehr Gedichte wurden geschrieben und nun blieben auch endlich die Namen derer erhalten, die sie verfassten. In einigen wenigen Teilen der Erde gibt es auch heute noch Menschen, die eine ganz ähnliche Aufgabe haben wie die Sänger des Mittelalters. Und da es heutzutage wieder so viele Geschichtenerzähler und Liedermacher gibt, könnte man sagen, dass sie wiederkehren. Was eine gute Sache ist. Joslin würde sich freuen.

DENNIS HAMLEY